初春阳光

杨新民散文随笔集

杨新民 著

当代中国出版社
Contemporary China Publishing House

图书在版编目(CIP)数据

初春阳光：杨新民散文随笔集 / 杨新民著 . -- 北京：当代中国出版社，2024.3

ISBN 978-7-5154-1313-6

Ⅰ . ①初… Ⅱ . ①杨… Ⅲ . ①散文集—中国—当代
Ⅳ . ① I267

中国国家版本馆 CIP 数据核字（2024）第 016670 号

出 版 人　王　茵
责任编辑　袁又文　柯琳娟
责任校对　贾云华　康　莹
印刷监制　刘艳平
封面设计　鲁　娟
出版发行　当代中国出版社
地　　址　北京市地安门西大街旌勇里 8 号
网　　址　http://www.ddzg.net
邮政编码　100009
编 辑 部　（010）66572132
市 场 部　（010）66572281　66572157
印　　刷　中国电影出版社印刷厂
开　　本　880 毫米 × 1230 毫米　1/32
印　　张　10.75 印张　1 插页　239 千字
版　　次　2024 年 3 月第 1 版
印　　次　2024 年 3 月第 1 次印刷
定　　价　48.00 元

自　序

我在公开发行的报刊上发表的文学作品，最早的不是小说，而是散文。我的小说处女作《花朝女》发表于1984年第9期《青春》，而第一篇散文《小桥》，则发表在1981年6月23日《南昌晚报》。

时间如白驹过隙，一转眼，我从事业余文学创作已有40余年。其间，我除了在故乡武宁县文化馆工作五六年，在北京鲁迅文学院读作家研究生班三年，其余时间都在北京的几家中央期刊从事新闻出版工作。几十年间，我陆续创作发表了中短篇小说、散文、随笔、报告文学、人物专访等作品，有300多万字。2013年，我的中短篇小说集《花朝女》（上、下册）出版，为我的小说创作做了一个小结。而我零散发表的一些散文、随笔作品，直到现在才抽空整理出来，交由当代中国出版社结集出版。

这个作品集收录了我各个时期创作的散文、随笔共90余篇，分为上辑散文篇和下辑随笔篇，并作了归类。在散文篇中，根据题材内容分为五小节：山韵、河趣、湖光、游记、情思。

山韵，主要放歌我对赣北幕阜山区风土民情的眷恋和敬畏，以《乡歌野韵》最为典型。这是我深入大山收集民谣、体验生活的可喜收获。感谢当时《散文》主编贾宝泉先生的赏识，一连选发我的三篇散文。

河趣，是我对母亲河——八百里修河的回望和礼赞。我从小生活在修河边上，码头、河洲、渡船、小街、船帮、木排、深水潭、桂竹林等，构成了永久难忘的修河画卷。虽说现在修河已演变成西海平湖，但她永远在我心中流淌。

湖光，是我假借鄱阳湖抒发美学理想的一缕光。鄱阳湖容纳百川，江西五大河流水系之一的修河，千百年来载着修河船工下鄱阳、入长江，讨生活、奔前程，留下了多少动人故事。我曾经沿修河经吴城拜访大湖，被鄱阳湖的浩瀚与丰饶所震撼所慰藉。

游记，是将秀美山川、域外风情揽于一怀。彩云之南的美丽，张家界的俊秀，黄帝城的历史回响，东京富士山的壮丽，都曾深深地打动过我，镌刻在我的心灵深处，不敢忘怀，也不能忘怀。

情思，是对恩师、亲人、好友的追忆和思念，也是对某件作品的思考。感恩相遇，互道珍重。

下辑随笔篇收录了我担任国家发改委主管的期刊《中国工程咨询》执行主编期间为刊物撰写的卷首语。我 1999 年 8 月入职中国工程咨询协会，开始创办《中国工程咨询》杂志并主持杂志编辑出版工作。这是一本政策性、指导性很强的工程咨询行业杂志，故开辟卷首语栏目以助推国家投资建设的各项工作。最早，卷首语由副会长兼杂志主编王永银先生主笔，而后聘请《经济日报》原评论部主任贾德昌先生撰写。2012 年底，贾德昌先生因年事已高离开编辑部，我从 2013 年第一期开始接棒续写卷首语。由于我写的卷首语既遵循时政要点、行业工作重心，又兼顾工程咨询工作特征、不讲外行话，并且注重文采烘托，增强可读性和艺术性，许多篇章还带有文学色彩，故纳入随笔文体也勉强说得过去。

随笔篇分了五小节，从 2013 年到 2017 年，分别以农历年份标示，取名为蛇年之舞、马年之骋、羊年之望、猴年之跃和鸡年之鸣。这五年，时代风云激荡，改革春风扑面，投资热潮汹涌，工程建设日盛，也促使工程咨询业务大发展、大繁荣。一大批国家重点投资项目落地、建设、竣工、运行，极大地改变和提升了人们的生活质量和水平。需要报道的大工程、大项目和杰出咨询工程师都汇集而来，让我们目不暇接。于是，每月一篇的卷首语成了行业时政宣传的风向标，都要精选具有代表性和影响力的工程项目来表述、来推介、来评说、来共享。比如建设美丽中国，关注兰州新区，三江源中华水塔的规划建设，三峡库区景观再造，空客 A320 飞向蓝天，北京雁栖湖国际会议中心建筑再现汉唐风韵，东海庞大的人工填海工程宛若精卫填海，长江水电推动绿色能源发展，浙江特色小镇引领时尚风潮，大灌区建设惠及江淮大地，被誉为高原天路的青藏铁路建设凝聚着几代工程师的梦想……这些内容的卷首语虽然篇幅不长，但一事一议，主题明确，紧扣时代脉搏，从典型的工程中读出特殊的意义。如果仔细品读这些篇章，就会从不同的角度感受和理解工程咨询在国家投资建设的伟大事业中重要的、无可替代的作用。

我为自己能够见证和投身于这项关乎国计民生的工程咨询事业的期刊宣传工作而感到骄傲和快乐。

本集子名为“初春阳光”，取自随笔《拥抱初春阳光》。文中说：“随着熙和的春风吹拂京城大地，护城河边的迎春花倏地泛出金黄，长安街头的玉兰花煞是争奇斗艳，玉渊潭畔的樱花眼见粉红一色，二环路旁的柳枝窜出嫩绿的新芽……初春的阳光催生出一派勃勃生机。”初春的阳光真好，大地渴望初春的阳光，人生需要初春的阳光。我已年过花甲，似乎谈初春的阳光有点牵强。但从文学创作的角度来说，从人生存的意义来说，追寻初春的阳光是一件非常有意思、有情怀的事情。于我来说，这将是永恒的念想。

本书收入的作品时序跨度大，一些早期的文章步态蹒跚，稚气十足，在今天看来非常浅显。好在是记载了我不同时期的前行印迹，可以鞭策自己在初春的阳光下不断反省和超越。

是为序，盼望各方批评。

2023 年春月于北京

目　录

上辑　散文篇

下辑　随笔篇

上辑　散文篇

山韵

乡歌野韵

据说，湘鄂赣边邻的幕阜山区流传着一种极为出色的打鼓歌。

又据说，那打鼓歌的生动场面要到秋下才能看到。

于是，我怀着极浓的兴趣，踏着深秋萧萧的落叶，来到了一个名叫茶树坳的山湾里。

这地方离县城有一百八九十里，是赣西北最边远的一个村落。村子不大，房屋却比较散，由无数块青石板将所有屋场网结起来。村子周围山岗上是一片片墨绿墨绿的油茶林。进村的时候，第一印象便是油茶花香气特别浓郁，第二印象就是山里老表非常好客，我许久没有体验到那种纯朴的乡情了。

先见到村长，他握住我的手，生硬地摇着："欢迎你呀！我们茶树坳没有什哩风好采，茶油倒是有的，走时带些去吧！"

我惭愧。待见到鼓匠，我赶紧表明来意。鼓匠是位六十开外的老人，一身黑服，满头银丝，接住我的手连连抖着："稀客呀！我们这里没有什哩好招待，只有鼓和歌哩！"

我乐了："我爬了五十几里山路，就是来听鼓和歌的呀！"老人也乐了："容易的事，容易的事！"说罢拉我匆匆出了门。

老人背着一只小鼓，一只精致又摸得锃亮的小山鼓。他的艺名叫和山，人都唤他和山叔。他是很有名气的鼓匠，可以三天三晚不唱重复的歌儿。他告诉我，今天刚好有人家请他打鼓。他们这里是油茶区，多少年来，锄茶山都是要请鼓匠打鼓的。这种鼓又叫“锄山鼓”“催工鼓”。相传起源于秦始皇修筑万里长城，民工因愁苦劳累而窝工，秦始皇便命给民工击鼓唱颂，以助兴催工。这传说虽然无从考证，但打鼓唱歌在这里已经形成了比较完整的音腔体系。演唱时人们一字儿排开，由一名或两名鼓匠击鼓领唱，众人一边劳动一边搭号相和，鼓点清脆悦耳，歌声粗犷动人，数里外都可听见。真是一种别致的劳动、娱乐形式！

我跟着和山叔到了预定的山场。

晨雾还没有散开，歌手们都到齐了，有好几十人。他们都是来锄茶山的，一色儿的青装，腰间都扎着罗布腰巾，打着绑腿，穿着麻草鞋。鼓匠和山叔与众不同的是，肩上多挂了一面鼓，腰间还系着一条土红色的腰带。他先向歌手拱手致意，说几句开场话，然后指挥人们拉开几十米长的阵势。

一阵激越的鼓点骤然而起，像一阵急雨穿过山林。和山叔果然气度不凡。他面对着锄山的队伍作蹲马状，一手敲着鼓面，一手应着鼓底。鼓点由慢到快，又由急到缓，时而如瀑布飞溅，时而像溪水潺流，平缓中见机警，激越中显力度，使得山鸣谷应，风起林动。

人们的精神高度集中，都注视着鼓匠，等待着他发出和歌的信号。

和山叔极利索地刹住鼓点，轻巧地换了一种节奏，打起了一番鼓，牵起了高亢的歌头：

早晨来，
早晨露水难得开，
露水打湿郎鞋袜，

要等东方日头来。

众人“哟嗬，哟嗬嘿嘞”地和着，锄头按着鼓点的节奏挥动起来，山地翻过来一米、两米……

和山叔开始进入忘我的境界。他一边敲着鼓点，一边唱着歌，还要一边移着步子，从队伍的这头一直唱到那头。其间，鼓匠只反复唱歌头，锄山的歌手轮个要穿唱一首小调。在茶树坳，没有谁不会唱小调的。鼓匠盯着歌手唱：

钥匙娘，
钥匙链锁锁链箱。
钥匙链住三须锁，
情姐恋住少年郎。

那歌手就得接歌。这接歌也有讲究，一定要按韵脚，不能随意凑合。一接错，鼓匠便无法返回歌头。

这种穿插的小调，一般都是风趣的情歌。在茶树坳，这样信手拈来的情歌真是太多了！总有几百首、几千首！这些情歌多半是叙述一个爱情故事，或表现一对恋人纯真的感情，非常生动感人。听了那些扣人心弦的情歌，你便觉出幕阜山小调的感情色彩太丰富了！我虽然能唱几首流行歌曲，但在这歌乡人面前，我还不会唱歌，还没有真正理解歌的含义。

我被这动人的劳动场面吸引着，也摸起把锄头，加入锄山的行列。我锄地自然是不得要领的，鼓匠从我面前过也自然不会跟我盘歌，我只是跟着歌手们一起打着号子：“吔嗨嗬，吔嗨嗬！”歌手们一个个喜笑颜开，手里的锄头挖下去仿佛不要什么力气，疲劳和困顿全在歌声鼓声中消释了，身心变得轻松欢快，一种对生活自由自在的赞美真切地流露出来。

最令我感动的还数和山叔。他这么一大把年岁，精力还这么旺盛！从一起鼓他就没有停歇过，一般的人嗓子早唱哑了，他却鼓点越打越繁杂，歌声越唱越洪亮。他一心四用，手上要打，口中要唱，脚下要走，眼睛还要瞄住每一个人，谁个挖地挖慢了，他便把鼓打到谁个面前，散漫的人只要一听见鼓点响到跟前来了，便猛锄一阵，再不敢怠工。

鼓匠把鼓打了一个来回，歌手也轮着唱过两遍小调，便过去一个时辰，一拍鼓算打完。歇气，喝豆茶，吃点心。而后重起二拍鼓，开始自由自在地对歌。有丈夫跟老婆对歌，有公公与儿媳妇对歌，也有汉子瞅着过路的女人唱歌。

但更有意思的是歌手跟鼓匠对歌了，歌手冷不防出一怪歌去为难鼓匠，叫“下鼓撑”。如果鼓匠被歌手的歌撑住了，答不出来，那就算跌了脸面，顷刻间威风扫地，想再把那场鼓打下去便不怎么顺当了。这一招全看鼓匠应付得机智不机智。

这时候，就有一中年歌手搭上了和山叔唱的歌头，发出盘歌的信号：

打鼓师傅老歌郎，
把只难歌你思量。
米筛团团几多眼？
蚕丝一两几多长？
油麻一斗几多双？

和山叔嘿嘿地笑着，也不心急，打了两遍空鼓，众人以为他被难住了，谁知他重槌一响，对得严丝合缝：

唱歌师傅老歌郎，
我把难歌来思量。
米筛团团千只眼，
一两蚕丝万丈长，
油麻点斗不点双！

哈，妙极了！众人喝彩，“喔呼”翻天。这样一次次盘下去，逐渐进入高潮。人们的情绪极为高涨，打鼓唱歌完全成了一种感情的交流和智慧的较量，整个山林都被鼓声和歌声渗透，秋阳当空，一片偌大的茶林不知不觉地在说笑声中锄完。

随着和山叔最后一声刹鼓，我才从醉人的歌和鼓的交流中醒悟过来。我在这场别开生面的锄山劳动中，整个心灵都得到了净化。我已经喜欢上茶树坳这个拥有丰富传统文化的山村。

茶树坳，果然是一块多彩的土地！

（刊于 1988 年第 4 期《散文》）

九宫茶歌

那年我去九宫山采风，正逢谷雨采春茶。

那时节，姑娘们戴着竹笠，披着一块尼龙薄膜，挎着小巧的背篓，在雨雾中飘飘忽忽。走在山间，时有村姑婉约的歌声从茶山上飘来：

南山顶上一株茶，
阳雀未叫先发芽。
今年姐妹双双采，
明年姐妹适谁家。
大姐落在天堂里，
细妹嫁个好人家。
……

这歌声清脆、悠扬，富有浓郁的山乡情趣，带着湿漉漉的茶香扑入我的心头。我总算听到了渴望已久的茶歌！我循声跑上茶山，出现在眼前的竟是一色儿苗条的后生茶娘！她们见了我，一齐不唱了，都在吃吃地笑。我问她们刚才是谁个在唱，她们齐回答："这歌我俚都会唱。"

我说明来意，表示要将她们唱的歌录下来，这下她们便不自在起来，相互使着眼色，一致推举那个长辫子姑娘："数小苓唱得好，你叫她唱！"那小苓一甩辫子："现丑哦，不唱。"

我使出点小招儿，终于使小苓沉不住气了："要唱，晚上给你唱！"我执意地说："晚上唱当然好，但没有了和大自然融为一体的韵味。"我看她们没听懂，便赶忙解释说："就是缺少这种自然的情绪。"小苓看着我，不自然地笑了笑。

我装着若无其事，把录音机往背包里一放，挽起衫袖帮她采起茶来。小苓紧张的情绪慢慢松弛下来了，她撞了一下身边的姑娘："我唱了，你可要接着来呀！"

小苓先唱了一曲《姑嫂摘茶》。我悄悄地打开了背包里录音机的按钮。小苓果然唱得很出色。这小调旋律轻松、活泼，我简直听入了迷。这阵阵歌声表达了山村茶娘对新生活的追求与向往。我在心中为她们祝福，愿她们都能落上一个如意的人家！

那一次采风，九宫茶歌竟成了我终生研究的课题。

几年中，我带着这渗透着燕语与茶香的歌带参加各种音乐研究会，终于得到了专家们的赏识，要我推荐一名好歌手参加民歌"骏马奖"演唱比赛。我第一个便想起了年轻茶娘小苓，立即约小苓来县城试唱。哪晓得小苓如今竟然一句也唱不来了，而且那身板也不再苗条挺拔，我惊愕。小苓告诉我，她嫁到矿山上去了，几多年没采茶，也几多年没唱过茶歌了。我沮丧极了，为她的艺术才华没能得到施展而惋惜。

我请她听几年前录的茶歌。小苓大咧咧地笑着："这歌还愁没有？新一班姑俚都会唱。你再去录就是了！"

是呀，只要茶山在，便有茶歌，便有新一班歌手！我心里陡然踏实起来！

什么时候，我再去听一回地道的茶歌呢？

（刊于1987年2月5日《南昌晚报》）

红丘陵之约

南方多丘陵。

十七年前，我曾下放在红丘陵。

红丘陵广袤而温厚，红土的质地纯正且鲜亮，红土的印记呈现在尘土飞扬的乡路上，标在岁月深远的土墙上，留在每一件浸泡过风雨的物件上，刻在丘陵人清秀抑或沧桑的面庞上。

十月的红丘陵，到处透着成熟的信息，色彩斑斓，深深浅浅的红一片一片。枫叶托一片纯红，高粱顶一片熟红，柿子挂几点明红，酸枣散几点野红。秋风里，猕猴桃熟了，洋洋洒洒攀满树冠的藤蔓一日日下坠，像吊着一排排的小土鼓，那不经意间碰撞出的幽默的声音正好被过林的猕猴群悄悄地破译。毛栗子熟了，顶开了那个护身的刺球，裂口总是向着阳光，大约是感谢秋阳成全之美意。这时节，夏季里烧荒种下的玉米也熟了，黑红的长须像暗火般晃动，顶上的玉米花献媚地笑着，组成一方涌动而招摇的陷阱，从林子里飞来的乌鸦，喳喳地乐着一头俯冲下来，结果还没落脚，就被突然而响的竹夹赶得飞跑。红薯地更是充满了诱惑，鲜红的薯蒂大咧咧地顶出地皮，墨绿的藤叶跳着挑逗的舞蹈。凌晨或者傍晚，伺机已久的野猪磨着响牙，从深林子里窜出来，尖嘴一拱，一串红薯就被衔起来。得意中笨家伙闻到了一股火药味，掉转屁股便跑，结果猎手的火铳响了，骚动的山野为之震惊。第二天，队上每人便能分到二两野猪肉。

红丘陵最热闹的季节是深秋锄茶山。队上有上万亩油茶山，油茶籽捡过之后，接着要锄山。红丘陵人锄山习惯请鼓匠击鼓唱歌，人们一边锄茶山，一边搭号相和，那样很见功效，又有劳动情趣。这时候，无边的陵地便呈现出一年中最为丰富的色彩。穿山的鼓点清脆而悠扬，像是红丘陵母体活泼生命的律动。众人的歌声震荡源头源尾，犹如一股跨越岁月时空的不息之声。只有这个时候，红丘陵人的生活旋律才会尽情地奏起，他们用劳动的歌声来诉说自己的心思，卸下心灵的重荷，感叹生活的磨难与馈赠……

红丘陵的田地多酸性，最宜种红米谷。红米做成的碱水粑，是红丘陵乡土食品之一绝，它与茶油、腊肉、香菇、板笋等，成了闻名遐迩的红丘陵土特产品。

红丘陵人居住分散，屋场多半依山傍水。在屋场的背后，往往有一株或几株参天的古枫、古樟、古柏挺立着，以示岁月之深沉，人丁之繁发，风水之优良。在每一个大姓的屋场，必有一家古老的祠堂，里头修有神龛，建有戏台，设有天井，置有左右厢房。以往当地出了秀才、举人、进士，甚至探花、榜眼、状元时，祠堂的标识便多有旗杆、石狮、照壁、雕花门楼相衬，甚是招摇……

——这便是烙在我二十岁生命中的那方动人情怀的红丘陵！

时光悄然流逝，昨日已成云烟。当年满怀豪情奔赴农村锻炼的知识青年，如今很多已修炼出了功夫，或置一份产业，或掌一份实权，或仕途畅达，或声名鹊起。大家聚在一起，无不惊叹岁月之蹉跎，人生之多变。

去年秋天，我们一伙曾下放在红丘陵锻炼的十几位知青，相约带着妻儿回红丘陵作一次探望，一来是去拜访一下村里的乡亲，二来为当年手把手教我们的农民师傅带去一些衣物、钱款和致富信息，三来也让我们的孩子去体验一下红丘陵的风土人情，让他们记住那个父亲或母亲曾经生活和劳动过的地方。

而我除了要实现上述诸多愿望，更肩负了一个不寻常的使命。我在机关里主持团委工作，这次机关领导在部署为希望工程办实事的工作时，责成机关团委到贫困地区选一个点，用大家捐献的十几万元钱帮助当地改建一所学校，支持那里的失学儿童重返校园。领导授权我选择地点，我第一个想到的便是红丘陵。

阔别红丘陵已有十六七个年头了，故地重游，见到了我们熟悉的父老乡亲，见到了红丘陵中散落的屋场故景，见到了和我们的孩子处在截然不同的生活环境中的山村少年，我们的心情既激动又沉重。我们当年下放的村子在红丘陵的深处，如今交通仍然不便利。我们搭车到镇上，再走二十几里山路才看见村里的大樟树。我们的到来，给了这个普通山村的人们一次意外的震动和惊喜。我们分别走进曾经结拜过的农民师傅家中，十几户人家的热闹，很快变成全村的热闹。新任的村长比我们小多了，一问起，才二十几岁，当年我们下放在这里时他还是个留着狗尾巴头的淘气伢崽。我们带来的旧衣物虽说难以每人分到一件，可乡亲们不在乎这些东西，念惜的是我们这些城里知青的一番情意。年轻的村长执意要去山外请一个采茶剧团为我们唱一夜戏，我们委婉而坚定地谢绝了，请一个剧团，无疑会给村里人添不少负担。我们连夜组合起来，一户一户走访。十几年了，村里人除了脸上的风霜变得愈加厚重，多数人家的土屋没变，屋里的陈设没变，有的人家连桌上用的蓝花瓷碗都没变。我们坐着发亮的木椅，端着古朴的土碗，品尝着醇香的谷酒和沁人心脾的菊花豆茶，望着那些红土般纯朴的笑脸，一股难以名状的感情潮水般拍打着胸膛。我们的伴侣，夫唱妇随，表现得亲近而落落大方，在村民们的眼中似乎高不可攀。我们的儿女，对每一个人、每一件事都显现出极大的兴趣，或不停地按着相机快门，或亮起活泼的歌喉，在他们的心中又该留下多少羡慕和感叹。

我们在村里举办了一个城乡孩子联谊活动。这活动在村中小学进行，全村人几乎都来了。村小仍然设在祠堂里，记得我们下放时，村里的孩子就在这里读书。这间祠堂经历了几个朝代，我端详着枯草摇曳的屋顶、雀巢密布的屋檐、青苔斑驳的瓦沟、硝粉脱落的老墙，就觉得时光在这里走得太慢。那种颇具红丘陵传统建筑特点的由大三六九青砖砌成的燕尾火墙，那块涂抹了各个历史时期不同标语口号、痕迹斑斑的巨壁，是一段凝固了的历史。红丘陵属于革命老区，刀光剑影的几十年，我在各种报刊读物上发现，凡表现苏区革命斗争题材的美术作品都要画上红丘陵中这一类有燕尾火墙的老屋为背景，它几乎成了一种绘画语言符号，成了一个历史时期的缩影。而这座经历过战争硝烟的祠堂，如今依然承受着新生活的重负。

在竖着一个破篮球架的祠堂地坪上，我们的孩子和山村的孩子做了各具特色的表演。我们的孩子能歌善舞，把城市的文明色彩带进红丘陵人的视野；山村的孩子也有绝活，或唱一段乡歌野调，或来一番斗智斗勇的拳脚。孩子们的表演有一种天成的趣味，使得生活在城市和乡村的人们都感叹不已。

我就在这场合下告诉乡人将在这里建希望工程小学的事，村里的大人和小孩都喜出望外，说还是你们知青好，惦记着这个苦地方。还说，孩子们有了好学校就会像小鸟般，羽毛长得更丰满，翅膀长得更结实，也就有更多机会走出红丘陵。

我们在村上逗留了一周。在这一周内，我们几乎把过去两年多的知青生活都重新来过一遍。我们到山上捡油茶籽，摘小灯笼似的山柿、小土鼓似的猕猴桃，还找到了落一地的毛栗子；我们穿越红薯地和玉米林，扬起竹夹驱赶乌鸦，但没有寻觅到野猪的踪影；我们参加了一次锄茶山的劳作，听村上鼓匠击鼓唱歌，录下了那穿越岁月的鼓点和民歌；我们还尝到了日渐稀少的红米饭……村人敲着锣鼓送我们出山，就像当年迎我们进山一样，许多双眼睛都湿润了。

当映山红洋洋洒洒开满红土陵地的时候，村上的小学竣工了。我和我们机关的领导特意赶来祝贺。去年我来红丘陵落实希望工程联系点后，机关领导很快决定将款项拨出，我又专程来了一趟，与乡政府和村委会具体落实建小学的方案，决定就在祠堂边上建一幢三层的校舍，当即就动工，来年春上要让孩子们坐在明亮宽敞的教室里上课。

现在，那座崭新的红砖小楼就出现在眼前，出现在红丘陵腹地，它与那座破败的祠堂形成了鲜明的对比：老祠堂就像是一只被人废弃的破风车，已经摇不出丝毫的风力，而山村小学，则如一处帷幕初启的乡间舞台，不知会给山乡的人们演绎出多少生动感人的故事。

庆典的时候到了，鞭炮齐鸣。在水泥地操场上，一面鲜艳的五星红旗在庄严的乐曲声中由山村的学生徐徐升起。这大约是这所山村小学举行的一次最有意义的升旗仪式，因为行注目礼的不仅有村小的学生和教师，全村的男女老幼，县、乡两级领导，还有倡导建这座希望小学的我们机关的领导和随行人员。接着是龙灯队献舞，年轻的村长舞着龙头，一条长龙腾挪翻转、生机勃勃。再接下来是乡里采茶剧团演出折子戏，那游云般的弦乐，那清脆婉转的采茶调，无不闪烁着乡土文化的火花。

透过满坡满岭的映山红花海，我遥望云涌般的广袤的红丘陵，心情久久不能平静。相信十年二十年之后，这些山村孩子当中有不少将要走出去。到时，他们肯定同样盼望故乡对他们的邀约。

人的一生，也许最盼望的、最不敢忘怀的都是故乡的邀约吧！

1995 年 6 月 10 日于北京西钓鱼台

（刊于 1995 年 12 期《散文》）

大汤池的眷恋

很早很早以前，我们香香街的地脉里就冒出了一注盆大的温泉。老辈人将温泉围成一方洗浴的池子，取名叫大汤池。

相传我们这地方原先风水极好，是要出天子的。香香街背靠青龙山，左有麒麟峰、右有狮子岩，真像个藏龙卧虎之地。但后来狮子岩不知怎地崩了半边山，地气全跑光了，天子没有出得了，只出了这么一口盆大的温泉……这话虽属传说，但方圆数百里也不曾出过第二处，可见这古老的大汤池还真蒙有一层迷人的色彩。大汤池在香香街正中的地坪上，周围筑了一人高的土墙。池子不大，只有二丈见方，四边砌了三层麻石阶。香香街的男女老幼皆享用这一池温水。一代代人在这搓衣洗浴，麻石条上的纹路都被磨平了，谁也难推算出大汤池的年代到底有多久远！

对香香街现今一辈人来说，大汤池确实是个谜。然而，它就像一股清冽的山间流泉，奏出了一曲曲动人的乡歌野调。早上，池子里水清，系着花腰裙的女人们提着大篮小桶，一齐涌进了热气腾腾的大汤池。她们先洗衣裳，后洗身子。按规矩，这时候男人是绝对不能进去洗浴的。大汤池成了女人的王国。只听见一阵阵悦耳的笑声，噼啪噼啪的芒槌声从里面传出来，经久不息。不管是天寒地冻，香香街女人洗衣浆被从不下冷水，在池子里洗一回，皮肤就越见白嫩。难怪香香街的姑娘不愿嫁到远处去，多半是舍不得这一池温水。

到了下午，大汤池就更显出一番情趣来。男人们下工了，都要集到池里来。他们慢吞吞地擦着背，聊着香香街的新闻轶事，劳累了一天的身子，便在这热水里慢慢得到恢复。要是在农忙季节，大汤池就会出现男女混合洗澡的场面。女人们也是傍黑下工，这时候也就顾不得许多，三五成群地先蹲满一边池子。男人们来了，谁个也不经意，大咧咧地下池去，坐满这半边池子。一样的说说笑笑，就像是坐在一张大桌上吃饭那样，平常惯了。

在这里，男人不敢无礼，女人不便放肆，但香香街一切纯朴的人情都会在这里体现出来——

远道而来的过往行人，早上闯进了大汤池，女人们不是举起芒槌轰骂，而是很宽容地把身边的位置让出来……

慕名而来的皮肤病痛者，整天整天地泡在池子里，人们并不是打发伢崽下池驱赶，而是腾出房舍让病人住上十天半月……

大汤池啊，一股温存而灼热的泉流！

随着历史的进展，精神文明的春风徐徐吹来，香香街又令人欣喜地翻开了新的一页。今年春上，大家集资将大汤池改建一新，完全可以跟城里的浴池相媲美。香香街男女混合洗澡的现象从此结束了！建成的那天，大家放爆竹庆贺，宣布向过去的生活告别，迎接新生活的开始。

我怀着悠悠恋情走进大汤池，刚一闻到那股硫黄味，熟悉的情景便扑面而来。还是那石阶，还是那温水，还是那一张张亲切的面影。不同的是，女人们的笑声从隔壁传过去，男人们便悄悄地估摸着自己女人的方位，然后把换下的衣裤扔过墙去，接着那边便会传来一声责骂。那骂声使男人自喜，使大汤池更增添了几分情趣。我被这朴素的情感打动了。

我仿佛是置身在家乡人民火热的生活泉流之中，感到无限的欣慰。

呵，大汤池，撩人情思的暖流！

（刊于 1986 年 1 月 17 日《九江日报》）

绿　雨

五月，在南方，是雨季；在我的家乡，是绿雨如烟的日子。

我家乡赣北幕阜山区多是丘陵，一半为垅田坡地，一半是松林竹山。到了五月，满眼绿色，郁郁葱葱，铺天盖地。

这个时候，雨帘整日挂在头顶，时不时一阵闷雷，炸出如烟的雨雾，飘飘洒洒，迷蒙了天际。我家住在远近闻名的竹源。这里除了门前一垄瘦田，满坡满岭全是青翠的竹子。我家住的房子是一座别致的用毛竹搭成的竹楼，家里用的多半也是竹器，有竹椅、竹笠、竹箕、竹篮、竹箩、竹筛、竹席、竹帘，就连装油、装酒、装芝麻豆种、装陈年干菜，都是用的竹筒子。我们家一年中要干的活儿，也差不多都与竹子有关。父母亲都是在竹源中劳碌了大半生的人，对各种各样的竹器活儿十分在行，白天上竹山疏竹子，扎竹排放到大河中去，晚上在家也闲不下来，破出细密的竹篾，做成精美的竹篮、竹笠等器具，摆在门前，供路人选买……每至五月，乡人特别忙碌，几天几夜的大雨，闹醒了山林，催发了埋在土中的竹笋。这个季节，人们都得举家出动上竹山做板笋。雨越大越猛，这种活儿越紧迫。要抢在竹笋出土一尺左右挖起来做成板笋，延误一两夜，竹笋就窜出老高。于是人们披蓑衣、戴斗笠，顶着大雨在竹山上苦干，这时候，雨掩去了一切，天地间湿漉漉的，绿成一片。

不管我是上小学还是上中学，这个时间，照例是要放一个星期的农忙假的。乡里几乎所有的人都驻扎到竹山上去了。我们家将竹楼锁定，母亲挑上足够吃的米菜，我提着一笼鸡，还要赶着两头架子猪一起上竹山。父亲已提前上山搭好了竹篷，安好了锅灶，修好了高高的压笋架。

我们家的竹山有好大一片，从深深的山谷一直延伸到半山腰。毛竹习惯于土层厚、背阴的环境，长出的竹子有二尺见围，枝叶遮天蔽日。这里长出的竹笋也特别粗壮，我七岁那年只抱得起一只大笋，上中学后我砍柴能挑五十斤，大竹笋只能挑动五六只。在竹山上，我跟着母亲冒雨挖笋，父亲负责挑笋。我们一天少说也要挖二十来担新笋。

做板笋的季节不能没有雨，挖笋的时候不能躲过雨。

每天清晨，我们的竹篷子就像一个长在晨雾中的蘑菇。四周的山雾静静地横亘在竹林的上空，远山和近处的竹影若隐若现。父亲搭的做笋篷远看像一把巨伞，它的顶部全是用杉树皮盖的，土褐色。大蒸锅冒出的水汽轻轻地升腾着，和竹梢头的水雾搅在一起。有时看花了眼，不知是雾霭在涌动，还是篷子在移动。清早的山路，湿润而柔滑，母亲戴着一顶竹笠，肩上挎着背篓，一手拿着挖笋的小锄，一手扬着木棍，不停地扫落路两旁草叶上的水珠。我披着一张尼龙布，肩上挽着一只小背篓，跟着母亲走向竹林深处。挖笋既让人兴奋，也使人着累。每当从红土中挖出一堆大笋时，我都要对着竹篷的方向“哎”几声，告诉父亲我们的方位，那清脆的声音便在竹梢头颤动，滑向绿色天地的深处。

大雨说下就下，只一会儿，密匝匝的雨丝便把竹山严严实实地裹着。雨点打在竹叶上，竹叶上的雨珠滑下来打在我们身上。雨越大，我们越要不停地挖笋。其时，斗笠和尼龙布都无济于事，雨水已将我们浇个透湿。母亲早已丢开了斗笠，把湿漉漉的长发系好，在我的前头忙碌着。她每挖出一只笋，都要看我一眼，仿佛在说："今年是大年，笋多，做好这一季板笋，一年的生活就有着落了。"其实母亲不说，我也早已懂得，做一季春笋对我们家是何等的重要。我默默地跟随着母亲，扬起闪亮的小锄，任雨水在眼前飞动。我看远山，是一片浅绿，竹林，是一片翠绿，天地之间，是一片混沌的如烟的绿雨；再看母亲，她隐在雨雾里，模糊成一团跳动的深绿——我们，融进了充满诱惑的绿雨之中……

整个做板笋的季节，都在雨和夜的闪替中匆匆滑过。十几个做板笋的季节，都在我的亲身体验和盼望中完成。我从这一年一度的劳作中，开始体味到生活的艰辛；从这一年稠似一年的山雨中，真正感悟到大山的给予。五月的山雨，是绿透了的山雨，它洇湿了山乡人家殷实的生活，也涤荡着山乡少年纯净的心灵。

我走出竹源，走出幕阜山区的时候，绿色的山雨已带给我晶莹透亮的人生之初。我到北京已有七八年了，生活的磨砺，已使我多了几分老成，多了几分粗粝，也多了几分世故，纯真和率性渐渐远离了我。北方没有雨季，也难得有铺天的绿雨，一阵小雨洒在身上，往往是一片泥斑，几点灰迹，一如缺乏山雨洗礼而变得日益粗糙的我。

五月，在南方，在故乡，又是绿雨如烟的时节，翘望南方，有一股乡愁萦绕在心头……

（刊于 1995 年 6 月 15 日《九江日报》）

故乡的茶亭

在我故乡赣北幕阜山区，以前没有通公路，广袤的乡间全由山路相连。抬头见山，出门爬山，劳作钻山，谋生靠山，便是乡人日常生活的写照。山路弯弯何其多，山路迢迢何其远，山路陡峭何其险，山路曲折何其难。以前出趟远门着实不易，要赶百十里乡路到修河边搭船。如果要穿越湖广做生意，跑单帮，更是要翻山越岭，昼夜兼程。因此，在我那民风淳朴的故乡，“十里一乡风”自不必说，“十里一茶亭”就成了乡间独特的风景。

你想啊，走一里几里山路不打紧，走十里百里山路你就会思量带水带干粮。带水是极为不便的，用竹筒装水，竹筒挂在腰间，晃来晃去，况且乡人爬山远行多要挑担，极为碍事。走那么远的山路，也应该有个避风躲雨、歇脚纳凉的地方。于是，老班人就想出了好办法，在一处处崇山峻岭、渺无人烟的山路要冲，修建起一座座茶亭。远远望去，茶亭就成了路人的一种冀盼。走山路累了、渴了，就会打气说：“快走哇，前面就有茶亭。”

我的老家在武宁县澧溪镇大源村，它坐落在幕阜山深处，四面环山，峰峦叠嶂，是个山高路远、物丰人稀的地方。自古就有一条驿道从澧溪街进山，穿大源村，经平坑、田垅，一路向北，直达湖北的阳新。因此，大源村一度相当繁华热闹，过往湖北的商客云集于此。那些年头，大源铺在十里八乡很有名气。

这条漫长的乡间山路上，自然是少不得茶亭的。在大源通往澧溪街的十几里山路上，就有一座历史悠久、享誉一方的茶亭。它建在颈儿岭上，由一座石亭和一间木屋组成，石亭依山势南北坐向，内有两排石凳、几扇石窗，山路独具匠心地从亭中穿过。站在亭中纳凉小憩，喝着凉茶，吹着山风，让人无比惬意。从亭中往南看，可以纵览澧溪修河烟雨；往北眺望，可以欣赏大源塅广阔的田园村落；再往北寻觅，耸立云端的罗峰尖和篾坑尖两大主峰以及远处的道教圣地太平山，云雾缭绕，仙气飘飘。

茶亭中的小木屋一般由守亭人家住。木屋山坡下有一片地，可种一些红薯、玉米、荞麦以及四时瓜菜。山上有野茶，林中有药草，守亭人家只要勤劳肯做，生活就可以自给有余。守亭人的分内事，便是不管春夏秋冬、刮风下雨，一年365天，天天一早烧好茶水，放在亭前。走山路的人来到茶亭上，拿起小竹端筒，舀起茶水，仰着脖子，咕噜咕噜一口气喝完，揩一下湿润的嘴角，道一声“多谢了”，便又匆匆赶路。给不给茶钱是自愿的，有的给钱，有的不给钱，有的给点物什，有的敬支香烟。守亭人从不计较，总是笑脸相迎，好言相送，一句“慢走喔”，备暖人心。日复一日，年复一年，自古如此。

我小时候随父母在澧溪街和石渡镇上生活、读书，经常到大源公公家小住。有时住十天半月，有时也住一两年。我记得，六岁上小学的时候，就是在大源小学祖爷殿里破的蒙。我从小就帮公公放牛、斫柴、锄地、翻薯藤，乡间的一些劳作我都懂得，也做过。我对大源有特殊的感情，儿时记忆相当美好。

我与大源经年的来往，走的是同一条山路，过的是同一道山梁，自然也无数次路过这座茶亭。我每一次都要在茶亭里小坐，喝清凉的茶水，吹过亭的山风，和守亭的老人说说话，看看山间四时不同的风景。

从我记事起第一次路过这座古老的茶亭，到我从澧溪中学高中毕业的十几年间，守护这座茶亭的一直是一位姓汪的老人。他个头不高，人清瘦，有点驼背，但为人朴素、热情，愿意帮路人的忙。他不仅帮过往路人准备茶水，吃饭的时候遇上熟人饿着肚子路过，还会邀请人吃点东西，以便路人打起精神继续赶路。晚上有赶夜路的，想在他屋里借宿一下，他也满口答应。更为人所知的是，他还会打草鞋，篾匠活也做得相当麻溜，做的篾器远近闻名。他打的草鞋不卖钱，多半送给路人。他做的斗笠，自己用得少，路人用得多。逢上下雨天，他挂在门边的斗笠就不够用了。路人借斗笠有还的，也有不还的，他也从不追问。

有一次，我和公公一道去澧溪街办事路过茶亭，公公告诉我姓汪的守亭人是我们家远房亲戚，我应该叫他表伯。那一次在茶亭中由于有公公带着，表伯十分客气，不但给我们泡了碗芝麻豆茶，还送了我们一些水竹笋干、尖栗、山柿等山货。自那以后，我每次路过茶亭，更添上一种说不出的亲近感。

我在澧溪中学高二（1）班读了一年书，因为石渡中学高中与澧溪中学高中合并办学。那时，学生每个礼拜六日都要回家拿米带菜，我就一礼拜去石渡，一礼拜回大源。那一段时间，是我密集路过茶亭的时光。

我每次走上高高的颈儿岭，看见那座守护在盘山要冲上的茶亭，心中就涌出一股暖意。我每次看见守亭的表伯，他都在忙碌。有时他在挑水，汗水浸透了衣服，他每天要从山脚下挑几担泉水上山。有时他在劈柴，他每天烧茶水要用不少柴火，屋檐下总是码着一壁干柴。更多的时候，他在做篾工活。他系着一个兽皮做的围裙，在地坪上支起一个木架，晒着暖阳，熟练地破着篾丝。他选的是上好的毛竹或水竹，破出的篾丝又细又薄，青是青，黄是黄，摊在地上十分抢眼，正好用来编各种篾器。木屋里摆着的那些做工精巧的米筛、晒盘、箩筐、竹笼等均出自他之手。他也有不在茶亭的时候，那一多半是去山林中转悠了。根据时令气节的变换，他要拾捡那些活命的山货，采挖一些谋生的药材。

我有时会在茶亭中小停一会儿，和表伯聊聊天，问他一些日常的事情。他眯着双小眼，一边双手不停地做着篾器活，一边漫不经心地说着自己的陈年往事。他说他当初来茶亭里做事，不是为了赚几个工分，而是想着为四乡八墩的山里人提供一些方便。茶亭总是要人看守的，自己单身一人，又没有什么牵挂，来茶亭上一干就有些年头了。他说，他每天除了烧几桶茶水，还要去剁柴、种地、收山货。远近山上哪里有野茶，哪里有松菌，哪里有药草，哪里有走兽，都摸得门清。只要不偷懒，腿脚勤快，就饿不着肚子。他还告诉我，这山路也还得经常修修补补，一下大雨，有些路段就可能被洪水冲塌，他就要及时用木棍、石块、泥土填起来，以防路人跌跤。他还高兴地说起，远近乡人都对他好，看得起他，路过茶亭时还经常留些东西给他。有一次，村里采茶剧团从山外演出回来，还在茶亭里特地为他演了一段戏，乐得他不知说什么好。茶亭中哪朝哪代响过锣鼓哇，那可是头一回。他说他最开心、最得意的事情就是为送粮人烧茶送水。那年月，乡间没有公路，小港里水浅也行不了船，团近几个大队送公粮就全靠用箩挑。每年秋季，割完晚禾后，各大队就开始安排送粮队翻山越岭往澧溪粮库送公粮。这里是大源、郭坑、平坑、田坵几个大队送公粮必经之路，那些天，山路上送公粮的人就会来来往往，扯锯样热闹。真应了那句乡语：“灶里不断火，路上不断人。”表伯说，他头天夜里就炒好芝麻黄豆花生，早上大火烧水，泡好三种茶：一是有点苦涩味的野山茶叶茶，二是带咸味的菊花茶，三是清香扑鼻的芝麻豆茶。三大桶茶都摆在茶亭边上，供送粮人自饮。他说他拿了这几个大队给他的工分，没有什么回报，能做的也就是这点小事。他说这些事情的时候，眉眼间透着几分得意，几分满足，几分安详。

我每次离开茶亭，表伯都一直目送我走远，走过几个大山坳……

我从澧溪中学毕业后，下放到石渡公社安乐大队当知识青年，接受贫下中农再教育。再往后，我去了九江师范读书，毕业后回县城，先后在县电影公司和县文化馆工作。我回大源的时间少了，也很少走山路，偶尔路过一次茶亭，也没能和表伯打个照面。再后来，我考到北京读书，又留在北京工作，一晃三十多年过去了。其间回家乡的次数很少，回大源更是匆匆忙忙，以致没能再走一回山路，看一眼那熟悉的茶亭。

去年秋天，我趁回武宁澧溪探亲，特意从大源放弃坐车，步行走山路去拜谒心中的茶亭。我沿着有点荒芜的山路来到颈儿岭上，茶亭还在，小木屋也还在，可我无言以对，一丝失落滑过心头。据说，表伯去世后，茶亭中再无守亭人。茶亭没有了人看护，小木屋也破败了，山地上长满了野草。随着乡村公路的迅速发展，简易公路通到了每个村落。如今，走山路的人越来越少了，这条热闹而畅达了多少年月的古驿道，真的有几分落寞、几分苍凉。

我站在这座历经风雨的古老茶亭前，再一次细细地向四周张望。从这里仍然可以看见澧溪镇繁华的街市和修河的烟波，也能远眺高耸入云的幕阜山脉群峰的雄姿。一条从大庆至广州的高速公路从远山呼啸而出，给僻静的大源平添了几分热闹、几分时尚、几分时代的新姿。好在山路还有人走，茶亭还有人光顾，一代人将一代人的故事往下传，这山岗上，岁月的回声将会不绝于耳，回荡在山里人的心头，萦绕在茶亭和山梁间。

（刊于2021年《武宁历史文化》）

歌过山林

一

秋天是回故乡赣北山区的最佳季节。

这时的山林风景如画，呈现出一年中最美的模样。八月灿灿开了蜜口，九月黄黄出了香瓢。还有山柿子像一串串小灯笼点亮在山野间，呼唤秋风的亲吻。尤其是一望无际的油茶林，挂满了鲜红透亮的油茶果。秋风起处，林果飘香。远远望去，山峦层林尽染，一派醉人秋色。

这个时节，也是打鼓歌飘过山林的动人时节。

恰好此时老家县里邀请我去参加一个非遗文化发展座谈会，我欣然应允。我要去会会那些老朋友，去看看老家非遗项目的传承和发展情况，去听听那久违了的让人刻骨铭心的打鼓歌。

二

早在来北京鲁迅文学院读书之前，也就是在20世纪80年代改革开放初期，我在县文化馆工作了几年。那时，县文化馆的工作除了辅导群众的文艺创作，就是搜集、整理民间文化，抢救濒临失传的非物质文化遗产。那时，县上的民间文化最突出的就是民谣、打鼓歌和采茶戏。我当时担任文化馆副馆长，主抓“全县首届打鼓歌表演大会”的筹办工作，深入山乡组建打鼓歌表演队，因此，有机会接触乡间一流的鼓匠，也深切感受到打鼓歌的表演特色和动人魅力。

也是在深秋，一个浓雾弥漫的清晨，我跟着鼓匠孟师傅来到油茶山场。那时油茶山都分给了农民管，每家每户都有几十上百亩油茶山林。在采摘完油茶果后，要对油茶山林进行一次锄垦，砍掉茅草，深翻土地，以便来年获得好收成。于是大家开始轮流锄山，没有轮到的人打弯工，互相帮忙。这时，鼓匠就是一个家家户户离不开的角色，都请他打鼓锄山。你想啊，偌大一片茶山，如果没有鼓匠击鼓唱歌，催工罚懒，到太阳下山也未必锄得完。由此，就有“一鼓催三工”之说。县志记载：“楚人来宁垦山者，岁以千计，百锄并出，每数十人为队，其长腰鼓节歌，以一勤惰。”说的就是锄山鼓的功效。所以打鼓歌又叫锄山鼓、催工鼓。

孟师傅是我见过的最有名也是最具实力的乡间鼓匠。他人清瘦，个头不高，腰间缠着汗巾，脚上蹬着布鞋，一双大手遒劲有力，一对眉眼特别传神。尤其是他的功能奇异的大嗓门，唱歌音色尖劲饱满，抒情音腔十足撩人。在深秋的山场上，他是一个催工汉、一个调情郎，更是一位叱咤山林的歌神。

这时，山雾将散，露水欲开，四乡八邻的人齐聚山场。他们身穿粗布衣，肩扛大锄，腰佩茅刀，一见孟师傅纷纷问好，或问当日歌事，或约锄山佳期。孟师傅总是和颜悦色，应允每家的邀约。这时东家递上一包烟、一碗茶。孟师傅知道东家催开工了，乐呵呵地接了，深吸一口香烟，浅抿一口浓茶，然后勒了勒腰巾，往手心上吐了一把口水，搓了搓，喊：“架势啦！”一日的劳作便由此展开。孟师傅快步走到锄山队伍前，一甩箭步，站桩威严。只见他一手扶着腰间小鼓，大拇指按着鼓面；一手捏着鼓槌，敲起一阵急雨般的鼓点。鼓是祖传的腰鼓，已有些年代了，鼓面击得锃亮。鼓槌有点特别，是一枚弹力十足的竹节。这样的鼓槌击在鼓面上，声音非常清脆，穿透力特别强，三里外都能听见。这时的孟师傅歌唱已出神入化，一阵高难度的昂颈歌直插云霄，尾音足足拖了一分半钟；转而急流勇退，如珠落玉盘，行云流水，浪花拍岸：

到山来，到山来，
到山扶起土地牌，
扶起土地拜三拜，
保佑山歌随口来。
唱得山林云雾开。

唱歌不要好声音，
全靠字眼吐得清。
山歌没上铜板册，
没上《四书》并《五经》。
唱支山歌散精神。

这时候，众人挥舞着大锄，一边锄地，一边“吔嗨嗬，吔嗨嗬”地和着歌，一字儿排开的锄山队伍追着鼓匠不断向前，大家劲头不减，欢乐不断，一片茶地眼见锄出去很远。真所谓：“一鼓催三工，句句欢悠然。”进入对歌，鼓匠就是山林中的定海神针，一切由他引领。他起的歌头是什么韵脚，大家和歌就得唱什么韵脚。一般孟师傅会选一些大家耳熟能详的歌头领唱，让大家开开心心跟着唱，从不为难大家。锄山的队伍中，有时也有好事者，给孟师傅下歌绊，想为难为难孟师傅。可想而知，孟师傅是难得倒的吗？！据传，孟师傅满腹经纶，记歌无数，唱上三天都不会重复。真要给他下歌绊，那就有好戏看了。

按一般常规，孟师傅一上午要唱两个四番鼓。第一个四番鼓由起头番、冷二番、紧三番、刹四番组成。起头番比较缓和，平铺直叙，一如引路。冷二番多是抒情篇章，有长篇叙事，囊括情爱江湖。如《梅花》三百六，唱瘦一身肉。《梅花》是首长篇情歌，有三百六十句，一般人难以唱全。只有背得滚瓜烂熟，才敢起《梅花》歌头。孟师傅唱《梅花》最拿手，不但故事唱得周全，而且感情非常应景，颂扬不过，苦悲有别，唱得听者如痴如醉，唱得山林荡气回肠。所以冷二番鼓，最见鼓匠功力。紧三番节奏加快，鼓点如雨，歌声也是雷霆万钧之势，一如万马奔腾，弄得锄山的人都没有工夫抬头、喘气。刹四番云开日出，见好就收。鼓点戛然而止，歌声隐入山林，韵味无以穷尽。唱完四番鼓，歇一袋烟的工夫，然后继续唱第二个四番鼓，唱完收工，东家请客。

我跟孟师傅在山林中厮混了几天，亲眼所见这位平凡的鼓匠不平凡的行事风格。只要他背起了小鼓，打鼓唱歌就是天大的事。他是那么尽情，抒发人间大爱；他是那么尽心，为乡人不怕苦不怕累；他是那么尽责，为东家所托醉唱山林。一个秋冬下来，他要打几十场鼓，唱歌的热情始终不减。我问他做个乡间鼓匠苦不苦，他爽朗地说：“甜比苦多。打鼓唱歌虽然只是一种普通的乡间劳作形式，但它给大家带来欢乐，带来对生活的期盼，也是一种融入生命的乡土文化。我有幸传承它，就是人生的一大乐事。”孟师傅果然见识不浅，我选他当打鼓歌表演队的领队，一切水到渠成。

是啊，每当熟悉的打鼓歌响起，不管是在田间还是在山林，人们都会趋之若鹜，有时看热闹的人比锄山的人还多。

在打鼓歌场，曾流传着“慨煞一条狗，磨钝一把刀，摇断一根竹，闷死一笼鸡”的典故。就是说，因为打鼓歌的吸引力，一条赶来的狗活活跑得累死了；一个磨刀的人听歌入了迷，将刀越磨越钝；那在竹林里干活的人，听着歌，不经意间将竹子摇断了；更有意外的是，有个卖鸡的婆娘，听着情歌迈不动脚步，坐在路边痴想，无意间将大衣盖在鸡笼上，结果将一笼鸡闷死了。多么诙谐形象的比喻啊！从这就不难看出，打鼓歌有旺盛的生命力，有经久不衰的情缘。它深扎沃土，根深叶茂，老少参与，受众如云。

三

在县城宾馆开了一天座谈会，大家围绕非遗之一的打鼓歌的传承与发展谈了许多新理念、新建议、新方法。现在老一代鼓匠年事已高，唱不动了，有的甚至谢世了。新一代鼓匠如何培养，成了大家讨论的热门话题。有的主张从孩子抓起，教他们一些技法，边上学边练习；有的建议与一些音乐学院联手，开设相关音乐课程，理论结合实践，培养高素质歌手；还有人认为，要在本乡本土找合适的少年，跟着还健在的鼓匠多练多学，潜移默化，造就原汁原味的乡间歌手。县上也表示要把打鼓歌发扬光大，列入长远发展规划，并着手建立打鼓歌文化生态保护区，着力推动打鼓歌的继承与发展。这么做，真的令人欣慰。

多年来县里文化部门久久为功，下大力气挖掘、收集打鼓歌词，专门成立了打鼓歌研究机构，经常组织打鼓歌表演比赛，编辑出版《打鼓歌音乐集成》和《打鼓歌民谣集成》等，因此，打鼓歌先后获得省级和国家级非物质文化遗产证书，一批艺人进入了非遗名录。现在，县里山清水秀，大打生态旅游牌，开始把打鼓歌表演与旅游业嫁接，将打鼓歌从山头、田间搬上舞台，使打鼓歌进入了更多人的视野。

晚上主办方安排我们观摩了一台非遗节目表演。

舞台临水而建，配有时髦的灯光秀，游客或观众可乘坐在敞篷船上边嗑瓜子边看演出。游船是流动的，节目演完后，游船又载着客人去湖区夜游。因而，这非遗节目演出就像流水席样演着。一天演多少场，要看游客的多少而定。

非遗节目多半是约定俗成的，有采茶戏和打鼓歌表演，也会插上几首夸赞家乡好的歌曲，或加上几个搞笑小品，整台晚会看不出有什么重点和闪光时刻。就拿打鼓歌表演为例，鼓匠穿戴着时兴的行头，白头巾、黄披肩、红腰带，脚上还扎着绑腿。鼓是新鼓，槌是木槌，唱起歌来嗓门还算洪亮，但比起老鼓匠孟师傅来差得不是一星半点。其他配歌的都是一色儿的女演员，她们穿着时尚，挥动着木锄道具，边歌边舞，嘻嘻哈哈就唱过一场。虽然把打鼓歌搬上舞台是时代发展使然，然而程式化太强，歌舞与周边环境不协调，没有了那种浑然一体的原生态张力，让人感到怅然若失。

四

第二天一早，我驱车去当年举办全县首届打鼓歌表演大会的油茶山林。大片的油茶林还在，油茶花开得漫山遍野，然而茶山却长满了野草灌木，大约有些年头没有锄山了。现在相当一部分年轻人都出门打工去了，只剩下一些老人、妇女和儿童留守家中。村上缺乏年轻力壮的劳动力已经不是一年两年了，且老鼓匠渐渐远去，新鼓匠迟迟不能上手，要想重新拾起打鼓锄山的活计，已经不是件容易的事了。

我在山林间伫立许久，林间树木一望无际，仿佛找不到出口。这片留有昔日打鼓歌风云岁月的山林，这片只属于打鼓歌繁衍和出彩的山林，静待新一代歌王走来。

河趣

修河三章

己亥年初秋，趁回故乡武宁共襄博士联合会成立之机，我与文友陈德生、戴成标结伴而行，沿着梦绕魂牵的修河一路西行，穿越莆田、澧溪，夜宿船滩，翌日造访三都。我们漫步在清江、石渡河边，修河最壮美的河段便尽收眼底。

我从小在修河边长大，喝修河水，吃修河鱼，坐修河船，嬉修河浪。在我的记忆中，修河的水是那么的有势，修河的风是那么的有度，修河的韵是那么的有情。春日里，看满河大水，一泻千里。夏季里，观沙洲如练，白帆点点。秋风里，走瘦河浅滩，渔歌唱晚。冬阳里，过浮桥野渡，迎接年关。六十多年过去了，我的人生走了一程又一程，而今已两鬓斑白，进入花甲之年，而修河，仍然那么年轻，那么充满活力。她在我眼里，就像一位风姿绰约的花朝女，是那么的风情万种，又是那么的与众不同。

河　水

修河的水清澈透亮，带着幕阜山和九岭山的灵秀气息，千回百转，一路向东奔涌。八百里修河，最壮观、最著名的激流险滩多半都集中在武宁县境内。更确切地说，从清江、澧溪、石渡，到老县城，这一路的修河长滩跌宕，水势凶猛，素有九九十八险滩之说。

从这里看修河水，最能体现她奔涌的姿态和造势的劲头。你想啊，从远古至今，修河就这么敞亮而勇敢地流着，春载桃花瓣，夏裹禾花香，秋送桂花雨，冬显寒雪妆。那时候，款款流过深潭险滩的修河水，都在述说着本土古老的故事，山间野史，分外动人。如黄庭坚的“龙潭清影”“水月双清”，白玉蟾的《涌翠亭记》，陶渊明闲游修河邂逅桃花源，九宫山瀑布跌落闯王遗怨，太平山香火弥散道教精神。还有辽山的云幔，柳山的书声，都成了修河常说常新的佳讯，成了修河那一份独特的感天动地情。修河就是赣北大山的使者，她日夜奔腾不息，急于把两岸的一切告诉山外人……

而今武宁县境内的修河，除了清江上游还能见到一段古老的河床，其他地区都成了平湖。修河水那种日夜兼程、奔腾不息的强劲势头不见了，修河上那种粗犷撩人的行船号子听不见了，也没有了篾篷船的点点帆影。自 20 世纪 70 年代中期在修河中游永修段柘林镇峡谷修建了一座亚洲最大的土坝水库后，高峡出平湖，以总库容量 79.2 亿立方米修河水形成了如今浩瀚的庐山西海。

极目远望辽阔的水面，你以为修河水是静止的，其实她仍在流动，只是没有了以前那种奔涌的气势。你站在修河边，掬一捧修河水洗脸，河水还是那么清凉宜人；舀一碗修河水畅饮，河水还是那么甘甜爽口。修河广纳百川，形成如今浩渺水域，但她的水质没变，灵性没变，依然波澜不惊，仪态万千。她以更加博大的胸襟拥抱大地，滋润着两岸城乡民众；也以其更加富庶的物产，养育着武宁人民。

修河水养育的著名物产之一就是河鱼。有道是“有水为修，有鱼为鯈，天下大乱，此地无忧。”可见历史上修河的物产之丰富，民生之逍遥。如今壮阔西海湾，河鱼更是一种天然物产，成了抢手好货，也成了武宁人的至爱。据说，处在修河上游水域的上水鱼味道最为鲜美，这是河水的造化。

河　风

修河的风，总是贴着水面飞行。

生活在修河边的人，四季与河风为伴。尤其是挽着竹篮下河洗衣的女人，深谙河风四季吹卷的规律。春季里，河水还清凉，待暖阳高照时，下河洗衣或挑水就比较从容。这时如果河风起，总能闻到从河岸上飘过来的油菜花香气。入夏后，清晨下河洗衣洗菜，开始河雾很浓，你看不清河对岸的竹林和山影。待到河风一吹，浓雾顷刻散去。如果你此时心头有事，想在河中多待一会儿，就不知道是希望有河风好还是没有河风好。深秋时，河水已很瘦弱，浅滩上可以走人。这时候就有壮汉或少年卷起裤腿，麻利地涉水过河去对岸山上砍柴。此时河风托着飞燕擦肩而过，河风中夹杂着一抹淡淡的鱼腥味儿，约莫还有几缕从榨坊飘出的油香。寒冬日，暖阳在河岸上晃几晃就躲开了，日子显得很短促。船队在急水滩下集结，就等着河风刮起来，好升起前后双帆冲上长滩。冬季里要是没有河风，货船是难以前行的。

以往的修河，是缺不得河风的。河水带动河风，河风则带动着人们的生活。河风温柔也好，凛冽也罢，都透着一种与人相适的度。我们世世代代在修河边讨生活，没有觉得河风有什么不好，更无什么大害，它更多的像一种天地人的糅合剂。四时的河风，拿捏得那么好，有强弱度有舒适度，让人缺之不得，让人四时兴起，让驾驭河风的船夫情不自禁迎风高歌。

如今的修河，水面开阔，一览数十里，但河风明显没有了以前的力量。不是说河风真的小了、轻了、缓了，而是没有了高岸耸峙的河床，没有了上下流动的角度和冲力，河风就显得疲沓，少了张力。对于仍然生活在修河两岸的民众而言，由于下河劳作减少了，出河的日子也不多，河风对他们生活的影响也越来越少了。

好在河风仍然贴着水面飞行，且比以前更宽广了，也更持久了。这不，水面上木排、篾篷船虽然不见了踪影，但修河中又引来了无数的帆板、游艇和滑翔伞，那辽阔的水面被游艇箭一般犁开，掀起了拍岸巨浪，不等河风来，彩旗早已猎猎作响，飘向远方。

庐山西海托起了山水武宁的旅游巨帆，只等河风起，只等好风来。

河　韵

早年间，修河是赣北山区交通物流大动脉，河面上繁忙得很。每年春季涨大水的时候是放木排的最佳时节。一般木排有几十米长，全用篾绳扎牢，两个放排汉分别站在木排头尾，扳着橹，舞着篙，唱着放排号子，一路高歌猛进，要把木排放到鄱阳湖或长江去。

还有运货的船帮，三五成群，结伴而行。遇到上急水险滩时，他们就相互帮忙，把细长的木棍插在船头的洞里，两个人或四个人用肩膀顶着，一路喊着走船调子弯腰前行。此时，船老大在船尾双脚灵活地夹着木舵，手上的长篙丢得娴熟有致，左右开弓，一串串山歌野调响彻河谷。

河面上还有经年在修河上往返行驶的渡船。只要上了点年岁的武宁人，都有坐渡船的经历。撑渡船的师傅常年住在渡船上，只要你在河对岸打声“呜呼”，渡船便穿过河雾来到你跟前。一条渡船，承载着几代人的出发、远嫁与回归。

我以为，这就是修河原始的、让人动心动情的别样的韵致。

现如今，修河一坦平洋，既没有了木排的踪影，也没了船帮号子。偶尔还能看见几只渡船孤零零地泊在河湾里，由于过渡的人稀少而形同虚设。现在村村通了公路，有事就开车出门，谁还去坐那费时又费力的渡船呢？昔日那种从早到晚扯锯似的过渡情景，怕只能成为一种找不回来的乡愁，一种刻在生命深处的记忆了。

但是，修河的韵致没有因此而失去太多，她八九成已转移到河的两岸，那些充满情韵的时代新葩似一串珍珠紧紧地镶在修河绵长的锦衣上。如我所知的就有北湾半岛情缘谷、澧溪千顷荷花塅、七彩长乐、魅力长水、新光山庄、花千谷、老虎帐新农村、平绕湿地、新县十里画廊、柳山风光、长墅源红豆杉、武陵岩胜境、梦幻桃花源、醉美西海湾……这些被称颂的修河两岸的迷人景致，以及“遇见武宁”大型主题灯光秀和新编武宁采茶戏、打鼓歌表演等，成了新时代修河的新韵致，必将影响深远，造福未来。

我在缱绻的时光里，深情地注视着养育过我的修河。

（刊于2020年第1期《武宁博士风采》）

河　灯

夜幕降临时分，我漫步在江西修水县城修水大桥上。

桥的南端，是景致优雅的南山崖。南宋杰出诗人、书法家黄庭坚曾在上头留下足迹与诗文。现在修葺一新的黄庭坚纪念馆便坐落于此。古色古香的亭台楼阁掩映在翠绿丛中，明净的灯光透过古槐藤蔓，倒映在南山崖碧绿的河水中。桥的北岸是修水县城。纵横交错的街道，层层叠起的建筑群，新街老巷的不同风貌，构成这座山城独特的格局。修河绕过三分之二的城围，缓缓地走，轻轻地流，一派如昼的灯火长长地布满河湾，像明亮的珍珠，像灿烂的星光，风动水也动，水动灯也动，时隐时现，时明时灭。我伏在水泥桥栏杆上观赏着那片灯火，不禁产生了一种幻觉，这像不像一片动人心魄的神秘的河灯呢？

又像，又不像。

在修河的历史上，的确出现过一种神奇的“河灯”。

那还是在二十世纪土地革命时期，驻扎在修水的红十六师，配合苏区游击队在修河上放过一次别开生面的河灯。那时，修水县城被白军所占，为了打击敌人的嚣张气焰，向人民宣传革命思想、鼓舞革命斗志，一天夜里，红十六师在修河上游筹备了一大批河灯。河灯用木板制作，木板二尺来长、八寸来宽，写满一色儿的正楷字，用桐油刷过，扎着五颜六色的纸花，纸花中间再插上一根长长的蜡烛。花灯各式各样，有花花灯、花盆灯、莲花灯、瓜灯等，同时还配有风筝。风筝和花灯上各写有标语：“欢迎白军士兵拖枪投械！”“巩固苏区，扩大红军。”……二更时分，人们将几百盏河灯点着，让河灯顺流而下。顿时，满河一片通亮的火光，像一条巨大的火龙向白区卷去。白军在城中闻风丧胆，在一片惊慌之中退出县城。满城的百姓笑逐颜开，烧茶放爆竹迎接红军……河灯成了当年打击敌人的有效武器，充分显示苏区人民的智慧与策略。那片神奇的河灯被长期传颂。

几十年时过境迁，令人欣喜的是修河上如今又有了另一种河灯。这河灯从几盏、几十盏到成千上万盏。它记载着修水县城从闭塞落后走向今天繁荣昌盛的历史变迁，记载着勤劳勇敢的修水人民从贫穷困苦走向今天富足安康的生活历程。这是一片象征着美好、幸福、图强、崛起的动人的河灯。

河风轻轻地吹拂着我的脸颊，河风轻轻地带动了一河的灯花，我久久地徜徉在这五月的夜风里，浮想联翩……

啊，修水，你这条光荣的河流！

啊，修水，你这座美丽的山城！

（刊于 1985 年 7 月 15 日《江西日报》）

滩　河

修河多滩。

自宁州下来，修河像一条柔软的缎带，宽窄有致地嵌在崇山峻岭之中。浩荡的河水不知流过了多少滩头，汩汩滔滔，终于来到柳山脚下。然后，便以一种惊人的气势滚滚而下，将一路雪白的水花抖落在五里胡滩上。

胡滩，是修河中最长、最险、又最令人乐意往返的长滩。这一带流传着饶有兴味的滩歌，且不少船老板行船时唱那滩歌又极有情趣、极有韵致，唱得山动、水动，唱得岸边洗衣的姑娘妹俚心头颤动。

太阳（个）一出把船照，
大叫（咧）三声把橹摇……

太阳出来，河雾便悄悄地散去，河滩显出一片花花绿绿的世界。女人们沿河滩一溜儿占着洗衣石板，高高地扬起芒槌，痛快地拍着，水花四溅。那些个用功的娘儿，定要将被单拖到齐膝深的急水中慢悠悠地摆，听着那歌，望着那翘尾巴船缓缓地离开河岸。

每当这时，滩头上总有哪家的船娘抹着泪，痴痴地目送那船冲下五里长滩。

据说滩歌唱得最好的要数镇上的华子。他可以将修河上的每一个滩头都唱尽来，而且还道得出每个河滩的特性。那时，他唱着滩歌在修河上走船，让痴情的水花在滩头盼了他两年。我记得，那时候水花每天一大早提着竹篮下河洗衣裳，久久地翘望着五里胡滩，衣裳被水漂走了，许多次寻不回来……有一天，华子和他的船终于回来了，崭新的帆篷挂了花。听说他下了一趟鄱阳，带回来一个年轻的外地船娘。

从此，早上的河滩便少了一个女子的身影。夜风里，必定有一阵单调而凄凉的芒槌声从河滩上传来。有人说，那是可怜的水花。

那年，父母亲调到县城去工作，我们请了华子放船搬家。船离开小镇子的那天早上，满河水雾刚散尽，华子的婆娘赶来河边，把一个鼓囊囊的包裹丢上船头。华子眉头一皱，没有吭声。我不明白华子为什么不高兴，只知道她女人是往远处的家里寄东西，而且是不止一次地寄。

船刚离开河岸，只听见河边竹林中一阵轻微的响动。我抬头看去，只见水花把一棵桂竹掰弯来，神色惆怅。我心里猛然一阵酸楚，想起水花的许多事情来。水花见我向她招手，便露出一丝笑容，但很快地就松开手中的竹子。华子摇着双桨，扭回头，没再朝岸边看。

于是，下那五里长滩，华子便轻轻地唱起了那滩歌：

东门一出二神滩，
青青山崖两边拦，
小水磨滩太平过，
船上艄公不用烦。

平盘滩里挨山转，
鹅颈抱子出西关。

在那波涛汹涌的长滩上，我第一次感到修河滩歌似有一种迷离的意境和惆怅的情调。

几年后，我在小镇逗留了几天，回县城时，竟想不到又一次坐上华子的船。如今柘林拦河筑坝水位高、河床深，河中最长的胡滩被水淹没了，再也看不到长滩。小镇人一出门便是一脚平展的水路。华子如今驾的是艘崭新的帆船，可奇怪的是驾驶台上坐着的竟是水花。她蓄着短发，丰满的胸脯上裹着小花袄，下身穿着大脚边长裤，真是一副十足的修河船娘打扮。我疑惑地看着她。水花红着脸，看着岸边那桂竹林："这是我们家新打的船！"

"你们家？"我诧异万分。

"是咯，她……回了老家。"水花轻巧地拉响汽笛。

机船开足了马力。在胡滩那一平如镜的水面上奔驰。那熟悉的河道一定会勾起华子的回忆吧？然而，华子站在船头，不再唱那滩歌。

也许，滩歌在他心中已注进了新的内容！

修河多滩。人生的长河能没有几道长滩么？

（刊于 1986 年 3 月 19 日《南昌晚报》）

小　桥

春雨哗哗地下了两天两夜，街道低洼处已积满深深的雨水。修河转眼间变成了一头凶猛的巨兽，汹涌直下，两岸惊起滔天巨浪。汛期到了，我不由得担心起我那第二故乡的山港，山港上那座在风雨中飘摇的小桥。

每年到涨水季节，山里的洪水总是把小桥冲得无影无踪，即使在桥板与桥板之间缠着粗绳、铁丝都无济于事。算算我在那里插队七年，几乎每年汛期过后都要上山砍树另做新桥板。那时桥冲垮了，大家也无所谓，反正队上出劳力架桥。我就被派去砍过四次树。

离开那里三年了，听说小桥还是每年照垮不误，为此我心里总有点难过。像在目前的汛期高潮，小港里的大水两天都退不下去。人们要耽误许多任务，春耕忙忙的，多可惜。

听村上的人来城里说，前两年搞作业组，现在进一步落实党的农村政策，实行生产责任制，包产到组、到户。那小桥谁来照管呢?

正好，我今天下去采访，要经过村上，可以顺便去看看村上的人和我惦记中的小桥。如果过得桥去，我是要在村上住一夜的。

傍晚，我赶到港边，一路上正猜想小桥在不在，着眼一望，小桥竟稳稳当当地跨在山港上。汹涌的洪水从桥下一泻而过，下工的人们在桥上悠然往来，昔日被洪水隔着天地的景象不见了。真怪，下了这么大的雨，小桥怎么还会在？待我近前一看方才明白，小桥现在比以往足足高起两米，桥墩也全都换了新松树。

我在师父（下放劳动时结拜的老师）家住了一夜。问起木桥的事，师父说，在开春之前，大家花了几个昼夜把小桥改架了。生产责任制促发了农民的积极性。大家心里清楚，迟架不如早改。经我师父提议，大家自觉出工出力，砍树铺石，工夫花得并不多就架好了小木桥！

尽管连夜又下着大雨，我却睡得很安稳。生产责任划分后，一切都将变被动为主动，生产会日益发展！我心里感到格外快慰，一觉睡到大天亮。

第二天一早，雨停了，薄雾弥漫着山村。港里的洪水又涨高了，仿佛要涨平桥面。这时，赶路的人早已云集桥头形成一个长长的队伍，有担着青秧的，有扛着化肥的，有扶犁的，有打耙的，有挂着书包的，有裹着背带的……都从小桥上匆匆而过。

（刊于 1981 年 6 月 23 日《南昌晚报》）

修河的年味

一

以前，修河的年味是浓厚的、飘逸的，带着熏腊肉的烟火气和淡淡的咸鱼味儿，涌动在流淌的河风上，飘散在十里八里的河埠间。

我生活过的澧溪老街和石渡镇，是修河边两个著名的河埠。那时，澧溪虽然通了沙土公路，但不见十分样相，一天也只有数得清的几辆汽车路过澧溪，去往修水、铜鼓。而石渡是没有车到达的，偶尔有车从莆田穿简易乡间公路到达石渡河对岸，在沙滩上卸下的货还得用渡船来回搬运，十分不方便。于是水路还很兴旺，修河还很繁忙，日夜穿梭着来往的货船。

每到年关，就有许多船帮沿河而上，或许是几个月前下的鄱阳、走的长江。他们满载修河两岸的粮油棉麻、土特产品，到南京、上海以货易货，换回紧缺的日用品或年货，然后逆五百里修河款款而上，在修河两岸的码头停靠，将供销社或朋友托办的货物卸下。这些船沿修河一路西行，直到修水的三都码头卸完货为止。于是，船帮所到之处，码头上便人来人往，热闹非凡。大家拿一篮鸡蛋、两壶茶油、三升芝麻、几样山货，就能换回几块肥皂、几包糖点、几盒香烟。尤其是那些边角布料，可以给家人做几件过年新衣，非常抢手。

那时节，修河的年味，是船帮搅浓的，也是行走的木篷船给串起来的，好一段时间会在修河上难以消散。

二

我十岁那年放寒假来石渡镇上外婆家小住，临近年关要回澧溪家中过年。那时交通不便，回澧溪要走二十里山路，中间还要翻过几里无人烟的竹篙岭。外婆不放心，就让我走水路坐船回澧溪。

外婆认识一位叫永盛的船老大，就把我托付给他，坐他的船去澧溪。那天冬日温暖，河风扑怀。船帮刚在石渡码头卸完货，一溜儿板车队拉着年货吭哧吭哧上码头。那时候的石渡码头，在修河两岸是数一数二有气派的。停船的码头是用麻石条砌成的，旁边还有趸船。上河岸既有走车的斜坡大路，更有几十级石阶路直通街头。沿河滩上摆着一溜摊位，卖山货、卖河鲜、卖针头线脑，应有尽有。外婆带我穿过河岸上的桂竹林，走过热闹的码头，来到一条木篷船上，那位叫永盛的船老大在后艄抽着烟等我。他五十多岁，瘦高个，皮肤黝黑，蓄着络腮胡。外婆让我叫他永盛叔公，并给了他一小块腊肉、几斤板栗。永盛叔公也给了外婆一块上好布料，说是可以做件大褂。

我不知道永盛叔公是不是我的远房亲戚，反正就跟着这么叫。老家那里对上了年岁的男人女人，都习惯叫上屋叔婆、下屋叔公，也许是一种尊称或是泛称，总归人家爱听。

我要在船上住一夜，第二天中午才能到澧溪街。

三

永盛叔公的船帮大约有五六条船，是那种在修河上常见的木板船。船篷有木板做的，也有用竹篾扎的，总归能抗风雨。一般是前舱放货，后舱住人，做饭的家什都在船尾。船帮启程的时候，各船老大相互照应一声，就拔锚起航。有风时，拉起帆布，船队顺河而上，喊着号子，一路招摇，甚为壮观。

永盛叔公的船走在船帮最后，他的船与众不同的是有两根桅杆。船头的桅杆高，船尾的桅杆矮，如鼓满风，船会走得很快。这时他把风帆拉起一半，走在船尾，两腿夹着舵柄，手持长篙使船速不紧不慢，正好可以在队尾逍遥。船头有一个年轻伙计，把长篙左右抛入水中，时常溅起大片水花。如遇上浅滩，水急难行，前头伙计就立马跳下刺骨的河水，用一根短木棍，穿越船洞，用肩膀顶着向前。修河是不见纤夫的，如果船上货重，吃水太深，过浅滩时，永盛叔公也会跳下河去，在船头和伙计一左一右把船推上浅滩。

约莫走了十多里水路，天就断黑了。永盛叔公吼了一声，船帮停了下来，在林冈村的一处深水潭中歇下来。几条船沿着河岸并排停着，把长锚嵌入河滩沙中，又用绳索将船头锁紧，就变成了一个船阵，在风浪中就稳固了许多。此时，船上的女人都开始烧火做饭，一缕缕炊烟在修河上空飘荡。永盛叔公让伙计在桅杆上挂起灯笼，红红的一团暖光有点凄迷，但它是一种信号，好告诉团近的人，有船帮过来了。

夜色中，就有村民隔河呼唤：“有东西换不？”

立马就有声音回道：“有哇，你要什哩啦？”

岸边的人说：“我要一打洋火、两斤煤油、三包荔枝、四块肥皂、五六斤麻片糖、七八尺蓝士林布哇，有不？”

船上的人热情地应声：“有哇，要什哩有什哩。我俚只收干货，鸡蛋、油麻放不住咯，我俚不要。”

岸上的人就渐渐围拢到船上，以货易货，各取所需。间或也有人埋怨道：“绝灭不，我带了两斤鸡蛋，人家不收，又要打空手回去！”

这时，永盛叔公就走上前：“你莫急啦，鸡蛋我要了。你要什哩自家拣啦。也是，鸡蛋多了吃不完，天气一热，就抱出鸡仔来，船上是养不了鸡咯。”

夜色渐渐深去，河风冷飕飕的，一阵紧似一阵在河湾中回旋。我第一次在修河的船上过夜，被冷冷的河风吹醒了几次。永盛叔公和他的船帮给修河两岸民众带来的那抹温暖的年味，却一直萦绕在我的心头。

四

第二天一早，河雾刚刚散去，四周村庄还很寂静，船帮就开拔了。

永盛叔公告诉我，过了前头的长滩，就可以看见澧溪街了。

不一会儿，前头的船已在长滩中搏浪前行，隐隐有号子传来：

辽山对柳山啰，哟嗬哟嗬嘞，
张团对北湾啦，哟嗬哟嗬嘞。
水打河头岩呀，哟嗬哟嗬嘞，
火烧澧溪街哟，哟嗬哟嗬嘞。

这种粗犷的走船号子我还是第一次听见，可歌词我不太懂。“辽山”“柳山”是修河边上的两座著名的山峰,“张团”“北湾”也是修河边上两个有名的地方。“水打河头岩”，就是眼下从长滩汹涌而下的河水，拍打着挺立在河头的岩石。而“火烧澧溪街”呢，我怎么也想不明白。我问永盛叔公，为什么要火烧澧溪街呀？他笑了笑，说：“老班人都是这样唱咯。”

现在想来，“火烧澧溪街”有几种意指：一是澧溪街曾经发生过大火灾；二是提醒人们澧溪街木楼连着木楼，容易火烧连营；三是苦难的跑船人对富庶的澧溪街的一种友善的诅咒。结果是一语成谶，澧溪老街没有被火烧掉，而是被水淹没了。

五

现如今，柘林水库将修河变成了庐山西海的一部分，河水是静止的，河上没有了船帮，临近过年时河风中也少了那种久违的年味。而随着时代的变迁，修河的年味，已悄悄转移到两岸瞬息万变的街市和村落中了。当我再一次徜徉于石渡和澧溪过年的气氛中时，修河上昔日那种淡淡的让人期盼让人心动的年味，总是萦绕在心头，挥之不去，难以忘怀。

（刊于 2019 年 2 月 5 日《武宁报》）

河　雾

河面上的雾很大、很浓，几乎看不见对岸。

回河湾里，经常会遇上这样的大雾天气。每当这时，向对岸呼唤一声，桂兰便会驾起自家的小木船，咿咿呀呀从水雾中摇过来接我。只要一看见她那熟悉的身影从大雾深处慢慢显现，我便抑制不住要亲热地喊她一声，把全部的爱恋和思念都倾注进去。我们从小就在河边长大，现在成了家，也还都喜欢这么送呀接的。我每次回家，都要搭起手喇叭，向对岸“喔呼”两声，然后坐在河滩上静候，不愿意到下渡去乘船。

今天是星期天，我照常要回家料理一下地里的事。这两年，桂兰一个人在家，烧茶做饭、缝补浆洗，还要照顾老人，那两亩责任田自然也是她照管得多，真是难为她了。村里人都说她找上了我这么个干工作的，有福分。可是，她一天福也没享过。倒是我福分不浅，回家来还能两手空闲。她总是笑着对我说：“你难得回家的，屋里的事就不要多操心！快歇着，回来看看已是十分好了。”她这么体贴入微，我更是过意不去，越发想多回来帮她一把。只要一有空闲，我便要回来的。

河雾越来越大，把十步以外的景物遮得严严实实。湿漉漉的水粒儿沾在脸上，清清爽爽，早晨多凉快呵，正好做一阵农活儿。我眼巴巴看着眼前变幻的河雾，等了一阵，还听不到那咿咿呀呀的摇桨声。我又连呼几声，还是没有动静。我不觉有些担心起来。

以往，只要隔河喊一声，桂兰便会应声而来。今天是怎么了？不会不在家吧？要不，是病了？这大热的天气，眼看就要开镰，田地里又有那么多的事要做，一个人吃得消吗？说不定她真的累病了。她瘦弱的身体，哪经得了三灾六难呐？

此刻，我真想听见桂兰一声回音，真想看见她扛着桨下河来。可是，这讨厌的雾，一点儿也看不清对岸。

渐渐地，河雾收起来了。我焦急地看着自家那青砖小屋，不由得一阵心疼。桂兰，你可千万不能病倒呵！待河雾完全收起来了，我才发现山坡上自家的责任田里，有一个人影在晃动。那不是桂兰吗？我仔细望去，才看清桂兰弯着腰，已割下了两大垄禾头。我心里一热，呵，桂兰，你……我大步流星地向下渡跑去。真该诅咒你呀，河雾，今天，为何收得这样迟哟！

（刊于1982年8月7日《九江日报》）

又是河雾浓起时

几天前，《九江日报》副刊《花径》编辑来电话，告诉我《花径》就要出版1000期了。这真是一个喜讯！她还说，我在《花径》发表的第一篇作品是《河雾》，问我记不记得。我当然记得。当时发表作品的情景，现在想起来仿佛就是不多久的事，因为《花径》创刊之初，也正是我文学追求的开始。正由于有了《花径》，才使我在文学创作的道路上留下一串蹒跚的足迹……

20世纪80年代初期，《九江日报·花径》副刊诞生了。当时，九江地区许多的文学爱好者都希望有一个属于自己的文学园地，《花径》的应运而生正满足了大家的需求。我当时在武宁县文化馆工作，本职工作是美术辅导，业余爱好是文学创作。在练习写作之初，我试着从散文体裁开始练笔。我觉得，如果自己连小短文都组织不好，那大一点的作品就更难把握住。这倒不是说小散文好写，写好它十分不容易，我当时只是悟出一小点门道：写我身边熟悉的人和事。有了这么个基本原则，我就开始聚焦生活中的某一场景。在我的视野里，开始反复出现老街、小河、渡船、沙洲、竹林、石板小路……所有熟悉的生活画面，逐渐有选择地进入我的创作构想。《河雾》便是典型的一例。

《河雾》为什么最先落到我的笔下，想来就是这么个道理：最熟悉的生活也最能感动自己。我在修河边长大，我生活的石渡镇很有特色，它紧靠着秀丽的修河。多少年来，人们的交通工具多半离不开船，过渡的船深深地影响着小镇每一个人的生活，就像时钟的钟摆，不停地在岁月的时空中摆动。而河面上的雾，就像一道精灵，她流动着、弥漫着、渗透着、虚化着，连接着天与水、河与岸、人的日常生活与精神世界。二四八月，在修河边看水雾，你不能不被她那迷幻的景象所感动。

《河雾》写出来后，我首先想到的是寄给《花径》。结果很快就发表了。我记得余国振编辑在寄样报的附信中，很是鼓励了我一番。那时候那番鼓励，对我而言是弥足珍贵的。后来，我接连在《花径》发表了一些作品。《花径》使我更加努力地写作。我总觉得，有一双期待的眼睛在悄悄地看着我行走，那就是《花径》。当我两年后在《青春》发表小说处女作时，《花径》及时发表了一篇题为《美好心灵的赞歌》的评论文章，以示关注。后来，我发表了一批中短篇小说后，《花径》又约我写了篇创作谈——《善于选择》。再后来，我离开武宁，到北京鲁迅文学院读书，《花径》依然关注着我，时常约我写一些文章。在我的文学创作过程中，可以说，《花径》就是一位热心的老师，时时引导我坚定创作信念，战胜自己走下去；又像一位和蔼兄长，时时拍拍我的肩头告诉我，写作是项事业，要像成家过日子一样善待，决不可知难而退……一转眼，从发表《河雾》至今 18 个年头已过去了，我虽然已走出赣北山区，在北京生活、工作了 11 年，可我对《花径》的情感依旧如初。在《花径》出版 1000 期之际，我谨以这篇小文追溯我对她的思念和感激，并深深地祝福她在新千年里越办越好，培养和扶植更多的青年作者，就像我们当初一样，有更多的文学寻梦者聚集在这块园地中，生根、发芽，再带着憧憬走向四面八方。

一批批后来者告别了营地，去打拼生命岁月，而《花径》，则永远年轻！

当读者和我一样为《花径》出版1000期而祝福时，我故乡的修河肯定又是浓雾飘升的季节。每每联想此境，不觉遥望南方，心中又有一丝惆怅。

（刊于2000年4月27日《九江日报》）

湖光

担米鄱阳，斗米鄱阳

冬日的鄱阳湖，宁静、辽阔，水天一色。

随着西伯利亚寒流的到来，许多候鸟从北国飞抵南方，鄱阳湖便成了珍禽的王国。

鄱阳湖的候鸟已成为我国的一大奇观。为了保护这些远来的珍禽，国家把鄱阳湖定为候鸟自然保护区，修起了围堤和观察台。每到这个季节，世界各地的候鸟研究专家和慕名而来的游客都纷纷来到鄱阳湖，一睹白鹤世界的非凡景色和感人场面。

作为一个地方画报的摄影记者，拍摄鄱阳湖候鸟已成为我多年来的工作选题。我觉得自己有一份责任，把本地区这一最美丽、神奇的自然风光介绍给更多的读者，以唤起人们对鸟类以及自然生态的珍爱。

今年冬天，我提前来到鄱阳湖边。经过多年的实践，我摸索出了候鸟的一些生活规律。那些天使般的白鹤，原来是在一夜之间聚集于鄱阳湖的。据当地人介绍，头天湖滩上还是空空荡荡的，只过一夜，湖滩上便白茫茫的一片，成千上万的白鹤、白枕鹤、天鹅、白鹳、鹈鹕等珍禽从天而降。这一次，我计划提前躲进湖滩，抢拍候鸟降临湖面的壮美景观。我离鄱阳湖这么近，又熟悉湖滩地理环境，还有热情的船夫帮助我，抓拍一些珍贵的镜头是可以办到的。在我的摄影生涯中，最让我孜孜以求的就是要推出一个大型的鄱阳湖候鸟王国的摄影作品展览，还要印成画册介绍给世人。现在，我已积累了不少生动的图片资料。到了那一天，我就要向更多的人展示鄱阳湖精美绝伦的自然风光。

我仍然找到湖边的那间小屋，找到曾两次送我去湖滩上的船夫。他姓赵，我称他老赵师傅。他在鄱阳湖边生活了五十多年，可以说对湖上的事情最熟悉不过的了。他一家人以湖为生，有一条机帆船、一条小木船。我去湖心都是他用小木船一桨一桨送我去的。小木船可以悄没声地滑进湖汊，我能拍下许多好镜头。如果改用机帆船，船还没到，那些鸟早已吓飞了。老赵师傅好像知道我要来似的，刚把小木船修打好，船体还透着浓浓的桐油香气。我说这次要提前进湖，就是等十天半月也要等到候鸟突然飞临的那一刻。他明白了我的初衷，说："那好，我们多带上些米、菜。'担米鄱阳，斗米鄱阳'，这湖上的天气不好说。"

"担米鄱阳，斗米鄱阳"，是鄱阳湖人常说的一句土语，深谙鄱阳湖性情的船夫，更是把它作为经典之句。从前，没有机帆船，湖上行走的是一色儿的木船。鄱阳湖五百里水域，想穿越它，要凭借风力。风平浪静的时候，用桨划着走，要好几天才可到达彼岸。湖上一起风暴，翻船的事就经常出现。因此，人们一般不轻易驾木船穿越鄱阳湖。这就得等待，船在湖边等有风的天气，伺机而动。有时候吃一斗米等来了顺风的好天气，有时候吃一担米也等不来好天气。所以，"担米鄱阳，斗米鄱阳"形象地道出了鄱阳湖变化无常、难以驾驭的特性。

时令已近严冬，昨天刚下过稀稀拉拉的几粒雪子，北方的寒流开始南来，想必候鸟这几天会翩翩而至。老赵师傅往船上放了足够吃用的东西，我们便向湖滩深处进发。

我们的船在湖汊中左穿右绕，一会儿，我便分不清方位了，尤其是在这么冷飕飕、阴沉沉的天气。我问老赵师傅，是走原定的水路吧？老赵师傅在船尾笑笑说，湖上是没有路的，凭感觉走哇，保准送你到那片湖滩。他指的是我往年潜伏的那片湖滩。那里逗留的白鹤最多，鸟类也最集中。在湖边上的观察塔上，从望远镜中看得最多的也是这一片湖滩。

傍晚时分，我们的小船靠上了那片足有两平方公里的大湖滩。老赵师傅在岸边打下一个木桩，系上缆绳，然后到湖滩上去捡干柴。我带着摄影机，在湖滩上转悠，选择几处好隐蔽的地方。湖滩上静悄悄的，连一只水鸟的影子也没有。真是神奇，就这么一片萧条的深褐色的湖滩，不几日，将成为珍禽的世界。从摄影的角度来看，眼下的景致让我有些兴奋：远天是浓重的浮云，夕阳在云隙间露出一点几点的光斑；近处是厚实的湖洲，有黄白色的芦苇湾子，有青绿色的草滩，湖水就在不远处闪着波光。这水天草木融为一体，本身就是一幅难以寻找的佳构。如果充分调动摄影手段，这景致不但富于动感，更富于深厚的内涵。

据说，在春水荡漾的时候，这湖滩还有另一番景致。大水把小湖滩淹掉了，这片湖滩就成了湖麂和野兔的大本营。随便到深一点的草丛中走一趟，就有湖麂突然穿裆而过，冲你一个大跟头。自从湖滩禁猎后，这片大湖滩就很快恢复了它不同寻常的自然生态。

天黑下来后，湖上只有风的声音。小船在浅水边随风摇荡，让人觉得这个水的世界有几分神秘，有几分美妙。老赵师傅做好了饭，我们就面对面坐在风灯下，抿一口香辣的谷酒，品几块焦黄的鱼片，打发这孕育着美好乐章的长夜……我是第几次来鄱阳湖了？已经无法想清楚。我枕着船板进入了梦乡，带有鱼腥味的夜风从船篷边挤进来，仿佛带来了远处候鸟的鸣唱。我循着声音追去，看见了成群的白鹤、天鹅……

第二天早上，我一醒来就迫不及待地冲出船舱。老赵师傅已捡了一捆干柴回来，只对我笑一笑，没说话。我知道候鸟没来。但我还是不甘心，跑到湖滩上去看，一切与昨天一样。我转而一想，空等也是等着，何不找个合适的地方搭个隐蔽小棚？老赵师傅表示没问题，不就是搭一个草棚嘛！我们用了大半天时间就把棚子搭了起来。我安好三脚架，支好相机，预演了一番，角度还真不错。我想，猫在这里一定能拍下不少好镜头。

第三天仍然没有候鸟的踪迹。

这样一连等了六天。天空照样蓝，湖水依旧绿，只有船上的米、菜已经吃得差不多了。老赵师傅带来的一小口袋米，少说也有一斗多，全吃完了。这天，老赵师傅说回家一趟，再取些吃的来。我很感动，什么也没说，只是有点俗气地塞给他一张百元的大票子。他没有接，说我见外了。他说，你拍我的照片印上画报了，那是用钱能买到的吗？的确，他把那张画报贴在堂屋中央，可见是引为最自豪的事情了。我打量着老赵师傅被湖风吹得格外黝黑的脸，心想，我和这个鄱阳湖边的老表的交情，是很磁、很铁的了。我心里还是内疚不已，这来去一趟，要大半天时间，得花多大的力气呀！我说同他一路回去，好帮他划一阵子桨。他说不必了，要不了多大的工夫就回来了。我打趣地说，这湖上的日子，怎么过的？！一斗米都吃完了，还不见鸟的影子。这“担米鄱阳，斗米鄱阳”，用在我这里最合适不过啰！老赵师傅就仍然笑着，说吃不了一担米的，顶多再等两天，该来的鸟都会来的。

顶多再等两天吗?

这天晚上，湖风突地变冷，湖水也喧闹得厉害。老赵师傅听着半导体，很肯定地告诉我：就在今夜，鸟一准来。

第二天，天刚蒙蒙亮，老赵师傅就推醒我，叫我看湖滩。

呀，天啦！大雪把湖滩全盖着了，在白皑皑的雪地上，站立着机群般的洁白的天鹅、白鹤，它们在追逐、嬉戏，拍打着漂亮的羽毛。我的眼睛一下子湿润了，分不清哪是雪地，哪是鹤群……

1994 年 3 月于北京南樱桃园

（刊于 1994 年第 9 期《散文》）

湖　光

鄱阳湖，是我国最大的淡水湖，它接纳了江西境内的五河之水，形成一个完整的“向心水系”，是沟通全省水运的枢纽。我家乡的修河是最后汇入鄱阳湖的支流。修河船工世世代代走在这条水路上，有过多少动人心魄的故事呵！虽然现在交通便利了，河上的船只也不及以往多，但我还是要沿着这条遗落着古老文化的河流做一次有趣的旅行。河的出口处便是鄱阳湖西岸的吴城镇。

吴城镇在历史上是江西四大重镇之一，自古就有“装不尽的汉口，卸不尽的吴城”的说法。小镇原先建筑奇特，一色儿青石铺街，落雨街面见不着积水。商行、会馆密集街中。据说修河帮的船工在镇上也建有会馆，船只不论回内河或下长江，只要一靠上吴城镇，船工有天大的事都会丢在脑后，上岸尽情地玩几天，把大把的票子、旺盛的年华都丢在这块乐土上。只可惜在战火中小镇成了一片废墟。这座似乎还古音缭绕的小镇一千多年的文明历史也被掩埋了么？我不相信，我要从被鄱湖风吹深了皱纹的那代人口里掏出一些动人的故事来。

然而，老一辈人对过去的事情确实快淡忘了，和年轻人一样，只一个劲儿地说眼下的事，说鄱阳湖中的鹤，为鄱阳湖成为举世瞩目的“鹤的王国”而自豪。

那么，先去看看白鹤再说。

那天清晨，湖区寒风凛冽，霜花遍野，我随着一条小民船来到湖洲地带。撑船的是个老翁，他带我潜伏在湖草中。没过多长时间，长空突然传来鹤鸣。鹤群扇动着漂亮的翅膀，在水滩前纷纷落下，一只、两只，五只、十只，几十只、几百只，嗨，我数不过来。白鹤飘然而降，像美丽的天仙来到人间。

长长的湖滩一线，排列着众多白鹤的家庭。三只一伙，寸步不离。老人告诉我，鹤一年只繁殖一次，每次只生二枚卵，成活的常常只可能是其中的一只。老鹤格外疼爱幼鹤，鹤的家庭很和睦。鹤在清亮的湖水边徜徉，安详地觅着食，远远望去，好像是宽阔的停机坪上一线摆开的银色机群，在太阳的映照下闪着耀眼的光亮。

呵，好一片惊人的湖光！我突然意识到这不寻常的湖光亮在浩瀚的鄱阳湖里，是怎样改变湖边人民的生活的。

从湖洲回来，我久久地漫步在吴城小镇。这个从废墟上重建起来的湖边小镇，如今是一座初具规模的开放新城。望江亭残存的骨架还在，它昭示着过去的风华年月，也包括修河船工的风华年月。可就在亭边，一座现代化的科研大楼，一座高入云端的观鸟塔拔地而起。

白鹤没有国界，是和平的象征。人类将有更多的使者光临此地。

那一片动人的湖光，同样属于年轻一代的修河船工。

（刊于1987年10月14日《中国旅游报》）

惠安女

前些年，我从事美术工作，在参观各大画展、影展时，无数次看见过描绘惠安女的作品。她们或是在海边盼出海的心上人归来，或是优美地抬船抬石。那黄色的小竹笠、浅花的头巾，那纯蓝的上衣、黑色的大裤，都曾深深地印在我的记忆深处。对于生活在北京、生活在现代文明的我来说，惠安女子身上有一种神秘的色彩。

当我在惠安县城第一眼看见地道装束的惠安女时，心里不禁暗暗惊呼起来：呀，果然是别有一番风情。

在崇武，我真正看见了被誉为“天然的影屏”中的惠安女。她们或三五成群地在路边石料场劳作，或骑自行车从小街上穿行。我怀着敬慕和热忱走近她们。

据说，惠安女多半集中在惠东的崇武、山霞、小岞、东岭等地，至今还部分保留着女方长住娘家的习俗。惠安女的头饰、巾花、袖套、腰带看上去相差不大，但仔细打量又各不相同，各有自己独特的标志。那种“封建头、民主肚、节约衣、浪费裤”的说法虽然很形象，但毕竟不能涵盖齐全。

惠安女的头脸是遮得很严实的，被花头巾包裹得只剩下一月儿脸蛋。区分姑娘一看斗笠上的花朵，二看裤脚。没出嫁的惠安女通常在斗笠左右扎花，很鲜艳，裤脚也偏小。结了婚的一般都佩银腰带。腰带分成若干股，股份的多少标志着出嫁时或出嫁后女方的身价和家庭经济地位。缠着银腰带就是缠着一种希望、一份自信，一桩可心或不算可心的婚姻。系银腰带的惠安女走路时有一种清脆的响声从腰间传出来，透着一种带海味的风韵。我设想，惠安女之所以露出白皙的腰身，想必多半与那银腰带花腰带有某种联系。

她们无论是劳作还是闲步，那姿态永远是美丽动人的。我提议为她们拍几张照片，她们笑着说："不要。"近几年来这里拍的电影、电视剧就有七十余部集，怪不得惠安女面对镜头总是从容镇静，不惊不乍。

我打量着这些质朴的女性，被那种永恒的蓝色深深地打动。惠安女崇尚蓝色，一生都不曾脱去蓝色的小褂，是对大海的笃爱呢，还是寻找蓝色的安慰？抑或寻求蓝色的祭奠？没有谁能说得清楚。

在福建，惠安县的女干部较多，许多惠安女逐渐进入了经济和文化领域。她们正以独特的风姿，走上新的更广阔的人生舞台。

（刊于1993年1月5日《华声报》）

游记

东京五题

2003 年 12 月上中旬，我随中国工程咨询协会组织的中国企业经营管理研修班代表团到日本东京进行为期 20 天的学习和考察。其间获取的信息相当丰富，既学到了相关知识，又接触和了解了日本的社会生活，许多情景都是令人难以忘怀的。我在这里，简略地把一些感受较深的事情写下来，与读者朋友分享。

一、关于 AOTS

日本财团法人海外技术者研修协会，英文简称 AOTS（The Association for Overseas Technical Scholarship），成立于 1959 年，主要为发展中国家技术转让和人才培养提供研修服务，在北京、曼谷、达卡、雅加达、吉隆坡、马尼拉、新德里等地设有事务所。据介绍，仅 2002 年，AOTS 就为世界各国培训研修生 5360 余人。近年 AOTS 与中国工程咨询协会合作，先后培养了工程咨询系统学员三批计 70 余人。AOTS 研修内容很广泛，充分利用日本现有的人力资源优势，根据各个国家派员组团的要求，开展丰富多彩的研修活动。

坐落在东京足立区千住东 1—30—1 号的东京研修中心，也是 AOTS 的总部所在地。这是一幢浅白色小楼，从外表看没有什么特别之处，但内部用于教学、生活的设施却一应俱全。它既有宾馆的生活功能——单人卧室、咖啡厅、货币兑换机、磁卡电话等，又有学校的教学功能——多功能演示厅、大小教室、娱乐健身房、网吧等。在东京这个寸土寸金的地方，AOTS 还拥有大小两个操场。我在操场漫步时留意到，在修剪得整齐美观、形状各异的花木丛中，静卧着一块巨石，上刻着“先师先友之碑”字样——这是后人为纪念 AOTS 创始人及其他先行者而设立的纪念碑——我心中不由得生出几分敬意。

AOTS 培训的学员成千上万，分布在世界各地。他们把学到的知识用于实践，也把 AOTS 的精神和风范融入自己的工作和生活之中。AOTS 的良好办学作风和美誉度随着学员的传播产生越来越深远的影响。

通过自身的感受，我认为 AOTS 办学简单说来有几大特点。一是安排周详，礼仪简约。从踏上日本成田机场起，AOTS 就对学员有周密的接待计划。有专人接站送上大巴，由大巴司机负责送学员到研修中心。针对学员面临陌生的环境和复杂的教学内容的忐忑心情，校方没有烦琐礼节和长篇大论，而是让学员先看电视录像，熟悉环境和相关内容，然后开个简短会议，安排相关教学，可谓事无巨细，步步到位。二是教学相长，针对性强。AOTS 对每位学员事先都有问卷调查，了解学员从事的职业和学习要求，然后有针对性地聘请专家授课。每位授课专家准备充分，都有书面材料发给学员，且翻译人员也比较了解学员所在国国情，内容翻译得贴切、易懂。每位授课老师都要留出一部分时间让学员提问，有的授课老师还请学员参与模型制作，互动教学，收效颇佳。三是社会考察，开阔视野。在日本学习期间，AOTS 安排了一系列社会考察活动。有参观城市基础设施建设的，有考察工程机械、汽车制造的，有了解日本风土人情的，也有观摩震后重建的。像三菱重工、日挥公司、日立建机、丰田汽车等都是日本著名企业，通过走访这些企业，学员不仅从感性上了解了企业的环境和规模，从理性上也感受到这些企业的管理经验和模式及企业文化。而通过寻访名古屋古城堡、京都遗迹、神户新貌、岚山烟云、西阵织会馆乐舞，体验新干线，学员从不同角度了解了日本传统文化和社会生活，以及发达的铁路交通。四是学后服务，建立友情。AOTS 对每位学员都建有学习档案，便于回访和联系。AOTS 建有自己的网站，定期编辑出版刊物《研修》，便于学员交流。通过网站和刊物，学员可以了解校方和更多学员当下的信息，同时，向校方汇报自己的生活和事业发展动态也有了平台。在一些学员比较集中的国家、地区，AOTS 还建有学员联谊会，并就近派员参加当地联谊会的活动，使这份友情绵延不绝，成为所有学员难以割舍的陪伴。

于我，AOTS 的这份情谊同样重要。

二、东京地铁

东京地铁是世界上效率最高、分布最密集的铁路网之一。在东京，地铁四通八达，可以送你到任何一个地方。据介绍，东京地铁在 20 世纪七八十年代就已形成相当规模，主要由日本国家铁路公司（JR）和几家地方私有铁路公司经营，林林总总有十六七条地铁线路，以致如今再有人出资修地铁，已经难以找到更为科学而实用的线路了。可见东京地铁是何等的密集和发达。尽管如此，东京地铁的拥挤也是人尽皆知的，尤其是上下班高峰期，拥挤状况令人难以想象——超出负荷的三倍，也就是说，在地铁里，你被裹挟着转不了身。但通常情况下，乘地铁是最便捷、安全和舒适的。

从 AOTS 出发去东京各地，首选的交通工具便是地铁。在 AOTS 附近的北千住站是一个较大的换乘枢纽，地上地下有四层车站供换乘。第一次乘坐东京地铁，感觉是有点新奇，有些美妙。新奇的是东京地铁的运营模式与北京地铁有很大的不同。首先是售票方式不同，北京地铁人工售票、验票，东京地铁机器售票、电子检票。其次是票价不同，北京地铁实行的是一票制，1 号线、环线尽可到达，而东京地铁是根据里程和营运线路定价，所以在购票时一定要看清楚是哪条线、哪种价格的票，买错了票麻烦不少，多买了不退钱，少买了出不了站。再就是地铁标识不同。北京地铁标识简单，用数字表示 1 号线、环形 2 号线、城铁 13 号线，由于线路不多，效果也比较明显。而东京地铁线路太多、太复杂，最大的地铁站东京站有七层换乘站台，如果单用数字标识，会给乘客带来不便。东京地铁很有创意地用各种颜色作为线路标识，只要不是色盲者，就是不识字的人，也能根据颜色标识准确找到换乘站台。比如绿色是千代田线，红色是丸之内线，黄色是银座线，灰色是日比谷线，紫色是半藏门线，蓝色是三田线。像我们从北千住站出发，就可乘绿色千代田线、灰色日比谷线、JR 线等去东京各地。同样，在东京每一个地方，找到有相关颜色标识的地铁口，就可毫不迟疑地买票返回，不必担心找不着回家的路。在东京乘地铁心情很轻松愉快。一是无陌生感。我们的个头和长相都与日本人相似，在车厢内与日本人挤碰一下也没关系。有时我们为日本老人让个座，还会受到鞠躬礼遇或感谢的目光。有时乘地铁电梯老习惯往右边站，结果恰恰堵住了人家的快通道。我们就赶快往左边挪，常常引起日本人善意的微笑。二是不担心走错路。在东京地铁站内，有许多醒目的地图，标明你现在所处的位置，同时也标明有多少个出口，每个出口都有哪些知名街道和建筑物，你要去什么地方，一目了然。三是享受车票优惠。在东京乘地铁，除了机器售固定票价的车票，还有一种优惠票在人工窗口出售。优惠票是一种当日有效的票，票价比一般单程票贵一些，但比买两次以上单程票便宜合算。比如日票，只要在规定的营团线各站换乘，一天内可以无限制使用。我们星期天休息，要抓紧时间多跑一些地方，买日票很合算。

东京地铁车厢宽大，除座位上方配有拉环外，还有行李架。日本男子走进车厢习惯把手包往行李架上一放，倒头便睡。车厢与车厢之间可以穿行，但很少有卖报人的身影。不过，车厢顶上报刊宣传品像万国旗挂着，更替很快。我们在日本学习时正值萨达姆被捉，第二天地铁报刊上便出现了这种大图片新闻。

坐了几次地铁，我发现了日本人乘地铁小跑赶路的原因。一是因为时间紧，有许多人住在东京郊外或更远的地方，从家里驾车到地铁口，再辗转几次地铁赶到单位上班，不跑时间不够。一是因为地铁中换乘站台很遥远，有时换一趟地铁要走很长一段路，且人流拥挤，慢悠悠走根本无济于事。还有一种原因，就是有约会的人，为了爱情、为了业务、为了机遇，要跑步前行。

东京地铁是无数条流动的河流，是东京流动的血脉。它虽然拥挤，有些嘈杂，但准点、快速、安全、方便，它与东京的政治、经济、文化紧密相连，与东京的时尚、富足、文明紧密相连。东京地铁，正在促进城市的繁荣和提升着人们的生活质量。

三、新宿·银座·秋叶原

东京是当今世界上最大的城市之一，拥有广阔的区域和3000多万人口，著名文化景点和商业街区星罗棋布，每一处都有其特色。你要想观看文化古迹，可以去皇宫、二重门、北之丸公园、上野公园等；你要想寻觅江户时代遗风，可以去浅草、江户城堡；你要想去感受时髦的商业氛围，可以去银座、涩谷、六本木；你要想去体验市政文化，可以去新宿、国会议事堂；你要想购买最时尚的电子产品，可以去秋叶原……新宿、银座、秋叶原，在我看来，是东京三个最有特色的地方。

新宿是最具现代城市特征的地方，摩天大楼成群地耸立着，有酷似9·11前纽约世贸中心和吉隆坡的双子星大厦的东京市政厅以及住友大厦、工学院大楼、西新宿高层写字楼群等。特别是东京市政厅双塔楼，尽显现代都市华贵气质。据说，每天大约有13000名雇员在这些高楼大厦中工作。我在第一周的星期天，和几位朋友首访新宿并登上了45层楼200多米高的市政厅观望室，在那里俯瞰东京美丽的景色真是心旷神怡。与这座双塔楼相映衬的是底层半圆形5000平方米的公众广场，环楼廊安放着数座裸体女塑像，据说这代表着日本公共雕塑的流行基调，使广场更加富有时代魅力和生活情愫。广场和周边地下通道四通八达，尤其是地铁通道，用平移的电梯连接上千米之远，从地铁出站口直达市政厅广场。这在其他地方是无法看到的。与这片摩登街区环境相辉映的还有新宿中央公园，这里有水雾飞溅的瀑布、色彩斑斓的花木、休闲小憩的人群。东京十二月正值深秋时节，公园和街道上飘满了金灿灿的落叶，正好衬托出这个城市最优美的自然景色。

银座大约是日本继东京和京都之后在世界上叫得最响的名字，也是一个与时尚、财富、购买力云雾相随的名字。银座有点像北京的西单、王府井，上海的南京路，武汉的步行街，但银座的历史要悠久得多，名声要显赫得多，市面要繁华得多。这里被誉为时尚和古典的完美融合，街头时尚广告铺天盖地，老字号店铺随处可见，时尚超市占尽风流。尤其是中央通和晴海通两条主要街道，代表着银座华丽的极致。据说，银座这个名字与银子密切相关。早先，日本使用银、金、铜三种货币，后来德川家康（江户时代第一位幕府将军）决定简化货币制度，只采用银币，造银币的地方就叫银座。二百余年后，造币厂搬走了，银座的名字却留传下来。所以银座是一个与生俱来真正与财富同行的商埠。夜色中的银座更是灯火辉煌、气度不凡。我置身于流光溢彩的街市中，被一种神秘的时尚风情裹挟着，从一个街区走到另一个街区，走过了朝日新闻大楼，走过了三越商店，走过了索尼大厦和帝国饭店……对于初次拜访的人，夜幕下的银座处处都是好风景，哪儿也难以割舍，哪处也不能错过。我在晚风中走走停停，正好此时下起了毛毛细雨，洒在脸上很是舒服、惬意。我一直往前走，在这个不夜天中流连忘返，每当想起要乘地铁返回北千住时，总能在身边不远处遇到地铁口。在银座，有几十处地铁进出口，跟繁华街区连通着，有说不出的方便，难怪人们要赞叹这种以人为本设计的城市交通，进出皆自由。这就是银座！

秋叶原这个富有诗意的名字阐述的却是另一种含义：一处

集所有电子产品之大成的热闹街市，简称电器一条街（其实不止一条街）。这里的电子商铺就是日本电子产业的晴雨表，商品的流动和价格的涨落成了秋叶原与日俱深的功能和特征。这个地方每天涌动着数以万计的人潮。每当红绿灯变换时，街上会布满密密麻麻的过往行人，你不知道这潮水般的人流什么时候会退散。秋叶原闻名于世的魅力一是产品齐全，二是价格便宜，三是免税店多。在秋叶原购物，仿佛就在北京中关村，许多店员都能汉语交流，非常方便和放心。我们代表团成员，可能有的没去过上野、浅草、六本木，但是没有没去过秋叶原的，而且都去过不止一次。去了日本，总想带些电子产品回来，特别是数码相机、电子手表等时俏商品。一般是第一次去秋叶原了解行情，判断一些感兴趣产品的性价比，名曰踩点。第二次去也还不急于出手，拿着报价反复掂量。到了离开东京的前一两天，大家才会纷纷出手，毫不迟疑地购买大小件。像抢手的索尼牌400万像素的P10数码相机和刚刚上市的500万像素的T1数码相机，真成了大家的至爱。如今，每当我举起那架数码相机的时候，秋叶原的一幕幕便会回闪在脑海之中。

四、东京外围排水渠工程

日本是个岛国，海洋性气候，雨水特别充沛。这狂风暴雨虽然能调节气候，弥补干旱，但也会给人们带来无穷尽的洪涝灾害。一到雨季，东京的大小街巷一片汪洋，洪水久久排不走，给人们的出行和生活造成极大的不便。东京郊外排水渠工程可谓是一项耗资巨大、功能也巨大的水利工程，深受市民的欢迎。此项工程是在东京市郊江户川一带实施的。其沿国道 16 号线 6 公里多的距离内，建 5 个深 74.5 米、内直径 15 米的立式坑，将洪水排入立坑后由直径 6.5 米的地下管道送入排水机场排入浅海。这项工程已初见成效，据介绍，2002 年、2003 年十余次大雨洪水都被及时排走，极大地降低了洪涝灾害，提升了市民的生活品质。这项工程预计投资 250 亿日元，但产生的社会效益却无法用金钱来计算。我们代表团成员有许多人参与过城市基础设施建设咨询工作，对这项排水渠工程非常关注。AOTS 了却了我们的心愿，安排我们去参观这项工程。那天天气晴朗，我们乘坐的大巴就沿着国道 16 号线走，坐在车上的我们可怎么也想象不到路左侧地底下居然有那么一项浩大的工程。我们先到江户川河川事务所的彩流馆，观看此项工程的录像片，听专家介绍这一浩大工程的建设情况，然后去参观 5 号立坑施工现场。这个立坑是 2002 年 10 月动工的，预计 2006 年 3 月完工，现在工程已进入立坑挖掘和表层壁件组装阶段。工地上运浆车来来往往，绿色的大型扬土机矗立在立坑上方，见证着这项工程在严格管理下的施工进程。最后一站是到排水机场参观。为了调节洪水流速，在地下建了个比足球场还大的洪水调节站。说它像一个偌大的溶洞，却没有倒挂的石乳笋，只有一排排纵横有致的擎天柱。走近深处探望，其规模令人叹为观止。每当洪水来临时，这个排水工程就充分显示出它的巨大作用。大雨初歇，街上的积水不见了，田地里的洪水也悄然退去，人们惊讶地收起了雨伞，突然感觉到洪灾离他们远去，水患不再来临，福祉在长久地伴随着他们。

日本人也崇拜龙，龙跟雨水是密不可分的。以前这里的人为了避免水灾，唯恐龙颜大怒；为了救旱求雨，又担心龙不施威。这项工程的成功定会引起人们的广泛关注，也定会有更多类似的工程诞生在东京、诞生在日本。

五、富士山

富士山是太平洋的一大奇观。它海拔 3776 米，是一个完美对称的火山锥。它的山顶长年被白雪覆盖，形成了独特的自然风光。日本的艺术家历来以它为创作源泉，写出许多优美的赞赏诗篇。富士山从某种角度来说也成了日本的象征。

我们从飞机上首先看到的便是富士山。

我很庆幸我有机会真正走近富士山。

那天，天气出奇的合作，阳光明媚，视野开阔，我们的车一出东京城西，远远就能看见富士山顶皑皑的积雪，在蓝天和太平洋的映衬下，更显得英姿卓越，气宇不凡。据介绍，除了一般游客，每年大约有 40 万登山爱好者攀上富士山顶峰。前两天下过雨，路面多处还结着冰，为了行车安全，我们在富士山下等交管部门上山的通知。大家在山脚观看富士山侧影，也觉得风景不错。从这里看去，富士山层次分明，山峰上有 1100 多米是积雪，在蓝天下显得高洁美丽，山风吹过卷起一团雪雾，在山腰间缭绕。山的中部为灰褐色灌木丛，山底为苍翠的树林。如果在九月份来，富士山被一片深绿色裹着，遍野的花丛点缀其间，更显得美丽动人。富士山被标为十合目，从山底一合目算起，每高出 200 多米为一单位，累加一合目，汽车开到五合目的地方就不能再往上走了。我们被告知，由于路面有冰到不了五合目，只能在三合目处逗留。在三合目处，我们可以触摸到雪花了。站在富士山腰部，极目望去，有一组群峰遥遥相对，绵延百里的山峰上有厚厚的雪线。这是一处不错的景点，大家纷纷合影留念。

我们转而到了富士山东侧的平和公园，从这里望去，富士山像一位洁净的少女，更加俏丽动人。我们在箱根蜿蜒的山路上看富士山，富士山在暮霭中又成了一片灰红的云，仿佛在飘移。后来我们在新宿市政厅观望室中、在飞驰的新干线的列车上，都看到过富士山不同的迷人侧影。

在我看来，从每处看富士山，富士山皆成风景。

（刊于2004年第6期《中国工程咨询》）

漫步在黄帝城小镇

深秋时节，是黄帝城小镇远山近水最为绚丽的时光。漫山遍野红叶如火，湖畔故园银杏金黄，田间小径山花烂漫，原上林地瓜果飘香。我有幸在最近的一个深秋，造访了这个位于北京西部100多公里、坐落在河北省涿鹿县矾山镇的闻名遐迩的黄帝城小镇，一睹她迷人的风采。

有道是，看100年的中国到上海，看1000年的中国到北京，看2000年的中国到西安，看4700年的中国到涿鹿。因为涿鹿是5000年中华文明的发祥地，4700多年前，中华民族的人文始祖黄帝、炎帝、蚩尤在涿鹿一带生活、劳作、征战、融合，建开山都城，立万世伟业。经过“阪泉之战”“涿鹿之战”后，“合符釜山，而邑于涿鹿之阿”，实现了中华民族的第一次大融合、大统一，开创了中华5000年文明史。

黄帝城遗址就坐落在矾山镇以西，虽然经历了数千年风雨剥蚀，但保存尚好，其原始度、丰厚度，历史文化环境风貌的完整度举世罕见，是中华民族悠久历史的见证，也成了全民族引以为豪的一笔珍贵遗产。如今，黄帝城遗址文化旅游景区由黄帝城遗址、中华三祖堂、中华合符坛、轩辕湖、黄帝泉、三祖文化博物馆、影视基地和涿鹿游客集散中心等组成，是国家4A级文化旅游景区。

现在的黄帝城小镇全称为黄帝城文旅特色小镇，由两部分组成：一部分是黄帝城遗址文化旅游景区，另一部分是达华工程管理（集团）有限公司（以下简称达华集团）历十二载之工，倾力投资打造的集养老、度假、观光、现代农业、可再生能源开发等元素为一体的田园综合体。下面，我就引领读者诸君沿现在被誉为河北省 76 个特色小镇之一的黄帝城文旅特色小镇逛一回，去领略她悠久的历史文化内涵和颇具时代气息的田园美景，看看这座特色小镇与众不同的迷人风姿。

一、黄帝城遗址

中国黄帝城，古称“轩辕之丘”“轩辕之台”，位于矾山镇以西两公里处，相传是我国历史上最早的一座古代都城。其城墙东西长 450—500 米、南北长 510—540 米，古城面积约 30 万平方米。历次考古调查时，在古城址内及周边发现了大量的仰韶文化、龙山文化的遗物，如灰陶、夹砂陶、兰文陶、纺轮、石斧、石刀、石钺、青铜剑等，是河北省重点文物保护单位。几年前，达华集团出于对黄帝城遗址保护的考虑，自愿出资收购了当地村民在古城墙上栽种的农作物，使古老的城墙、城池内还保留着完好的自然状态。

二、中华三祖堂

中华三祖堂位于轩辕湖以东、黄帝泉北 200 米处，是中华三祖圣地黄帝城遗址文化旅游区的核心景点，分别由大门、甬道、平面祭坛、三祖堂组成，总面积 7 万平方米。主体建筑中华三祖堂仿照中国现存最早、保存最好的唐朝建筑佛光寺建造，屋顶坡度平缓，出檐深远，格调古朴庄重，雄伟壮观。殿内供有黄帝、炎帝、蚩尤三位中华民族祖先塑像，供游人瞻仰。四面墙壁彩绘“涿鹿之战”“合符釜山”“定都涿鹿”“阪泉之战”四幅大型壁画，气势磅礴。这里也是举办大型祭祖活动的场所。

三、中华合符坛

中华合符坛位于三祖堂正南面，是为了纪念黄帝在涿鹿釜山合符，中华民族首次实现融合这一伟大历史事件，弘扬合符文化而建。一期工程占地总面积 30 万平方米，与中华三祖堂在同一条中轴线上。在纵贯中华合符坛的千年文化神道上，依次排列着嫘祖浣纱、三祖桥、华表、中华一统广场、中华合符坛、民族图腾柱、九龙柱等景观。在深黛色的燕山山脉衬托下，中华合符坛显得更加雄伟壮丽，气贯山河。

四、黄帝泉

黄帝泉位于黄帝城东南 500 处，古称阪泉，民间又称黑龙池，是当年黄帝族饮水之处。此泉冬不结冰，夏不生腐，久旱而不竭，天涝而不外溢，常年水温保持在 12.5℃—13.4℃。泉水源于地下 5000 米，有七个大小不同的泉眼，呈北斗七星状排列，泉水平地涌出，潴而成池，水色清澈透绿，水质甘甜滋润，日流量达 4600—4800 吨，含锶质、重碳酸，属钙镁型天然优质矿泉水。泉边还建有省级地震观察站，利用水中含有的氡气监测地震。游人到此，往往会掬一把泉水擦脸，或灌上一瓶泉水带走，分享大自然的丰厚馈赠。

五、轩辕湖

轩辕湖位于中华三祖堂和黄帝城遗址之间，由黄帝泉汇集而成。1958 年人工修建堤坝增加了蓄水面积，现湖面有 6.5 万平方米，湖水容量可达 108 万立方米，最深处有 12 米。湖东、湖北两岸砌了高 16 米的石堤坝，石坝缓缓伸入湖中。湖四周杨、柳交错，郁郁葱葱。远看湖面似镜，近看水色如碧。2018 年盛夏，为了迎接张家口市第二届旅游发展大会，达华集团出资在湖中修了轩辕廊桥和沿湖木栈道，使游客观湖、观景、观天象更方便。现在湖边游人如织，有不少新婚之人来此拍婚纱照，带走的是轩辕湖美丽的背景和一份远古而来的祝福。

六、三祖文化博物馆

三祖文化博物馆是一座贴地而建的呈菱形的不规则建筑，显得厚重而古朴。展陈的内容主要以“千古文明开涿鹿”为主线，以黄帝、炎帝、蚩尤三大人文始祖在涿鹿风云际会、征战融合为历史背景，依托涿鹿大战、阪泉大战、合符釜山、定都涿鹿四大历史事件，以“一座博物馆，穿越五千年”为主题，充分展示中华三祖文化“和合”理念，旨在弘扬“血脉同根、文化同源、民族同心”的文化内涵。具体内容为“中华三祖风云际会、涿鹿大战三祖争雄、合符筑邑华夏和融、中华根基薪火相传”四部分及“中华龙缘”专题陈列。在博物馆的门前，矗立着一棵千年古杨，人称黄帝杨，相传是黄帝插剑化杨。古杨树四人合抱不住，是当地人心中的神树。

七、影视基地

影视基地坐落在轩辕湖以北，仿照当年黄帝、炎帝、蚩尤生活部落样式而建，散落的建筑多为茅草屋，还有坚固的瞭望台、篱笆墙等，给人以进入远古社会的体验。这里不但成为《英雄时代》《幻城》《长城》《孤芳不自赏》《咱们穿越吧》影视剧的拍摄地，而且许多电视节目、纪录片、真人秀节目等也来此取景。

八、涿鹿游客集散中心

涿鹿游客集散中心（以下简称中心）是达华集团为迎接2018年张家口市第二届旅游发展大会而精心建造的黄帝城遗址景区的一个现代化旅游设施。它选址在黄帝城遗址景区东边的山岗上，与雄伟的中华合符坛遥遥相望，历史文化与现代建筑相互交融，相得益彰，给古老的黄帝城遗址增添了新时代的旅游元素。该中心占地80亩，总投资4000万元，建筑内容包括2500平方米的游客接待中心、智慧旅游控制中心、旅游厕所等。其中，智能旅游系统由中国科学院和腾讯公司联手打造，上线调试后，能提供全局旅游大数据解决方案。该系统通过对游客人数数据、游客分布数据、游客人群画像等真实全面的大数据的分析，可以大力推动旅游的科学决策，最大限度调度全局旅游资源，将成为河北省一流的智慧旅游服务平台。

上面讲到的是黄帝城文旅特色小镇第一部分内容，即黄帝城遗址文化旅游区。下面讲的是由达华集团历时十三载建设的黄帝城低碳小镇另一部分内容，即集康养社区、设施农业、生态田园、可再生能源开发利用等为一体的田园综合体。它们就像一串闪光的珍珠，点缀着这片富有历史文化底蕴和现代生活气息的文化旅游重镇，使其愈发彰显出新时代的光芒。

九、张家口达华建国酒店

张家口达华建国酒店（以下简称酒店）是由达华集团投资建设、全权委托北京首旅建国酒店集团公司运营管理的一家高端五星级酒店。酒店位于黄帝城小镇内，周边紧邻千亩薰衣草花田、万亩杏林，自然环境优雅，处处鸟语花香。酒店总建筑面积 4.9 万平方米，集餐饮、会议、健身、温泉、娱乐、客房、商务等为一体。酒店内主楼 2 万平方米，客房 307 间，可同时接待 500 人规模的会议；同时拥有 17 栋 8000 多平方米的高档别墅，可供商务会议、家庭出行、朋友相聚度假休闲之用；还有 4 间别具风格的窑洞式客房。酒店内有几千平方米温泉泡池，有 20 个造型别致的露天温泉泡池。客人在此休闲小憩，领略田园风光，品尝建国酒店著名厨师的拿手好菜，一定心情舒畅，难以忘怀。酒店自 2018 年 8 月 28 日开业以来，接待各种重要会议和重大活动近百场次，接待中外宾客 15 余万人次，取得了骄人的业绩，创出了优秀的品牌。

十、太阳能跨季节储热项目

我们在达华建国酒店门前乘坐电瓶车，继续前行，来到的是由中国科学院与达华集团共同投资建设的太阳能跨季节储热项目所在地。

由中国科学院与达华集团共同投资建设的太阳能跨季节储热示范项目是我国第一个将太阳能捕获并储存应用获得成功的案例。该项目由一个66面定日镜、一个高20米吸热塔及3000方混凝土储热水体组成，采用自动控制装置，目前储热水体温度已达55℃。该项目突出优点有以下四个。

一是可以直接把太阳能转化为热能。

二是太阳能转化率高，储热温度逐日升高，逐年储能增加，太阳能转化率达85%，是目前太阳能装置转化热效率最高的装置。

三是运行成本低。一次性投资多年收益，运营成本几乎为零。

四是既能分散建设也可集中建设，尤其适用于我国广大农村乡镇供暖。中科院与达华集团共同努力，多次试验，降低成本，提高储热体质量。下一步将继续建设100%脱网光伏风电储电储热储气为一体的多能互补可脱网独立运行的黄帝城低碳特色小镇。该项目已列入中国科学院重点科研先导A项目，于2018年底开工，2020年建成。

十一、在艺语阁欣赏万亩田园风光

电瓶车在格桑花丛中缓慢穿行，我们来到了一处名为艺语阁的瞭望台。站在此处观望，深黛色的远山一望无际，层层叠叠如无尽的梯田；怀涿盆地层峦叠嶂，绿野万顷，令人心旷神怡；千亩葡萄园、万顷玉米地，还有无尽的高粱、谷子、糜子、马铃薯种植区，漫山遍野的苹果树、梨树、海棠、向日葵等，组成乡野秋色，好一派田园风光。如果此时你想品茶，一定要用优质的黄帝泉矿泉水冲泡薰衣草花茶，那扑鼻的芳香定会让你心智顿开，浮想联翩，忍不住兴起吟诗作画的念头。旁边的艺语阁小木屋里，陈列着学生们的绘画作品。他们不时地来这里写生，描绘这里的田园风光。

十二、乡村分布式光伏发电

我们沿着九曲花街一路前行，就看到了众多的乡村分布式光伏发电设施。这是达华集团利用乡村荒地和闲置土地铺设光伏板，建起的分布式光伏发电设备，再加上汇流器和储电装置，可供家庭用电、电瓶车充电、周边路灯照明用电等。这种清洁能源基本实现了当地发电，当地消纳，是一种极为便利的自给自足的能源供应方式。住在黄帝城小镇的不少居民家中院落里都装上了光伏发电装置，不但解决了自家的用电问题，余电还可以错峰上网，赚一大笔电费，也是一笔可观的收入。

十三、体验低碳生活馆

低碳生活，是目前一种生活新时尚，也是我们建设绿色生活的新要求。这里的低碳生活馆，是充分发挥和利用窑洞冬暖夏凉的优势，改变北方冬季寒冷时间长、春季风沙多的环境劣势，保持低碳生活的品质，同时也增加了旅游情趣。这里建设的 300 多米长的窑洞式低碳生活体验馆，不仅可以储存大量的水果蔬菜农产品、储存酒，还可以储存热能、储存冰块。同时，这里有窑洞餐厅、窑洞民宿等形式的旅游产品，游客可以体验一下这种低碳生活带来的乐趣。

十四、水帘洞窑洞餐厅

这是北方不多见的水帘洞窑洞餐厅，是为了解决当地水资源匮乏而采用人工瀑布的形式来展示当地自然美的一处乡村景色。假若你此时在水帘洞窑洞餐厅用餐，吃着火锅唱着歌，喝着当地的冰酒，窗外是飞泻而下的瀑布，正好有一抹斜阳照在洞壁上，那是一种怎样的兴味与情致？

十五、百禽园与涿水鹿园

与上面见到的自然风光不同，这里呈现给大家的是一处飞禽走兽的世界。百禽园汇集了上百只珍稀飞禽，有山鸡、白鹅等，还有二十五只可爱活泼的吉林梅花鹿、十几匹内蒙古骏马、两只西北骆驼、几十只山羊，它们都已经在这里长久安家，繁衍成长。每到周末或节假日，这里无疑便成了孩子们的乐园。这里不时会举办一些以鹿为主题的亲子、演艺、竞猜活动，吸引许多家长带孩子参加。

十六、光伏大棚

我们再近距离接触一下这片光伏大棚。它是利用陡峭河岸的有利地势建立起的五座陡岸大棚、十几座缓坡大棚。大棚中种植着葡萄、火龙果、蔬菜和鲜花。这种大棚的特点是四周安装的光伏发电设施提供所需电力，保证了机井抽水。这种光伏大棚光照条件好，有充足的水源，四季可以耕种，经济效益可观。

十七、薰衣草花海

在这里可以开始一段浪漫的旅程。沿着这条 3 公里长的健身步道，穿过由花蔓搭成的梦幻长廊，便来到灵泉河畔，观赏 300 多亩薰衣草花海。那紫色的起伏的花浪荡漾在眼前，你就像置身在普罗旺斯的美景中，那沁人心脾的气息令人心旷神怡、叩打心扉，让人久久难以忘怀。这片被誉为“东方普罗旺斯”的紫色花海，是北京周边很少见的薰衣草种植基地。达华集团为了打造黄帝城小镇的旅游品质，不计成本的投入和精心呵护，使得这一批珍贵的薰衣草成功在北方越冬存活了下来，不少园林专家都感叹这是一个奇迹。

十八、现代农业示范园及百亩农业采摘园

沿着逶迤的石步道穿过结满各式瓜果的绿色走廊，前面就是现代农业示范园。现代农业示范园中达华集团精心打造了一处智能温室，室内保持恒温，四季如春。这里生长着南方热带鲜花与水果，可以错季观赏到热带风光，为严冬时节的北方增添了一抹南国景色。智能温室内有机井，可以浇灌四季鲜花。纵然室外白雪茫茫，室内永远春意盎然。出温室再向西侧行走百米，便来到百亩农业采摘园，这里有成片的桃树、苹果树、杏树、梨树、西瓜等，不同时节都可供游人采摘品尝。

十九、观景台

在小镇最高的观景台可以看到远处横跨在山坡上的50兆瓦光伏发电场全景，即秀美怀来50兆瓦奥运迎宾光伏廊道工程。达华集团投资3.2亿多元建设这一宏大工程，于2017年竣工发电上网，年光伏发电收入超过2600多万元。怪不得人们说，只要太阳一出来，达华人就在挣钱。沿着观景台小木楼转一圈，四处风光尽收眼底。日产一万吨的人造天然气四个硕大的白色储气罐体就矗立在远方；已建成的养老地产一期、二期、三期楼房星罗棋布，花园洋房和建设中的大型医养中心尽收眼底；几百座蔬菜大棚绵延数里，绿色蔬菜畅销远近城乡；灵泉河畔的薰衣草花田紫浪涌动；远处的官厅水库水天一色，风力发电螺旋桨清楚地映入眼帘。

二十、六堡村新民居

六堡村新民居是达华集团专为六堡村村民建造的设施齐全、生活便利、环境优美的崭新民居。达华集团与六堡村村民组成了新型农业组织——达华致远农业开发公司，村民用土地和宅基地入股，达华集团投资，共建3万平方米的新民居以及330栋市民农庄。目前两栋11层新民居已落成，不久村民们就可以搬进新楼，圆上住楼房的梦想。这样的合作深受村民的欢迎，既改善了农民的居住条件，实现了村民住上楼房的愿望，又实现了城市人回归自然、享受田园生活的梦想。

二十一、爱情谷沟壑

接下来，走进神奇的爱情谷沟壑。这条深深的自然天成的沟壑在当地较为普遍，是常年的雨水冲刷出来的自然奇观。我们沿着这条十几米深、两岸陡峭的沟壑慢行，可以看见另一番不同寻常的景象。这里有盛开的鲜花及桃树、李树、杏树、苹果树、梨树等，此时正是果熟时节，一派丰收景象。当我们继续前行，走近一处潺潺流淌的水源时，可以看见土岸边上有棵沙柳树，它生长了百年，树枝紧紧地缠连在一起，当地人叫它爱情树。久而久之，这条沟壑就有了一个诗意的名字，爱情谷沟壑。

二十二、人造天然气——日产一万方沼气工程

这项日产一万立方米规模化沼气工程是利用 100% 的玉米秸秆为原料生产的沼气，是六堡村新民居以及黄帝城小镇的绿色可再生能源。此项目总面积为 34 亩，建设大型发酵罐四座，总投资 4000 多万元，年消纳秸秆 2.81 万吨，年产沼渣有机肥 1.47 万吨，年产沼液肥 0.61 万吨。这些有机肥回施到农田后，构建起"果沼畜"循环农业模式，有效改善了农田地力，提升葡萄、蔬菜、中药材等农产品品质，也增加了产品附加值。此大型沼气装置由中科院能源所、北京化工大学与达华集团共同兴建。

二十三、百栋观光采摘蔬菜大棚

这片蔬菜大棚何其壮观，整整占据了几个山坡。达华集团

一直致力于绿色安全食品的实践，目的是为人们提供放心的、无害的农产品。他们始终坚持的一条，就是所有农产品绝对不使用化肥农药。庄稼不施肥是不长的，他们就采用沼渣、沼液做肥料。效果很好，庄稼长得绿油油的。不打农药，庄稼上的虫子怎么去掉呢？他们采取生物的办法，用蚯蚓制作叶面肥，撒在叶子上，防治了害虫。这样，就让大家吃上放心菜了。这150 栋春秋大棚里种植着各种有机绿色蔬菜，在不同的季节都可以满足游客采摘的乐趣。

二十四、星空小屋

这是一处梦幻空间。光伏板及支架、控制系统、汇流站、变压器升压站等部件组成光伏电厂，四周是一望无际的田园风光，远山近景尽收眼底。特别是当夜幕降临时，清风微拂，仰望星空，银河灿烂，大都市久违的满天星斗奇景会再现眼前，令人产生无限遐想。

二十五、滑翔伞俱乐部

在这个观景台前要是正赶上滑翔伞表演，那是多么令人欣喜的事情啊！在黄帝城小镇，两年前就成立了滑翔伞俱乐部，并不时举办滑翔伞训练。这里原野开阔，季风流畅，很适合滑翔伞表演，是一处滑翔伞运动员和爱好者圆梦的好地方。前不久，第二届黄帝城杯全国滑翔伞邀请赛就在这里举行，全国十几个代表队参加了这一体育盛事。滑翔伞起飞场就在山顶。大家可以想象一下，运动员在空中滑翔的动人场面。

二十六、热气球表演

黄帝城小镇之旅的压轴之作便是动人心魄的热气球表演。张家口达华建国酒店门前，是观看热气球表演的最佳地点。如果你乘坐热气球缓缓上升，那更是一种不能忘怀的体验。热气球飘走在小镇上空，俯瞰小镇全景，那片被岁月打造成声名显赫的黄帝城遗址景区和由达华集团精心建造的生态田园综合体美景便一一收入眼底。这是一段飘飞的旅程，你不禁要惊呼、要呐喊、要赞美、要放歌：京西一百里，回望五千年，达华展伟力，时代谱新篇。

真个是，千年文明开涿鹿，后世繁华看矾山。不虚此行，不虚此行啊！

（刊于 2020 年第 10 期《中国工程咨询》）

彩云之南的旅行

人生中有许多难以忘怀的事情。而第一次乘飞机做空中旅行，更让我不能忘怀。说来也颇让人感慨，我第一次乘坐飞机是在彩云的故乡——云南。那是 1992 年秋天，我刚从北京鲁迅文学院毕业不久到《中国监察》杂志社当记者，第一次采访就到了位于中缅边境的云南省瑞丽县城（后来改为市）。

当时，从昆明到瑞丽有 800 多公里路程，汽车要行驶 3 天。要按我自己的想法，真想乘车前往，一路多走些地方，可瑞丽有一个活动要及时参加，我只好选择了空中飞行。

时近中午，我步入了昆明机场。

第一次乘飞机旅行，感觉很新鲜。在候机室等待登机，心情难以平静，总是走到候机大厅的前头廊台上去，看正在起降的飞机在跑道上穿梭。昆明机场开辟的航线较多，它是我国西南边疆面向国内外的一个重要窗口，有多条直达的国际航线。只一会儿，就有几架班机起落。

终于到了登机的时刻。我在上机之前做的第一件事便是在飞机前留影。比较幸运的是，我的座位紧挨着机窗。随着飞机引擎的轰鸣，我的心情也开始紧张起来。这毕竟不同于往常乘火车、轮船，飞机一会儿就要将我托上近万米高空，对于一个不曾离开过地面的人来说，这委实是一次惊心的飞腾，一种把生命托付给天空的壮举。我仔细听空姐讲乘机注意事项，认真系好安全带，在飞机缓缓驶上跑道的当儿，我稳定住了自己的情绪。

飞机终于在我默念完倒计时的最后一组数字时飞向高空，我的心开始飘浮起来，仿佛是一个挣断了线的气球在做定向飞行。我放空大脑，只静静地观望着机窗外飞速掠过的白云。

云南，素称彩云之乡、彩云之南疆。从地面看高原的云海，朝夕间彩云舒卷，绵延千里，使人身处此间有心旷神怡之感。而此时从高空往下看，云海全是白色的，浓得像剪不断挑不散的纱团。那簇拥着的云块，在机翼下时分时合，频频热切地和机身亲吻。从云团的空隙里，可以看清地面形如游丝的河流、土红色的山冈、碧绿的林带、散落的村庄。有时飞机上升，机翼下全是云海，深蓝的天空一泻千里，真不知自己身处何方：抑或瑶池仙境，抑或神秘太空？当飞机下滑飞翔，云海成了天空一部分的时候，地面的风景看得更真切了。颇具热带风景的橡胶园、凤尾竹林、傣家竹楼便尽收眼底。飞机越往南飞，自然风光越秀丽。飞机上不时有人报出飞过的地名，不多会儿，芒市机场就出现在眼前。我被南疆风光所吸引，以致飞机快降落了，才意识到这次空中旅行就要结束了。待我再仰头去看那飘动的云彩，才发现竟是那么高，那么远。

走出芒市机场，迎接我的是满眼葱翠的凤尾竹，挂着气根的大青树，风格各异的傣家竹楼以及穿着鲜艳筒裙、像孔雀般美丽的傣族姑娘……对于我来说，这次短暂的空中旅行虽然来得迟了点儿，但毕竟是头一次，且又是在云南，便成了一种深刻的记忆。我要感谢这次空中旅行，它使我从不同的角度认识了云南的美丽，使我提前走进了那个如梦的边境小城。

（刊于1995年1月12日《中国民航报》）

热风

——云南边贸见闻录

位于祖国西南边陲的云南省，与越南、老挝、缅甸三国接壤，边境线长达4000多公里，有26个边境县与外国接壤，与邻国有十多条公路、一条铁路、两条可开发的国际河流、三条国际航线相连，历来是我国通往东南亚及南亚的重要门户，与周边国家的边境贸易有着悠久的历史。形成于公元前四世纪的“南方丝绸之路”贯穿云南全境，它首起四川成都，经西昌进云南曲靖、楚雄至大理，再由保山、德宏到缅甸，出印度、阿富汗，再到欧洲，比著名的“北方丝绸之路”约早出两个世纪。古时边境贸易出境产品多为金银、绸缎、瓷器，近代又以生丝、土布、烟、茶、纸为主。到了当代，出境产品就更多了，有中医药、百货、服装、针织、五金、机电、卷烟、汽车、建筑材料等。边境贸易给云南边境地区带来了经济的繁荣、文化的发展、民族的团结、边疆的稳定。

进入20世纪80年代，我国在东部地区实施对外开放，云南省基本上处在全国对外开放的“末梢”。以边民互市为主体的边境贸易发展较慢。而到了20世纪90年代，云南省经济战略作了大调整，“发挥区域优势，抓住契机，扩大对外开放”，“打开南门，面向亚太”已成为振兴全省经济的主旋律，通过边境贸易打开东南亚、南亚这个拥有十几亿人口的国际大市场。这样，云南省便很快成为全国内陆地区对外开放的前沿。如今，云南省边境 27 个县市全线开放，绵延的南疆国境线，以边民互市为其特色的边境贸易又开始涌起新的潮汛。随着对外窗户频频敞开，一股股带着南亚气息的热风扑面而来，给边境地区的经济发展增添了新的活力。我怀着极大的兴趣走访了有关边境口岸，当地边贸发展的态势，边民互市的热闹场景，都使我感触颇深。面对那一阵阵灼眼而迷人的热风，不禁让人有几分惊喜、几分感动、几分期冀、几分沉思。

黎明之城——景洪

景洪，是西双版纳傣族自治州的州政府所在地。西双版纳以其独特的自然资源、亚热带风光和民族风情饮誉海内外，被称为“美丽神奇的乐土”。而允景洪（即景洪），在傣族人的语意中则为黎明之城，这片由十几个少数民族聚居的疆域，一直充满了神奇而诱人的色彩。

西双版纳，地处云南省的最南端，西南与缅甸交界，东南与老挝相连，有着传统的边贸基础和独特优势，历来是中国内陆通往东南亚的重要渠道。贯穿东南亚大陆的澜沧江——湄公河首起云南，经西双版纳进缅甸、老挝、泰国，再流经柬埔寨，在越南入海——河床稳定，河道单一，只要稍加疏浚就可以通行 200 吨位的轮船，有着巨大的边贸、旅游前景。

随着云南省全方位地对外开放，西双版纳州也开始了艰难而有力的起动。一个以旅游业为先导，带动边境贸易和农业、加工业、橡胶、茶叶、药材、水果发展的总体战略规划正式出台。旅游业，可以说是西双版纳得天独厚的优势，它既是

“植物王国”，有珍稀植物300多种，又是“天然动物园”，仅野象就有200多头。富有民族色彩的傣族泼水节、爱伲族的嘎汤帕节、基诺族的大鼓舞、瑶族的盘王节等更是闻名遐迩。引人入胜的还有出境旅游活动。人们可以从打洛进缅甸，从磨憨进老挝入泰国或从澜沧江跨国水道到神秘的金三角……1991年到西双版纳的中外游客只有60多万人次，1992年就猛增到120万人次。可见，发展旅游的确是促进经济腾飞的有效途径。云南省政府表示要为扶持西双版纳经济发展做两件大事：一是投资建设神秘森林公园；二是投资兴建百只孔雀园。这两个集中体现西双版纳特色的公园都建在景洪的三岔河，而百只孔雀园已初具规模，人工饲养孔雀已有80多只，离百只孔雀翩翩起舞的目标已为期不远。

景洪被划为省级开放口岸后，边境贸易发展迅速，1991年只有商行25家，1992年各种商行便达到135家，边贸进出口总额超4000多万元。景洪边贸出口产品主要有日用百货、建筑材料等，进口多为木材、药材以及锰矿石。在景洪勐宋口岸，通往缅甸的公路整天尘土飞扬，数百辆运载锰矿石的大卡车抢在雨季到来之前昼夜奔驰在国境线上。为了加快边贸口岸建设，景洪又新辟嘎特工贸、技术开发区和大勐龙边境贸易开发区。由景洪沿澜沧江开往东南亚各国的旅游船“版纳号”1992年8月中旬首航成功，沿途可停靠老挝的会晒、泰国的清孔以及泰、缅、老三国交界地的神秘金三角，吸引了不少中外游客。现在“版纳号”定期开航，澜沧江——湄公河经多国联合开发，成为“东方多瑙河”已不是神话。

由景洪延伸出去的有两个重要边境口岸，一个是中缅交界的打洛，一个是中老接壤的磨憨。在全州89条出入境口岸通道中，这两个口岸占有重要的优势。打洛镇1991年被确定为省级口岸，简易公路直通缅甸腹地，是个边贸前景看好的口岸。1992年，打洛已有20多家商号挂牌营业，新划定的中缅街开发区已吸引了中国台湾的商人和泰国等国家的商人前来投资。徜徉在群山环抱的打洛镇街头，数百米长的小商品贸易市场上人头攒动。经营小货摊的多是傣族妇女和缅甸过境来的乡民。红红绿绿的摊市在晨光和暮霭中都显得异常生动。他们经营的商品有缅甸糖果、泰国香水、印度首饰，说不上有多抢手，但都有被选中的时候。不少内地游客不畏路途艰辛，逐个将旅行包撑满。打洛街头有一奇景：在市容溢彩的时候，偏偏有数十头毛色纯真的黄牛蹒跚在街面上，悠然地找着瓜果皮屑，与拥挤的人流相安无事。打洛江两岸，是风光旖旎的傣族木楼群。那连成一片又错落有致的几何形屋檐构成一种诗一般的生活序列。

在打洛街头，还能看见由缅甸开来的造型奇特的越野大卡车，据说是美国人造的。缅甸一方的山间公路异常难行，60公里要磨蹭一天。可见这些大卡车运木材入境实属不易。磨憨坐落在中国与老挝接壤的29号界碑处，被列为国家口岸。

磨憨经济特区有着宏大的发展规划，目前基础设施正在筹建。前期工程已建成进出口贸易货场和边境贸易互市场，筹建与边贸同步。磨憨离老挝的南塔省城只有60公里，过境来做生意、投资的都是老挝各地的商人。他们带进一些中药材、兽皮、木材和矿产品，又从磨憨购走钢筋水泥，小农机械，日用品如马灯、蜡烛，还有为数不多的缝纫机、自行车等。这是由于老挝北部边民还比较贫困，做大宗贸易的条件尚不成熟。人民币与老挝货币在双方边境流通，1人民币可兑换120老挝基普。磨憨边民互市市场有常设摊位百十个，老挝边民互市手续简便。500 元以下不收税。今年进出口贸易额可达到 5000 万元。磨憨经济特区的潜力在转口贸易上，已拟在老挝博胶省的会晒湄公河码头建一座贸易转口大楼。

磨憨在起步，最多两三年，将成为一个边贸进出口总额过亿元的边境小特区。

1961 年，周总理到西双版纳参加傣族一年一度的泼水节。这片被周总理寄予深切期望的土地，在甩脱“怕、难、怨、靠”的陈旧观念之后，生产力得到了充分的解放与发展，正呈现出蓬勃的生机。随着澜沧江的开发与利用，边境口岸的完善与繁荣，景洪机场国际航线的开通，会有更多的人来撩开西双版纳神奇的面纱。

在景洪大地，黎明的曙光已经来临！

孔雀之乡——瑞丽

瑞丽，一个充满色彩的名字；瑞丽，一个令人向往的地方。

从昆明去瑞丽有 800 多公里。由楚雄到大理再到保山、德宏，过澜沧江、怒江，翻高黎贡山，一路要颠簸整整三天。人们之所以不辞劳顿去拜访她，实在是那地方风景秀丽、民风淳朴，集南国风情于一体。那巨伞般历经沧桑的大青树雄伟魁梧，无数支根豪迈地扎进土地，透出蓬勃的活力；那屏风般的凤尾竹林青翠修长，一簇簇伸向蓝天，给村寨平添了几分韵致……

瑞丽的城标是一只开屏的白孔雀，到晚上在彩灯的映照下又变成一只彩色孔雀。四周的喷泉和她交相辉映，使人如进入孔雀的故乡。有人说，云南是广义上的孔雀之乡，瑞丽才是真正的孔雀云集之地。如今瑞丽的山坡上，还不时有孔雀这种吉祥鸟的翩翩舞影。而傣族人的孔雀舞，又使孔雀之神采时时再现在人们眼前。

瑞丽同样属于国家级口岸，与缅甸边城木姐同一个坝子。瑞丽江在中缅边境静静地流淌着，滋润着中缅两国的土地，而辽阔的瑞丽坝子，则养育了十几万中缅边民。

瑞丽是中缅边境贸易的主要通道之一，也是云南省重点建设、对缅甸重点开放的口岸之一。1990 年云南省边境贸易进出口总值为 12 亿元，瑞丽就占 4.65 亿元。1991 年瑞丽边贸进出口总值近 6 亿元，在全省边贸位置上可谓举足轻重。

早在 20 世纪 80 年代初，边民互市和边境民间贸易就在瑞丽发展起来。边民互市摊点越摆越长，各种边贸商行、公司如雨后春笋涌现在瑞丽城中。据介绍，现在每天云集瑞丽的国内外客商和游客超过 1 万人，全城 8000 多张床位时常爆满，大街小巷行人如织。缅甸边民过境互市的方式是很独特的。清晨，男男女女裹着头巾骑着自行车沿中缅公路汇集到瑞丽城，偶一看还以为是都市中赶着上班的人流呢！你瞧那彩色的头巾、彩色的背包、彩色的衣裙，汇成一条条彩色的河流。

长长的贸易摊点组成的商业街几乎环绕瑞丽半个城。在南疆明丽的晴空下，透过色彩斑斓的阳伞，各色商品让人应接不暇。有流光溢彩的珠宝首饰，有造型精美的象牙制品，有时髦走俏的化妆品，有物美价廉的橡胶凉鞋，有古色古香的各种柚木雕，还有富有民族特色的各类绣花挎包……你置身其中，觉得哪样东西都想买，哪样东西都值得买。人说那玉石手镯、玛瑙项链成色好，那化妆品又美容又润肤又防晒，那橡胶拖鞋有韧度，耐寒耐热更耐穿，那针织品手感不错，而那柚木雕的大象却能与日月同辉……长长的街市人流如注，挤得水泄不通。

经营珠宝首饰、象牙象骨制品的多半是来自缅甸、印度、泰国、巴基斯坦的商人，其中又以巴基斯坦和缅甸的商人居多。他们在街边随处定点，支一个小圆桌，铺上鲜亮的台布，然后把大大小小的手镯、项链、头饰、胸花、戒指依次摆开，向每一位投目的顾客点头微笑。有不少人在首饰摊前蹲下，精心选购。纵然是挑了小半天没有成交，卖主也热情依旧。尤其是那些个长得很标致的巴基斯坦女商人，她们会不厌其烦地为你服务，把一对对耳环往中国少女耳朵上戴，直到对方满意为止。还有满街跟踪服务的外国男青年商人，他们托着一个嵌满五光十色戒指的小盘（他们手上也往往戴满戒指），尾随人叫卖："看一看，便宜哩！"声音中满是热情而不屈不挠的意味。你遇上这种热心的卖主，还真不得不驻步，挑上一两枚心爱的戒指。据说，这些外国商人在瑞丽街头出现已有好几年的历史了，他们从印度、缅甸辗转而来，把瑞丽看作东方的小巴黎。他们合法经营，公平待客，讲究信誉，很受边民欢迎。他们的光临，既为边境贸易增加了花色品种，又为边城瑞丽带来了一股异国情调。

瑞丽街头，各种语言和肤色的人在这里交汇，中国和缅甸的货币也在这里流通。有一处民间货币交易点，上午自然形成，傍晚自行解散。来这里从事货币交易的以缅甸女人居多。她们会讲简单的中国话。把成沓的缅甸货币放在地上，蘸着口水数钱。她们每人都有一个电子计算器，做货币交易既快又准。这些女人喜欢在脸上涂防晒霜，几条道道很显眼，使秀气的脸模遮去了几分生动。我请教一位缅甸姑娘，她用熟练的中国话告诉我，这种货币交易从20世纪80年代初就有了，一直没有间断过，只是挪了几个地方。这么多年，中缅货币的兑换比值没太大的升降，目前在1人民币兑换15缅币的基数上上下浮动。

漫步在瑞丽街头，随处都感觉到由商品经济和民族风情相交织的时代画面，个体运输车排成长龙，风味小吃摊挤满街头，到缅甸的一日、二日、三日游行情看涨，更有那景颇族人的婚礼乐鼓撩拨得人心沉醉……在瑞丽市民族舞厅，热情的主人让我们品尝别有风味的泼水粑粑和苦肠米线，还让我们欣赏了颇具特色的傣族、景颇族民间歌舞。美丽热情的傣家姑娘端着水盆，象征性地把香水泼在我们肩背上，那种深厚的情谊，那种友好的祝愿，使作为匆匆过客的我永生难忘。

随着云南省对外开放新格局的形成，瑞丽将成为一个通向东南亚及南亚的有配套设施和一定规模的内陆边境口岸。位于瑞丽江岸边的姐告边贸经济区已初步建成，雄伟的横跨瑞丽江的姐告公路大桥已正式通车。这条中缅边境的主要通道畅通之后，日进出车辆可达1500辆，日进出口货物可达1000多吨，中国经缅甸赴欧洲的交通线比沿海港口到欧洲的距离缩短4500公里以上。

瑞丽，这个我国西南边疆最具边贸优势的口岸，彩云舒卷，热风盈天。新的“南方丝绸之路”将从这孔雀之乡向境外延伸，带着吉祥鸟的祝福通往世界各地。

（刊于1993年1—3期《云南监察》）

城南的天空

住在北京城南的天空下，一直都有生活在都市边缘的感觉。按京城人延续下来的说法，出了前门，就是南郊。以前住天桥、天坛、永定门，统称住南郊。现在，城郭在不断延伸，永定门在二环路，木樨园在三环路，大红门在四环路。我居住的和义小区，在未来的建设蓝图中，正好被框在五环路内。等到五环路把我们和市区连为一个整体虽然还很遥远，但毕竟心中有了一份接近都市的期待。

开始来到城南，心情有些落寞。我曾经在北京城东、城西和城北都住过，相比之下，城南就有几分萧条和寂静。这里没有那么多的摩天高楼，没有那么多的繁华街市，几条由城区向南郊辐射的公路，从冷落的街市中穿过，留给城南人的是满眼的尘土。

在城南住了一个夏天，我的心境像被夏雨浸洗过一样清澈和明净。这里的环境很安然、美丽，鸟语花香，更接近大自然的原始情态。小区周围是绿色的菜地和果园，因而我们有缘观赏到瓜果成熟的生动过程。夏夜，凉爽的晚风从窗台徐徐而入，裹挟着野外花草清香的气息袭人肌肤，整个夏夜便显得格外的轻松宜人。居住在城南虽然使我白天上班加倍的忙碌，但又以她的宁静和美色消去我奔忙的劳顿。

后来，我发现城南的那方天空，是那么的不同寻常，那么的富有情趣，与我的生活是那么的契合无间。

在城南绿荫如盖之处，有一个颇具盛名的南苑机场。

由于有了这个机场，城南的风景平添了几分英姿，城南的天空平添了几分动感，城南的生活平添了几分妙趣。

我是以一个南方人的心境去感受和欣赏这份妙趣的。

开始时，我对城南的天空没有什么特殊的察觉，每每从窗檐外、树梢头看见飞机悠然掠过时，我却像许多的城南人一样随意扫上一眼，或静心看书，或低头走路，觉得那或起或落的飞机带来的惊动就犹如一阵阵鸽哨般自然，天空虽有几分伟丽，原野虽有几分流彩，这都是一种固定的风景，无须惊乍，无须多思，无须牵情。

任何一件事情，你不去经历和体会，那注定是要从自己的生活中悄悄滑过去的。然而你一旦注意了它，并从中感悟到与自己的某种联系，也许一件看似普通的事情就变得非同一般，或让你情有所致，或使你浮想联翩，或叫你感慨不已。

我对城南的天空由闲视到关注到倾情，是从我走进南苑机场后发生的，这一显著的心绪变化曾让我激动万分。一个初秋晴朗的上午，我第一次从南苑机场乘飞机去南方，去我的故乡。当飞机冲出跑道，掠过树林，在低空做盘旋飞行时，我一眼看到了我们居住的那片楼群，没有一座塔楼，只有一个欲吻蓝天的烟囱高高耸立，我的心为之一振，原来去往南方的飞机都是要从这里经过的，由这里冲向远天……

在以后的日子里，我经常会在某个时刻情不自禁地站在阳台上，等待着那一阵动人心魄的轰鸣声。在那固定的风景里，银色的机翼折射着阳光，倏地冲进我的视野，只那么几秒钟，然后匆匆飞越头顶。微风仿佛带动着城南所有的树梢，我那一份份对南方亲友的思念，也似乎挂上了机翼，去做那漫长的旅行。

在城南居住的日子，是一段心绪流动的日子。

如果有一天告别城南的生活，告别城南的天空，我不知道能否再找得到那份与自然风景相连的流动的思绪。

（刊于 1995 年 11 月 25 日《中国民航报》）

云里雾里张家界

张家界，初一听这名字，怎么也不会想到是个闻名遐迩的旅游胜地，倒像是一个张姓屋场的别称。比之“憩园”“朗润”“峨嵋”“普陀”等胜境的美称，确乎少了种神韵。然而，它的确是第一座国家森林公园，一颗深隐在湘西武陵山中的真正的明珠。

暮春时节的雨像多情姑娘的泪，洋洋洒洒似不断线的珍珠。从长沙到张家界，要坐整整12小时的长途汽车。记得早晨刚出发时，满车的游人兴致勃勃，笑谈着慕名已久的张家界。可慢慢地，车里静了下来，连那几个一路叽叽呱呱没完没了的香港大学生也东倒西歪地打起盹来，只剩那录音机中传出的《红河谷》的旋律弥漫于车中的每一个角落。

临出发时，有人神秘地劝告我们：“别去送命，那儿常闹土匪！”一路上，我用小说或电影中一些惊险细节来丰富自己的想象，为自己具有“浪迹天涯无所惧”的潇洒风度而自得。

没想到的是，眼前的张家界却是个具有先进水平的度假村。黄昏中，幢幢别墅式的宾馆、饭店一色儿纯白，如西班牙的农舍隐在幽幽的绿荫之中，显得古朴而宁静。五颜六色的简易帐篷像草地上冒出的七彩蘑菇，吸引着富有浪漫情调的少男少女。路旁，一溜摆着小摊，有卖旅游纪念品的，也有卖风味小吃的。最惹眼的要数那米粉摊子，如雪的粉线拌上鲜红的辣酱，实在是难挡的诱惑。晚风徐来，甜甜的山岚中竟流淌着叮叮当当悦耳的音乐，令人惊喜，恍如登上瑶池仙境。

张家界的奇峰异石，具有“奇、险、幽、秀、野”的自然景观特点。于我看去，用“野逸”二字足能代表它的气质了。界内的岩石均为砂岩峰林，棱角突兀，峭然挺立。岩峰的表层像块块岩片相叠而立，粗糙、彪悍、超然，像一位大山中的莽汉。不像庐山披着绿色的外衣，隐去山岩的豪气，它赤裸裸地耸立着，像一位历尽风霜的大汉拉开衣襟，虔诚地向世人诉说着什么，让人仰望时直感有一股深沉的力量从岩体中穿透出来。雾，长年环绕岩峰，是深情的慰藉，云般的轻柔，与岩峰紧紧依偎。岩峰、白雾，刚柔相济，变幻成一幅幅意义深远的画卷。

我们从清晨起就在界内的奇峰中穿行。这一处景点为黄石寨风景。满目的峭岩，满目的葱绿！潺潺小溪从岩缝中流出来，在峭壁上甩出一条条白链。小雨，温柔地打在枝叶上，簌簌地细响，像美妙的音籁环绕于耳。山雾，来去无踪影，把岩林隐得朦朦胧胧，于深沉之中又显出一派诗意。“你们看，快看！”我们顺着一位戴小红帽姑娘的手指望去，只见“天书宝匣”的额头上，一簇从岩缝中傲放的红杜鹃在风雨里潇洒地笑着，给翠绿的树林和厚重的岩峰增添了几分春的妩媚。透过稀薄的云雾，那红杜鹃轻轻摇摆。悬崖上的杜鹃花，你当是命运的使者，怎在这里给游人引路导游？游人的步履驱走了你的寂寞，你的倩影带给游人一缕温情。看，几十台摄影机把焦点对准你，十几位漂亮的姑娘以你为背景，留下美妙的一瞬。谁说姑娘的笑不是一朵悬崖上的红杜鹃？那笑不正深嵌在小伙子对前程眺望的眸子里么？

一路观景，一路小雨，青石山道亮幽幽的。岩峰在雨中显得峻峭雄奇，绿树深林在雨中越发葱茏。烂漫的山花，风的细语，雨的清音，合成优雅的春之声，渗入云里雾里，尽情地散漫。

呵，难忘的张家界，我们用心摄下你在云雾里神秘的身影！

（刊于1987年9月1日《九江日报》）

德夯秀色醉游人

像台湾女作家三毛笔下的乡愁似的，读了几本沈从文先生的小说，对陌生的湘西竟生出一股难以排遣的情绪。想象它那淳朴的古风、迷人的苗家文化、富有诗情画意的苗族情调……因为这艺术神经的颤动，人的思绪常显得透明与清朗。

既然这回有幸到湘西，岂有不进苗家村寨之理？一想到能倚在苗家的吊脚楼栏杆上观花望月，领略一番湘西风情，真真地醉煞人呢！

一车的游人刚刚落座，售票的姑娘笑盈盈地送来一份德夯导游图。那姑娘一身水红色衣裙，襟边袖边裤脚边都镶着五彩的花边，颈上套着两个银项圈，足足有两斤重。一对银手镯松松地拢在细白的手臂上，头上高高地打着黑色的头帕，一身地道的苗族装扮，迈着婀娜的步态把微笑送到每一个游人的眼中。

车窗外，是一幅幅风景优雅的画面。一路上危岩耸立、白云依依。绿茵茵的稻田、深褐色的茅舍，小溪边默默伫立着高大的水磨坊，寨前咕噜噜转着碾盘。在细细的雨帘笼罩下，朦胧、空灵、古朴、和谐，一幅迷人的田园图！

下车后，大家直奔流纱瀑布。过石桥，踏着青石小道，任雨丝温柔地拥抱，索性来一次雨中行。山道上，很少碰到人，倒是林中小鸟欢叫着打破山的寂静。任你怎样想，任你怎样行，曾环绕于胸的世间烦恼全都抛于九霄云外，心境超脱而明静。

拐过一个山脚，只听见前面传来姑娘的欢叫声。我们紧走几步，坐落在九龙溪源头的流纱瀑布出现在眼前。一股溪流从216米的高处勇敢地飞溅下来，犹如九龙翻波，吞云吐雾。

这瀑布不仅是全国最高的瀑布，而且从每一根流纱的细度看，恐怕还是最细的瀑布。她从顶端往下落时，不是布状的平整，而是像被细纱机梳理成细细的流丝，一根一缕从天飘落。时而如轻纱拂面，时而似珠帘悬挂，宛如白纱荡涤绿潭，漾起层层涟漪。据说，这银纱是苗家姑娘浣纱落入龙宫而漂流不断，流纱瀑布因此得名。

黄昏，我们来到早已闻名的吊脚楼前。德夯村位于峡谷深处，透过雨帘，我们看到一座座苗舍静静地卧在小溪边，远远地传来几声鸡鸣狗吠。简直让人产生幻觉，是否误入陶渊明笔下的桃花源了。走过一座青藤攀绕的石拱桥，我们进得寨子。寨子里人很少，几个苗家老人好奇地打量着我们。我们在寨中安步，也不见有人盘问，几个小孩看着我们嬉笑。

“么柔！”前面传来一声苗家的问好声，相当于汉语的“您好！”我们循声望去，两个苗家姑娘倚在吊脚楼栏杆上，羞涩地向我们致意。我们快步走到楼前惊讶地发现，眼前这座吊脚楼真像一件古色古香的艺术品！只见它飞檐翘角，两面都有走廊和悬出的木质栏杆，嵌有多种多样象征吉祥如意的图案。窗棂中雕刻飞禽走兽、各种花卉，工艺精湛，栩栩如生。楼后是一蓬蓬翠绿的竹子。假如空中悬着一轮明月，此景不知该有多么美妙！

那两个苗家姑娘轻盈地向我们走来。她俩穿戴一个素静，一个妖红。其中一个手上还拿支“龙骨挑挑”（苗家姑娘织布用的工具)。

“你们刚才在织布吗？”我们笑着问道。

“我在织布，她在画画。”那个素静的姑娘笑着说。我们仔细一看，她们胸前都别着“湘西土家族苗族自治州艺术学校”的校徽。

如此美妙的景致，如此静谧的生活，一定会使苗家姑娘画出绝妙的作品，唱出悦耳的歌声。她俩热情地邀我们上吊脚楼去坐一坐，无奈汽车喇叭嗒嗒催得紧。我们征得她们的同意后，在吊脚楼旁留下一张合影，留下一次珍贵而难忘的回忆。

么柔，么柔！美丽的苗乡！告别了烟雨中的德夯，告别了如诗如画的苗乡，结束了一次愉快的旅行！那像蓝色花一样淡淡的惆怅、深深的惆怅都遗留在那美丽的湘西……

（刊于1987年10月27日《九江日报》）

情思

文艺重镇领路人

4 月 18 日，我的恩师、客居岭南的陈重印先生仙逝，享年 82 岁。我是 4 月 19 日清晨惊闻这一噩耗的，心情无比哀痛。这天是谷雨节气，我的悲伤犹如这谷雨时节的雨点，嘀嗒嘀嗒在心里飘落。我揉着模糊的双眼，从北国静静地遥望南方。我呼唤着先生的名字，那是一种远去单向的声音，我再也听不到先生亲切和蔼的回音了。

我是陈重印先生众多的学生之一，也是他关心得最多、帮助得最多的学生之一。20 世纪 80 年代初期，我从九江师范美术专业毕业，分配在武宁县电影公司当美工，专门画电影宣传画，办电影宣传橱窗。那时候，热门电影都要画大幅彩色海报，挂在电影院门口吸引观众。我几乎每个礼拜要画一两幅半面墙大的电影广告，也算是一个从事美术专业的艺人。但画电影广告完全是照葫芦画瓢，缺乏创造性，因此，离独立的美术作品创作还相差甚远。

那时候，身兼武宁县文化馆副馆长的知名画家陈重印老师（以下简称陈老师）靠自己勤奋学习，刻苦修炼，创作了一系列优秀的美术作品，如《农民画家》《迎春图》《吟咏图》《燎原之火》等，在江西美术界产生极大影响。特别是力作《燎原之火》描述了中国工农革命军在毛泽东亲自指挥下解放宁冈县城，毛泽东在新成立的苏维埃政府门前向广大工农兵战士颁发枪支的情景。作品采用了中西融合的创作技法，塑造了毛泽东和蔼可亲的艺术形象，使作品充满了强烈的时代感和理想主义色彩。该作品入选全国美术作品展览后引起轰动，也给陈老师带来空前的荣誉。当时，武宁县的美术爱好者和业余作者经常聚集到文化馆，观摩陈老师创作的作品，聆听陈老师美术专业讲习课和创作谈。在我们心中，陈老师就是一面旗帜，就是一团火光，是那样的温暖迷人，又是那样的可敬可亲。

陈老师能久经磨难而不馁，一朝花开香满庭，与他坚韧不拔的艺术追求和日趋完臻的人生修养密切相关。陈老师极注重个人的艺术修养，他经常告诫我们这些学画画的人，一定要多看专业书，多练基本功，为艺术创作做好充分的准备。他每次到省内外参观画展、参加创作活动或体验生活回来，都要及时召集在县城从事美术专业教学和工作的人员以及美术爱好者办小型沙龙活动，介绍国内外美术创作发展动态，交流美术理论思潮，分享他的美术创作心得，让我们不出远门就能知晓国内外美术创作信息，了解各种流派的创作特点，极大地增强了我们从事艺术创作的信心。

记不清有多少次，我们围绕在陈老师的身旁，听他讲中国画的工笔与写意，介绍叶浅予、李可染泼墨大写意画作的飞白精妙之处。他说中国画最讲究笔墨、线条，白描勾勒当要学唐朝画圣吴道子的“吴带当风”，尤其是以他的《八十七神仙卷》绝美流畅飘逸的人物线条勾勒群仙形象的画作最具代表性，画面气势恢宏，令人震撼，达到了传统中国画的惊人成就。他又说，美术创作的理想境界就是老子的道家思想“道法自然”。“人法地，地法天，天法道，道法自然”，“道”可理解为天地之始，万物之母。所谓“道生一,一生二,二生三,三生万物”，整个宇宙都是“道”衍生而来，形成了系统的运行规律。但“道”还要遵循“自然法则”，也就是要尊重世间万物的自然规律。具体表现在美术创作上就是要尊重艺术创作规律，要深入现实生活，表现自己熟悉的题材，不能胡编乱造。陈老师还介绍他在创作《燎原之火》时，就深入赣南革命老区体验生活，收集了很多珍贵的创作素材。我们当时虽然还不甚理解“道法自然”的艺术真谛，但得到了一次美术的启蒙、一次心灵的洗礼、一次艺术的熏陶。我们认真听了，反复思考，将老师的话一直铭记心间。

武宁文化馆因为有陈老师的美术教学辅导而成为一大批美术爱好者的精神领地，也因为有陈老师的艺术影响而成为全县群众文化聚集的家园，更成了我这个文艺青年心仪的地方。1982 年春天，那是一个改变我人生道路的温暖的春天，我在陈老师的关心和爱护下，从县电影公司调到县文化馆工作，成为一名群众文化辅导干部。我能来到陈老师身边工作，聆听他的教诲，学习他的精神，在当时，是多少艺术青年梦寐以求的事情啊！这个机会陈老师给了我，我心存感激。我无以回报，只有在他的领导下，努力做好他分配给我的各项工作；在艺术创作上，多向他请教学习，做一个他放心和满意的学生。

我在武宁文化馆工作了五年，这五年在我人生的长河中是短暂的，但它完全改变了我一生命运的走向。在这期间，陈老师给我提供了许多学习锻炼的机会。他派我到北京美术馆观看大型画展，到上海一得阁购买绘画材料，到浙江美术学院体验艺术氛围，到南昌画院拜访艺术名家。同时，陈老师还让我多到乡下体验农村生活，感受乡土文化，收集民歌民谣，了解百姓疾苦。我记得有一次，陈老师安排我和青年画家魏林到罗溪镇供销社画商业广告，一待就是一星期。我们晚上听着罗溪港的流水声，遥望浩瀚的夜空，艺术创作的梦想也油然而生。人生最美好的年华非常短暂，稍纵即逝，要好好把握才是。就那样，最初的艺术感觉，在那段日子里渐渐苏醒。我能做点什么呢？我在叩问内心。

在我的内心深处，早已潜伏着一种追求文学创作的欲望。我在高中毕业下放农村锻炼当知识青年的时候，就自费订阅了当时颇有影响的文学刊物《朝霞》，从中吸收文学创作的营养。我在九江师范读书的时候，也潜心读过一些文学名著。后来在电影公司当美工的时候，还悄悄写过小说。到县文化馆工作后，更是有了得天独厚的学习条件。我除了完成本职的工作，一有时间就跑到楼下的图书馆看书，阅览报纸杂志，并做学习笔记。平时下乡去体验生活，我的笔记本都记满了乡间民谣和故事传说。在县文化馆工作的头两年，我用心地做好了文学创作的各种准备。我把自己尝试写小说的想法告诉陈老师并征求陈老师的意见，他不但没有反对，相反还鼓励我"艺多不压身"，让我大胆创作。在文化馆工作的第三个年头，即 1984 年 9 月，我在青年文学刊物《青春》发表小说处女作《花朝女》。陈老师真心地为我高兴，表扬我观察生活很仔细，人物刻画得不错，作品很有乡土气息，鼓励我继续努力，写出新的文学作品。他说："艺术的道路是相通的，你们这批学生都很有天分和潜力，有的搞美术创作，有的搞文学创作，有的搞书法创作，殊途同归呀，我愿意看到你们的成长。"

20 世纪 80 年代，是改革开放的年代，也是创作自由、文艺繁荣的年代。由于有了陈老师的艺术引领，武宁这个在江西很偏僻的小县城，文艺创作一度繁花似锦。除陈老师佳作迭出，在江西美术界与油画家马宏道并驾齐驱外，一批新人新作品开始涌现。其中有青年作家萧亮在《十月》发表小说《高山人家》，余绪芳在《星火》发表小说《竹园》，我在《青春》《萌芽》等刊物发表小说；卢瑾的美术作品参加全国美展，陈星平的书法作品参加全国书展，魏林、卢杰、周曙、巴惠明、邓小乐、朱晓光等的美术、书法作品参加省内外展览，杨郭的作品参加全国农民画展……一时间，武宁的文艺创作引起各方关注，被誉为赣北的文艺创作重镇。

1988 年 2 月，我有幸到北京鲁迅文学院进修，继而考上了鲁院作家研究生班继续学习。此时陈老师已从武宁县人大常委会副主任调任江西书画院美术老师，他得知后，打心眼里为我高兴，勉励我珍惜学习机会，多向其他青年作家学习，丰富自己，迎接未来的人生大考。再后来，1991 年我从鲁院毕业，留在北京工作，在国家监察部主管的《中国监察》杂志社当记者。当我把《中国监察》杂志寄给陈老师看时，陈老师格外高兴，大年初一早上给我回信："你的不懈努力和执着追求使你在人生道路上和事业进程中不失机遇，终于离开了武宁这块狭小的天地而到了国家的政治和文化中心的北京工作，这是每个武宁文化圈子里的人佩服和羡慕的，而且相信你有着灿烂的前程。"陈老师这些激励我的话，让我倍感温暖，也让我铭记于心。我知道，我虽然离开了武宁，但陈老师那期许的目光，会一直注视着我，看我走好人生的每一步。

时间如白驹过隙，转眼就到了 2007 年。那年，趁陈政、魏林两位老友来北京参加全国图书订货会之机，我们商量搞一次武宁文友之旅活动，邀请当年聚集在陈老师旗下的一伙文友参加。这事在征询陈老师意见时，他欣然允诺，参加全程活动。这次武宁文友之旅活动在当年金秋十月进行。除了陈老师夫妇，参加这次活动的有文友张绪佑、陈政、徐少伟、陈建武、萧亮、卢杰、邓小乐、巴惠明、魏林和我，且都带上了夫人。我们从南昌接上陈老师，队伍浩浩荡荡开到九江，游湖口石钟山，住星子温泉酒店，晚上还举办了自编自演的文艺晚会。那年，陈老师已 69 岁，他深知这次武宁文友之旅的深切用意所在。看着曾经的学生这么簇拥在周围，他一路兴致勃勃，谈笑风生。我们这些后辈，就是真心陪伴陈老师开开心心地玩一次，传递我们心中对他的爱和敬意。这是一次多么温馨、难忘的旅行啊！

不想，这次文友之旅竟成了我和恩师的最后一次相聚。后来陈老师举家迁往广州，由于相隔遥远，我没能再次去看望陈老师。现在想来，心中非常难过。

斯人已去，英名长存。我们会永远记住陈老师儒雅而慈祥的容貌。

（刊于 2020 年 5 月 16 日《山水武宁》）

山　珍

不久前，我接到珍俚的来信，说今年乡里的板笋做得比往年好，试制的板笋干新产品通过鉴定，质量上乘，销路极不错，已经打入了国外市场，成了家乡最有名气的山珍。嗬，真没想到，家乡的特产板笋竟有了这么好的前景，我替珍俚高兴。

一放暑假，我便兴冲冲赶回家。一踏上家乡瓜塬的山垄，一种亲切之情便油然而生。山垄两边是茂密的竹林，风吹竹海，沙沙作响。时有一阵阵板笋的清香迎面扑来，让人心动。这正是晒板笋的时节，田垄里、港滩上到处都晾着松黄透亮的板笋。哦，今年是旺年，出笋呗！

看着那大片摊晒着的板笋，便让人想起春头上出笋的时节。早先，乡里人是不做板笋的，专等笋长成竹了再砍下运往山外卖。后来做板笋的技术传了过来，人们才慢慢舍得挖出笋苗儿来压板笋。出笋的时节，那真让人兴奋，让人生出种种希冀与期待。按一般常规，出笋分旺年和蔽年。蔽年不出什么笋，乡人也就无须上山做板笋。逢上旺年，各家各户便会放下一切活计，合家老小一齐上山做板笋。如今各家有山场，各自在山场上搭一个压笋棚，一住就是十天半月，有的还将家禽家畜带到山上去放养。最紧张的工夫是在雨天，越下雨越要进竹林挖笋。如果一夜春雨后，不抢着挖笋，笋便疯长，眨眼就长过了头。在春雨淅沥的竹林中，到处晃动着斗笠、雨衣，满山是吆喝、歌语，是春笋拔节的脆响……每年这个时节，我便跟家人一道上山挖春笋。最忙的那几天，家里还要请人帮忙，白天挖笋，晚上便在棚子里架起大锅煮笋。煮笋可有诀窍呢，每只笋都要用铁棍打通，里头不能闭气，然后将笋压上架。一架笋压好后便不管它了，让它在山上风干，然后拆下架放到石灰水中浸，到日子进了伏，才将笋捞起来，放在烈日下暴晒。这样，板笋吮着山风和阳光，就变得金一般闪亮，玉一般透明。

那一年是旺年，一场春雨将满山的笋桩都催了起来。家人带信要我回家帮忙。其时正是我加紧复习功课迎接高考的关键时刻，马上就要预考了，我心里十分矛盾。不回家吧，全家的经济收入全指望做这一季板笋，误了这几天，便等于误了两年的工夫，那我以后在外读书也不会安心。我只好一狠心，带着书上山边做板笋边复习功课。这事不知怎么被好心的珍俚知道了，她主动提出要我回学校复习，她家劳力比我们家多，她顶下了我。她和我从小在一起长大，一起读书，她没有升上高中，而我却考上了县一中。她平时说羡慕我，到了这关键时刻又主动帮助我。我真不知说什么好，只暗暗下决心，以后一定要报答她。

珍俚是不图报答的。我上大学后，她每次给我写信从不提其他事，只一个劲地告诉我乡里的新鲜事。先是乡里办起了板笋加工厂，她当了技术员，后来加工厂跟省里一家科研单位挂上了钩，将板笋干精制加工出口，一年盈利几十万元。我们乡里依托这自然资源，真的闯出了一条富裕之路！珍俚没有考上大学，但她的聪明才智在家乡得到了发挥，她做的事业令我钦佩。不知怎的，我对珍俚由一片报答之心悄悄地化成了爱慕之情。

在港滩上，我看见了珍俚。她正在收板笋，她怀里抱着那松黄透亮的山珍，一抹晚霞映在脸上，周身洋溢着青春气息。看见她那自信、矜持的笑容，我竟一时语塞。在珍俚面前，我那一点儿大学生的高傲气早已荡然无存。我把那美的意愿全珍藏在心底。

我知道，是山珍，便有她可贵的价值！

（刊于 1987 年 3 月 18 日《江西日报》）

送　节

早先在乡间是作兴送节的。四时八节走亲访友送点节日礼物那是人之常情，过时过节的，你要是空手走亲戚，那是挺不好意思的。殷实的人家，节礼就比较重，酒肉烟茶外带山货什么的，对人客气，自己也有面子。顶不济的庄户，也要打起精神，提着老母鸡，捎带一手巾鸡蛋，外带点时鲜果蔬，在人前也要充个胖脸。送节是一道人人必过的坎，富也得过，穷也得过，不过，你在乡间就无法立足，不好做人。在所有送节名目中，尤以端阳节送节礼最为讲究，谁都不敢马虎了事。

武宁话管过端午节叫过端阳。比如一户人家去年底男丁刚娶了老婆，今年端阳男丁是要去丈母娘家送节的。这是头一回送节，丈母娘家非常看重。乡里人都在看着呢，送节送到位了，亲戚邻里皆大欢喜；送节送不出档次，或送砸了，不仅丈母娘一家非常窝火，脸面丢尽，而且让乡人耻笑。所以，逢上第一年往丈母娘家送节的事，就成了这家人天大的事。

我在十五六岁的时候，就碰上了这么一次送节，替我哥往他丈母娘家送节。

那是在20世纪70年代初，我哥从澧溪大源当兵入伍，成为一名建设国家的工程兵。我哥在当兵之前，将我嫂娶进了门。来年端阳，就碰上了给我嫂子家送节这档事。我哥远在部队，一时也不能回家。我父母当时在石渡供销社工作，我在澧溪中学读书，送节的事就自然而然地落到了我的头上。我和我哥从小在大源乡里一起生活，彼此感情深，替他送节我非常乐意。

这年端阳的前几天，我父母亲就开始准备送节的礼物。那个年代物资匮乏，可我父母亲还是想尽办法，将送节的礼物办妥帖。有几件礼物是不能少的，一是包子。我父母请供销社食堂的师傅做了两大笼包子，一笼肉包子、一笼糖包子。二是咸鸭蛋。几十个咸鸭蛋是事先请人腌制好的。三是几块布料。我母亲在供销社柜台卖布，平时积攒了一些布角边料，别看不起眼，当时那是好东西，非常抢手，用来做件衣服绰绰有余。四是一些烟、糖、酒、肥皂什么的。我父亲不知从哪里借来了两只小皮箩，将送节的礼物妥妥帖帖放进皮箩里，又将一副千字头的鞭炮放在箩筐内，嘱咐我，到了嫂子家门口，别忘了放鞭炮。

翌日早上，我一个石渡少年，挑上一副满满当当的小皮箩，晃悠悠地上路了，去替我哥送节礼。

从石渡到澧溪有 20 余里，从澧溪到大源还有 15 里，我在路上约莫要走一天。送节的礼担有 50 来斤，压得扁担一闪一闪的，我对这趟远途跋涉一点儿也不畏惧。你想啊，那时的少年，都练就了一双好脚力。每年寒暑假，我们的任务就是砍柴。那时节，我们一班少年伙计坐渡船到石渡河对岸山上砍柴，一天两担柴，一个假期下来，我家屋檐下就有一墙码得整整齐齐的好柴。与砍柴相比，这送节的礼担就轻多了，且一路可以歇息。只是路途有点遥远，过河渡水，翻山越岭，没有一个伴说话。

我沿着修河岸边的大路向西行走，在石口乘渡船过河，然后翻越高高的竹篙岭，出邓家源，过澧溪老街，穿过裤脚塘，爬上颈儿岭，在茶亭中小歇。我在另一篇散文《故乡的茶亭》中描述过这座茶亭。年少时，觉得这座茶亭相当美好，不仅可以歇脚，还有茶水喝。对于长途跋涉的路人来说，这茶亭就是一个守望在这里的伴。

这时，已近傍晚，几缕炊烟飘在田塅里。从山上望过去，正好能看见大禾田盛家的村落，我嫂子的娘家就在那里。我虽然有点脚酸，但一想到是为哥哥送节，劲头就上来了，一鼓作气地走下山去。

对于这次送节，最看重的是嫂子。当我在屋场上放起鞭炮时，嫂子及家人都迎了出来。我学着哥哥的口吻，挨个叫着娘嫂叔伯、舅姨表亲，把我爸妈的问候都带到，把我哥的意思都传达到。我嫂子家在团近也是一个大户人家，受乡人敬重。他们对我来送节是十分高兴的，热情地把我送来的端阳礼物分发给亲戚近邻，话语中流露出太多的谢意。真没想到，我这趟替哥送节之事会在嫂子娘家流传好些日子，在淳朴的乡风中传成了一次美谈。

一转眼40多年过去了，我哥嫂还健在，他们相濡以沫走到今天。许多往事烟消云散，而我替哥哥送节这件事，大家一直都没有忘怀。每当我提起此事，哥嫂都会很开心。我祝福他们。

（刊于2022年6月14日《山水武宁》）

《老人》与《边城》

在20世纪世界文学史中，美国的福克纳和中国的沈从文都是已经有了定论的大作家。

在这两位大作家的创作历程中，福克纳的中篇小说《老人》和沈从文的中篇小说《边城》可谓是他们最有代表性的名篇。这里，不妨就这两部乡土情调极浓的小说作一简单比较，从中领略这两个不同地域亲切感人的乡土民风。

福克纳作品最重要的主题就是乡土人情。在当时，他这一创作主题远比时髦一阵的诸如“异化”等字眼更富有启发性。他充满激情地记录了人类生活、人类价值以及永恒的真情实感。《老人》这篇小说最具这方面的特色。评论家说：“《老人》绘声绘色地写出美国南方密西西比这条‘老人河’泛滥时的种种情景，是世界中篇小说里最脍炙人口的名篇。”具体说来，《老人》是福克纳描绘的1927年密西西比河最大一次洪水泛滥期间一个在押囚犯抢救一个被困在大水中的怀孕妇女的故事。《老人》有一种象征意味，它是老百姓对密西西比河的俗称，充分表现这条伟大河流的力量及神话色彩。福克纳在这部小说中生动有力地再现了密西西比河的这种品质。

而沈从文的小说创作也一直没有脱离乡土世界的主题，这种主题思想充分体现在他早期的创作中。他孜孜不倦地回忆与描摹自己的乡土——湘西的生活。《边城》这部中篇小说完全体现了这种创作主题，是沈从文小说创作走向成熟的标志。《边城》被誉为“一部证明人性皆善的杰作”，“是一首诗，是二老唱给翠翠的情歌”。作品反映的是湘西一个边远的小城茶峒20世纪初期的社会人情风貌。这是原始民性与封建宗法关系交织的社会一隅，作品似大幅展开的民性淳朴的风俗画：待人以诚，乐于助人，受人之惠必以物回赠，人与人之间相互同情，就连吊脚楼的妓女，性情也浸染着边民的淳厚义气……《边城》不只是写一个动人的爱情故事，而是有着更深层的人生寄托，倾注了作者对人物命运的同情。作品的深刻与高明之处还在于，它始终作为一种隐蔽的力量而存在，人物形象没有概念化。

尽管这两部作品有东西方两种地域文化色彩的强烈反差，但我们可以从中看出一定的参照因素，也可以看出这两部作品艺术倾向的相似之处。

首先，两部作品表现了人性美的伟大力量。《老人》中的高个子犯人冒着生命危险帮助一位即将分娩的妇女，两人身处孤船或荒陆，没有一丝邪念，处处体现人情的温暖。《边城》中的人性美也表现得相当充分，翠翠几乎成了人性美的化身。其次是两部作品都大量描绘了自然风景，写密西西比河洪水泛滥、气势澎湃的壮观场面，写湘西山区辰水的秀丽、竹林的恬静、河市的繁华。再就是两部作品都具有撼人的悲剧力量。《老人》中的在押犯在受命救人时，他本人是有可能逃掉的，可他没有赢得那份自由，结果救了人反而监禁被延长了十年，没有逃脱悲剧命运。《边城》中的翠翠好不容易赢得了傩送的爱情，可是傩送为了避开生活之尴尬毅然出河，传说在水滩中出了事。“这个人也许永远不回来了，也许明天回来”，化作一声悲苦的咏叹。

（刊于1991年6月29日《九江日报》）

迷人的彩带

我离开赣北山区有几年了，而离开赣南红土地时日更久。我曾有三次机会踏上赣南广袤的红土地，领略那富有浓郁乡土情调的苏区文化和迷人的赣水风光。我总把赣南风情与赣北家乡的风情相比较，每每都要生出许多感叹。赣南苏区光荣的革命传统自不必说，单是颇具特色的红土地文化，就让我深深地感动和敬仰。

那片红土地宛如一条飘带，连接着历史与现实，也连接着大江南北。她在漫长的历史风雨中招展了60多个春秋。今天，我又看见了这条迷人的飘带！

一幅浓缩了赣南自然风景和苏区革命时期历史风貌的巨幅百米长卷《赣水苍茫闽山碧》在北京中国人民革命军事博物馆展出。犹如一条传情的彩带，为秋色斑斓的首都添了一抹厚重而鲜亮的色彩。

展厅里观众排起了长蛇阵，随着百米画廊慢慢地蠕动，无不为这气势磅礴的画卷所感动、所折服。身经百战的老红军坐着轮椅、扶着拐杖来了，未见风云先落泪。中央顾问委员会的老同志来了，一边回忆当年的艰辛岁月，一边还高声朗读着毛泽东和陈毅的诗词。更多的观众是晚辈，是没有到过赣南苏区的人，他们仿佛是在寻找红土地带给自己的启迪与思索，抑或是在接受一个久远而陌生的传说。

画幅由20多个叙事情节构成，每一个情节都以毛泽东、陈毅当年留下的诗词和苏区民歌为表现内容，生动表现了1929年至1938年红四军从井冈山向赣南闽西进军，创建中央革命根据地和坚持游击战争，最后改编为新四军开赴抗日前线的重大历史事件。画面全用中国画形式表现，苍峦竞秀，赣水奔涌，古树参天，村街错落，山路纵横，水天一色，炮火纷飞，人影绰约，红旗招展，歌谣动地……人物神形兼备，山水气势相连，厚重的泼墨与流畅的勾勒，独特的空白和纷呈的点染，使整幅长卷揽尽赣南秀色，诉尽苏区风情，让人追今抚昔，浮想联翩，流连忘返，叹为观止。

我徜徉在这百米彩廊之间，一处处熟悉的景点和一首首动情的歌谣，唤起了我潜藏在心中的记忆，给了我重回红土地般的安慰。

展厅里观众如潮。许多人抑制不住激动的心情，纷纷挥笔留言。一位老兵是这么写的："烈烈浩气，千古长存，红军精神，永放光芒。"更多的人题得凝练潇洒，如"忠魂""雄风""江山如画""如临其境"等。

一个活泼的小孩牵着母亲的手突然高声问道："怎么这画中全是山呢？"

母亲脱口而出："当年红军就没有走过平路。"

这位年轻的母亲没有到过赣南，可她说出了心灵的感受。

面对如画的赣南，每个人都有自己的答案。

（刊于1991年11月27日《江西日报》）

乡路是一把尺

许多年来，我一直在心中珍藏着乡路这个由人生阅历归结出来的生活理念。这本应是与生俱来的经验，可我在很久的时间内没有发现，直到可以用心灵去回望乡路的年龄，才隐隐约约发现我早已对乡路有了日深一日的情结。

一般说来，人生早期结识的乡路才算得上是真正意义上的乡路，也一准有其使人留恋的魅力，这条乡路帮你打开了人生最初的窥世之门，引你在这个纷繁的社会大舞台上做最实际、最有成效的穿越。你想，你初涉尘世的时候就熟悉了一条乡路，那条乡路便会带给你一些特定的规则，使你在生活选择中能抱定某种信念，不至于无所遵循或失于迷津。乡路注满了风尘，是一部由无数代人用脚印铺出来的教科书。当你学会了走乡路，并在乡路上俯拾种种智慧以后，如果有一天你开始离开人生第一个大驿站，那段凄风苦雨或阳光明媚的乡路便烙在心头。

在我看来，乡路是一把尺。

找到人生最初的乡路，也就是在生命意义上有特殊作用的那段乡路，不是一件很容易的事。我从小生活在赣北山区，随着在供销系统工作的父母从一个山镇到另一个山镇，可谓走尽了带有红土本色的种种乡路。有的乡路在丘陵中逶迤，有的乡路在大山间盘绕，有的乡路沿田畈而伸，有的乡路傍小河而去。在我的记忆中，乡路总是交织着我年少时的梦幻岁月。春天到竹林中挖竹笋，走的是泥泞的乡路；夏天到河滩上拾甲鱼蛋，走的是烫脚的乡路；秋天到山上砍柴，走的是野花簇拥的乡路；冬天到山地中挖野菜，走的是冻土成棱的乡路。我走了数不清的乡路，却没有在心中留下一条影响我日后生活的乡路。

我 16 岁那年读高一，学校与我住的小镇相隔十里山地，我由走读生成了寄宿生，一个星期回一次家，这段乡路便成了我走得最多、最熟悉、最难以忘怀的红土山路。

每次从家里出发去学校，或是从学校赶回家，尽管只有十里山地，可要爬两座大山，我都要在凉亭中歇脚。凉亭就建在山路的制高点，我每次气喘吁吁地爬上山顶，靠在清凉的亭廊上，极目远望小镇，河边雾霭缭绕，小木楼那黑色的屋脊便若隐若现。在这里，视野开阔，我总是思绪驰骋，心情舒畅。

山亭中住着一位老者，整日穿一身青布衣衫，在凉亭上转悠着，专门为过往行人烧开水。他能做一手好篾器活，尤其以斗笠样式最佳。据说，大队一天给他记两个工分，其余就靠做点篾器卖钱。挂在亭廊上的斗笠，一个可换十来盒火柴、两三斤盐或几包经济牌香烟。下雨的时候，亭廊上挂的几排斗笠全让人戴走了，天晴的时候又都捎了回来。有时候老人不在亭廊上，那些喝过老人的茶、戴过老人斗笠的乡亲，便把一星半点的东西放在石桌上：一竹筒薯粉、半瓶茶油、三五个鸡蛋、几片干鱼。过往行人都知道是给老人的，桌上的东西便只见增多不见减少。

我每次路过山中凉亭，总会碰上一些相熟或不相熟的面孔，他们在这里组合成一个小小的社会画面。我爱听故事、爱写故事的最初兴趣便是从这里开始的。走这十里乡路，原先觉得挺远、挺费劲，后来竟是下雨不嫌它滑，天黑不嫌它长。

我起先是不喝凉亭上的茶的。茶桶边没有碗，只放着两个带把的小竹筒，用麻丝系着，挂在铁钉上。人要喝茶，拿起竹筒去舀，喝完了又有人接过小竹筒。我特意看过那茶，在太阳底下红黑红黑的，放的是老人自己采晒的茶叶。后来有一次我实在渴得不行，便舀了半竹筒茶水，一看竹筒的边口，已经让山民们用得光溜溜的了，且发白。我硬着头皮喝了一口，嘿，又苦又咸，还有一股泥腥味。老人那天很专注地看我喝他烧的茶，瘦削的脸上两抹扫帚眉跳了几跳。他喃喃地说了几句什么，声音被风吹进了苞谷林。有一回，我自作主张将一包红糖送给了凉亭上的老人。我现在还记得，他当时那种感激的样子：接过那包糖在屋里转了七八个圈，硬是找不到一个合适的地方放下来。以后我每个星期六傍晚从凉亭上过，老人都要喊住我，领我到屋里，递给我一只装满红糖水的粗瓷碗，我知道这是专为我泡的一碗红糖水，其实糖水只有一丁点儿糖的味道，但我喝得很痛快。

有一次，我在凉亭上歇气，拿出一本书来看，谁知一阵大风刮来，把我的书吹到悬崖下的山谷中。那可是我好不容易从老师那里借的文学名著，我急得快要哭了。歇凉的路人哈哈大笑，说吹下去就吹下去了，不就是一本书吗？老人看我真想捡回那本书，便说，走吧，我带你下山谷去。

日头西沉，山谷很深。老人说，我得顺便挑担水回来。他挑了一担水桶，一脚高一脚低地往山下蹿。山沟里的泉眼快干涸了，我们用竹筒子一点点地舀，好不容易舀了大半担水。我说帮老人挑，他不让，说我的身骨子嫩，这山路难走。我捡回书，跟着老人慢慢地往山上爬。老人一边走，一边说，你看，在山谷里什么也看不见，只有到了凉亭上才看得开阔。书是好东西呀，人要想站得高，看得远，就得读书哇。你看是不是这个道理？老人吃劲地往上走，汗珠子滴了一路，歇了好几次才到凉亭。这时，天已经黑下来了，老人执意要送我下山。我说不怕，路熟着呢，就赶紧往前走。待我回头看时，老人已经挑起水桶，慢慢地消失在夜色中。这时，我只觉得双眼发热，这是我从没有过的感受。老人一天要挑五六趟水，多不容易啊！我想，即使没有那两个工分，老人也会这么辛勤地守着这座凉亭的。

一年以后，我高中毕业，下放到另一片红土丘陵锻炼，这十里乡路，我是无缘再走了。然而，在这段乡路上，我开始了人格的雏形塑造，心中悄然竖起了一杆真诚处世的道德标杆。那条乡路，从此烙进了我的生命，伴随我以文学创作的形式进行人生的追求，又伴随我到了没有乡路的北京。十里长安街，和我的乡路碰撞了。从地理的角度看，都只有十里地，然而从人文的角度看，真是天壤之别！

在这个没有乡路而处处是路的京城，我无数次用乡路的概念去丈量，结果只是茫然，它有着太多的经纬线，我无法用乡路去量尽它。然而，我固守着的乡路馈赠给我的那份真诚作为生活的标尺，它仍然适合天底下每一个地方。

真诚待人处世，便成了我的乡路的全部含义。

（刊于 1994 年 6 月 22 日《江西日报》）

船滩，引我出发

我阔别船滩已整整三十余年了。今天来说船滩，只能凭借我对船滩的深刻记忆，写下这段粗浅的文字，以表达我对船滩这片乡土的思念和感激之情。

20 世纪 80 年代初期，我在武宁县文化馆任副馆长，负责乡镇文化站的建设。那时处于改革开放初期，人们对文化生活的需求空前高涨，国家要求乡镇一级都要建立文化站，以便发掘民间传统文化，恢复和发展地方戏曲，建立图书室，组织文艺创作和表演，进而丰富群众文化生活。

船滩便是武宁县最早成立文化站的乡镇之一，文化站辅导员是船滩文化人陈德生。他既会放电影，又能写文章，还通晓当地民间文化，是当时船滩乡最合适的文化站负责人。那时，乡政府也非常支持，专门提供一间 100 多平方米的房间作为文化站活动场所，订了 20 多份报纸和期刊，选购了一批图书，添了电视机和录像机，还拨了 800 块钱作为开办经费。一时间，文化站便成了船滩镇上一片精神文化高地，吸引着镇上人前来读书看报、学琴棋书画、唱上河腔茶戏，有时还组织打鼓歌表演。

于是，我不时有机会到船滩采风。

那时的船滩，乡风淳朴，民情简约。老街有青石板，河上有长木桥。店铺林立，作坊相挨。上街头放鞭炮嫁女，下街头打锣鼓唱戏。白天众山客云集，摩肩接踵，互换有无；晚上放露天电影，八方观众，乐到鸡啼。船滩北依幕阜山脉，南临三都修河，是一方文化重镇。虽然时代变迁，生活重心转移，但船滩仍然占据东林、南岳、上汤出山的咽喉要道，又与著名的河埠三都相连，水陆交通非常便利，经济辐射也日趋深远，各种物事在此汇集、演变、升华，渐成气候。徜徉在古朴而热闹的船滩老街上，你会觉得置身在闹市，行走在江湖，为她的一份繁华而动容。那时的船滩，似乎再怎么矜持，也藏不住昔日“小武汉”的风情模样。

构筑船滩深厚文化底蕴之一的就是她的民间文化和歌谣。在船滩乡野，唱山歌是件既家喻户晓而又人人皆会的平常事。不管是老人还是小孩、是男子汉还是女客，谁要是不会盘几句歌、对几声调，那是很没有面子的事情。因为这些民歌野调不仅盘旋在大家的日常生活和劳作之中，还融入了民众的血液里，成为他们精神生活的一部分。

有道是，远处听鼓，近处听歌。在船滩，这种生活体验会让人刻骨铭心，久久不能释怀。每逢夏季耘禾，秋冬季锄茶山，东家都要请团近有名的鼓匠来打鼓唱歌助兴。一来可以调节大家的劳动情绪，二来可以提高劳动效率，三来还可以传承民间文化。

船滩属于赣西北丘陵地带，一望无际的山林被油茶树覆盖。每到冬季农闲时节，茶山主人都会请乡人帮忙打弯工锄山，把杂乱的茅草割开去，把肥沃的山地翻过了，晒上阳光，蓄上雨露，赢得来年茶籽好收成。这时节，你总会听到远山传来鼓声，清脆、悠扬，夹杂着劳动号子，使整个山林荡漾着无边的情调。

打鼓锄山是船滩以及毗邻乡里一种流传了几百年、劳动和娱乐两相宜的生产方式。由一名或两名鼓匠牵头打鼓领歌，众锄山者一字儿排开，边劳动边唱歌附和。人少时，一名鼓匠指挥打鼓唱歌叫打单鼓；人多时，就要有两名鼓匠站在劳动队伍的头尾，相互呼应，那叫打担鼓。这种打鼓唱歌的劳动方式还有叫催工鼓的，说得形象点，鼓匠就好像是受东家委托的催工头。鼓匠不但能说善唱，还会掌握劳动节奏，调动大家的劳动热情。一片油茶山总有几十上百亩，有鼓匠催工，总能在太阳落山之前锄完收工。因此，鼓匠在乡里特别受人敬重，工钱要拿双倍，喝酒要喝双杯。一个乡间鼓匠，冬天是最忙的时候，有的鼓匠一冬季要打几十上百场鼓。

在船滩四乡八堨，当时最有名的鼓匠是方由根师傅。他平日不上山打鼓唱歌就和普通民众没有两样，但一到锄山季节，方师傅就与平日判若两人。他头扎白手巾、腰缠红腰带，背着一只牛皮绷的铮亮的小鼓，游走在乡间，叱咤在山林，活脱脱一个鼓神、一位歌仙。据说他满腹经纶，会唱的山歌多如牛毛；他击出的鼓点能穿透十里地，三天不唱重复的歌。就连一般鼓匠望而生畏的长篇叙事民歌《梅花》，他都能烂熟于心，张口就来。《梅花》三百六十段，一千八百句，描述的是古时民女梅花一生坎坷的命运。俗话说，《梅花》三百六，读熟减肥肉。可他不但唱得完整，还能根据人物命运的起伏和故事的演变加入自己的情感腔调，使听歌者动容，使和歌者动情。一首《梅花》唱下来，鼓匠早已是大汗淋漓，而茶山也锄完了一多半。方师傅走到哪打鼓唱歌，都能产生一呼百应的效果。所以说，别小看乡间鼓匠，他们的生命很出彩。

流传在船滩乡间的民歌，多以情歌为主。要么记叙普通男女的情感经历，要么述说旧时婆媳之间的悲喜命运，要么就用俏皮诙谐的语言赞美男欢女爱，要么以厚重的时光背景来铺陈一段乡间野史。加上歌者声情并茂的演绎，让人百听不厌。是以打鼓歌长盛不衰，一直延续到今天。

我还记得那些一听就触动心灵的情歌：

鸭嘴冇得鸡嘴长，
哥嘴冇得姐嘴香。
前年八月亲个嘴，
三年冇买油和酱。
如今还作桂花香。

有描写年轻女子在劳作中散发出撩人气息的情歌：

毛纷细雨洒落阳，
娇莲提篮去采桑。
花篮挂在桑桠上，
绣花罗裙挂树桩。
风吹姐花满园香。

有那些充满机智的盘歌：

唱歌师傅老歌郎，
把只短歌问短长。
米筛团团几多眼，
蚕丝一两几多长，
油麻一斗几多双。

鼓匠就会巧妙地应对：

日近西山落霞黄，
盘歌姑俚听端详。
米筛团团千只眼，
一两蚕丝万丈长，
油麻点斗不点双。

还有充分显示想象力的蛮歌：

你歌没有我歌蛮，
把只蛮歌对你谈。
旗杆柱上做只屋，
牛栏猪圈十八间。
看我歌崽蛮不蛮。

就有口气更大的蛮歌相对应：

你歌哪有我歌蛮，
唱支蛮歌对你谈。
旗杆柱上晒得三场谷，
骑驴跨马我去翻。
看我歌崽蛮不蛮。

在打鼓歌山场，对歌、盘歌的形式会经常出现，歌词也是那些流传已久的老歌词。所以你要向鼓匠挑战，一般的歌词难不倒他。只有突然对鼓匠下鼓撑，编些新词、歪词，可能会让鼓匠急出一身汗。但像方由根这样久经沙场的师傅，再难的鼓撑也难不倒他。他会一边敲着鼓点，一边琢磨着新词来应对，一般都会化险为夷。

衡量一个鼓匠水平的高低，除了能唱下全本《梅花》等长歌、难歌，还有一种唱急口令也是颇见功力的。急口令就是一口气要把一段长歌的歌词唱完，中途不能换气。比如这样：

> 六月日头似火烧，晒死港背斜眉细眼嫩花娇，十八大哥来看见，驮走东岭西岭南岭北岭，中央两岭，柳叶树下，跷脚打手，叽里夹腊，喔呼翻天歇阴凉，正好玩耍过时光。

急口令可以说是当地民歌中的精华。九江市群众艺术馆的徐嘉琪老师，就将这种山歌形式改编成江西民歌《我们的山歌牛毛多》，经他在北京中南海演唱后，成了江西民歌的经典。

我有幸观赏过方由根师傅的打鼓歌表演。那是在 1986 年的深秋，由武宁县文化馆组织的第一次全县打鼓歌会在船滩坎头一片茶山上举行。那是一次极不寻常的民间歌会，全县乡镇派出了九支代表队参加，参赛歌手一百多人。前来观摩的人就更多了，除了从北京、上海、南昌、九江请来的音乐专家，还有澧溪、船滩、东林、南岳、上汤赶来的群众，就连邻县修水三都，湖北通城、阳新都有不少群众慕名而来。一时间，近两万人涌向船滩观摩歌会，真是盛况空前。我作为这次打鼓歌会的组织者之一，不但认识了方由根师傅，而且在歌会前遴选参赛歌手时，还有幸结识并拜访了东林乡的孟凡林师傅和南岳乡的祝敦堂师傅。这次打鼓歌会影响深远，将武宁打鼓歌推向全国，使之最终被确认为国家非物质文化遗产，也让打鼓歌在我的心头深深地扎下了根。

那次船滩打鼓歌会，我特意邀请了南昌的三位青年作家来观赏，他们是熊正良、刘勇、祝春亭。他们被这么富有地方特色的打鼓歌会深深地震撼了，都鼓励我要扎根乡土，充分吸收民间文化的营养，创作出富有赣北乡土特色的文学作品来。在此之前，我和他们仨一同参加了上海青年作家讲习班。他们的话，对我是一种鞭策。

我庆幸我生长在民风淳厚、文化多元的赣北山区。

我更庆幸我偶遇了船滩。我的青少年时代，一直在修河边的澧溪、石渡度过，后来工作也是在县城电影院和文化馆。我和船滩的相遇，是命运的巧安排。当时，我在县文化馆担任群众文化辅导工作，私底下却在为追求文学梦做各种准备，收集各地民谣、研究乡土文化便成了我主攻方向之一。

1983 年秋季的某一天，我和同事、青年画家魏林一同到船滩采风，体验生活。有一天，我们云游到了辽田村的老戏台前。魏林在对古老的戏台进行油画写生，而我就在一边和村民聊天，请他们唱山歌、念民谣，那次我记下了不少歌谣。

一首民谣引起了我的特别关注，它把乡间生活说得太生动形象啦：

绿豆田，开绿花，
打发细姑嫁人家。
娘哇嫁掉花朝女，
爷哇嫁掉一朵花。

哥说嫁掉亲姊妹，

嫂说嫁掉火殃家。

这首歌谣从我心底滑过的那一刻，触动了我某些艺术感觉，仿佛有一个花朝女般的村姑形象慢慢地浮现在我的脑海里。后来，我创作了短篇小说《花朝女》，故事结尾还用上了这首民歌。1984 年第 9 期《青春》刊发了这篇小说，当时在县城还引起了小小的轰动。

后来，我又从浩瀚的船滩民歌中汲取营养，在打鼓歌中寻找故事和人物，创作了一系列的中短篇小说。其中短篇小说《秋鼓》发表在《河北文学》，被《小说月报》1994 年第 9 期选载。

我 1988 年考入北京鲁迅文学院作家研究生班学习，毕业后留在北京工作，一直没有机会再拜访船滩。可是在我心里，一直很感激船滩。感谢船滩历久弥新的乡土文化，引导我在文学创作的道路上再出发，走向更宽阔的人生舞台。

（刊于 2018 年 11 月 10 日《武宁报》、2018 年《船滩》杂志）

门前三尺热地

几年前，我是小城电影院的美工。

那时候，我刚从师范学校美术班毕业，很顺利地分到了电影院工作。我很庆幸自己没到一个普通中学去当一名美术老师，而能从事自己的美术专业。我做伢崽的时光多半是在乡镇上度过的，电影看得极少，而今一下子竟做起了有关电影的工作，心里那种由儿时少看电影造成的缺陷就明显得到了弥补。我工作的那家电影院是小县城中唯一的一家电影院。由于整个县城是从水淹区中搬迁新建起来的，电影院属于小城文明标志之一，因此就建得十分气派。据说建电影院的时候，我们那经理专门游访了不少名城，拍了许多现代化的电影院照片。在精心设计下，一座既豪华又实用、既美观大方又富有小城情调的电影院便坐落在县城的中心。这座面朝闹市的电影院的特别之处，不在于它的高大，也不在于它的玲珑，而是那只足有二十米宽的大玻璃宣传橱窗。

我的工作便是周而复始地经营那个显赫的宣传橱窗。

我那经理除了能放电影会修放映机，还有一种难得的现代意识，他知道电影宣传工作的重要——电影宣传不能与电影放映同步，更不可落后，而应该运用宣传之所能多多争取观众。我就站在电影院门前那个大玻璃窗下接受经理对我的启蒙。他让我一个月将橱窗里的宣传内容更换一次，四大块内容一个也不能少。我望着那个大约有五十平方米的巨大橱壁，心里不禁暗暗叫苦，每个月要更换一次如此浩瀚的宣传内容，我哪还有时间进观众厅饱眼福哦！

好在我的事业心常常能支配我的观赏欲，我知道我没去教书而被经理要来是何等的不容易，我知道经理大胆设计出这么一只招人的橱窗是何等的不容易，我还知道我要在小城打开工作局面，让全县城人知道电影院有个能干的美工又是何等不容易。我按经理的要求而忘我地工作。在一个月内，我首先得完成四幅巨幅电影宣传画。那时候，我们县的影片一个月大致能排到十五部影片，多半是首轮片，我便选择内容新、情节好、演员也带劲的故事片制作广告画——把色彩画得很鲜亮，把人物画得很逼真，把美术字写得很醒目。我偏重于画女演员，我也知道观众喜欢看女演员，于是我就不厌其烦地画那些主要的女明星，一有她们出现的电影我就画。我画陈冲、刘晓庆、潘虹、斯琴高娃，当然也画唐国强、朱时茂、高仓健。我记得当时那些电影比如《小花》《归心似箭》《甜蜜的事业》《望乡》《追捕》等挺走红，我画的电影宣传画也颇受观众的好评。加上橱窗里有一月一轮的新片介绍，图文并茂的电影内容介绍，还有热心观众投来的影评文章，这就使得二十米大橱窗像一块强磁，吸引着来来往往的观众。只要是橱窗门一拉开，橱窗前的三尺地面便聚满了人群。我真不知道那时候人们对电影的兴趣为什么那么浓。有的人几乎每天都要到橱窗前溜达一阵。有时候，我从厅内推开橱窗的小门，到里头换一些新到的电影图片或电影消息，人们便在观赏女演员的同时，像观赏猴子般地观赏我；有一些熟人向我打着手势，我就能猜摸出八成是约我买票；还有一些女孩子，瞪着漂亮的眼睛看着我，目光中流露着丝丝惊讶与崇拜，这时候我便有点难为情，不敢在橱窗里久留。后来妻子提醒我，你应该站在对过的街那边看橱窗的展示效果。我真的就无数次地站在对面的街边，远远地看着我苦心经营的电影宣传橱窗。每次看，橱窗下都有那么多人。特别在晚上，日光灯一亮，橱窗里雪白一片，更像一块投射在观众眼中的宽银幕。这时候，望着电影院门前的三尺热地，我得到了安慰，也得到了鼓励，我总是在想，用什么绝招，把更多的观众吸引来呢？

经理给了我一次实践的机会。

那次，我带了县里一些电影宣传员沿长江中游部分城市考察学习电影宣传工作经验，回来后，果然有了一些绝招。电影广告画还是如期绘出，电影新片预告还是言简意赅地写。不同的是，我在全县范围内摸了底，发展了一批影评员，给他们特约聘书，他们可以凭聘书进电影院欣赏几部特指的影片，然后写影评。这样，有兴趣写影评的人越来越多，高质量影评文章不断寄来。我除了在橱窗里刊出一小部分，好的影评文章还印成集子或推荐给报刊发表。橱窗里不断刊出本城人写的文章，评头论足的人多了，几天不换文章人家还有意见。更有意思的是，那年春节期间，我搜集大量的电影资料，搞了一次别开生面的电影知识竞赛，把一批赛题刊在明亮的橱窗里，比如用一至十的数字填写影片名，用电影名字组合小故事，人们对《一江春水向东流》《二泉映月》《三进山城》《四进士》《五朵金花》等影片并不陌生，因此参加答题赛的人就很多。我记得那几天下大雪，纷飞的鹅毛大雪为小城裹上一层银装，大街小巷积雪很深，而电影院门前的三尺空地却一直人影绰绰，热闹非凡。不几天，我收到了几百份应征的答卷。在给参赛获胜者颁奖的时候，我那年迈的经理拍着我的肩头，声音沙哑地感谢我为他撑起了这块大门面。

我想，经理只说对了一半，不是我为他设计出的那得意之作增添了色彩，而是热心的观众让我一步步走近了他们。我的工作就是要赢得观众嘛！我的工作价值就在那三尺热地上。每当我想起一个新招充实、改变橱窗内容时，橱窗前就会有一段日子躁动不安。由它而产生的积极效应，无疑直接影响着电影院的上座率与票房收入。于是我这个美工，于影院于观众，都当得蛮体面。

后来，我迷上了文学创作，在外头发表了几篇小说，县文化馆便将我挖走。我当时真不舍得离开那些热爱电影以及熟悉我的观众，我在那个大橱窗前久久伫立。好在有一位能干的美工接任，我才不至于太难受。以后每次从那大橱窗前经过，我都会像一个普通观众那样流连一阵子。

直到有一天，我从乡下体验生活回来，突然发现那个宽敞的大橱窗不见了，二十来米的空间被割成好几块，已出租给私人经营南北杂货、日用电器了。货橱上商品琳琅满目，售货员妹子打扮得既摩登又艳俗，刺耳的音乐响彻街道。逢上叫座电影上映，观众候影时无处可去，便三五成群地蹲在墙边街沿上，有说不出的惨淡与萧条！那三尺热地，已经没有了往日的韵致。

好令人沮丧！我想，如果我没离开电影院，是否保得住那一排漂亮的橱窗呢？

其时，电影业每况愈下，电影院不再如强磁般吸引观众。我从心理上远离了电影院，而观众呢，从心理到行为都与电影院日渐疏离。

今年春节回家，我遇上电影院老经理，他告诉我，电影院门前那一溜小商店都要搬走，把位置腾出来，再改成大玻璃橱窗。我说那些两米高的玻璃还在？他说还在。

我心里竟有了一丝安慰，那门前的三尺热地，将又面向小城的观众……

（刊于 1990 年 4 月 26 日《中国电影周报》）

下辑　随笔篇

蛇年之舞

建设美丽中国

——新年献词

神州大地春光好，万众一心奔前程。迎着党的十八大胜利召开的春风，我们走进了 2013 年。在这个辞旧迎新的欢快时刻，我们向全国工程咨询业的朋友们致以新年的良好祝愿。祝大家身体健康，工作顺利，阖家欢乐，事业发达。

2012 年，给我们留下了难忘的记忆。国家发展改革委《关于鼓励和引导工程咨询机构服务民间投资的实施意见》的颁布，对工程咨询机构服务民间投资提出了新要求；国家发展改革委印发的《重大固定资产投资项目社会稳定风险评估暂行办法》的实施，成为工程咨询工作崭新的内容；在国家发展改革委编制的《服务业发展规划 2011—2015 年》中，工程咨询被单独列为一个章节，成为现代服务业的一个重要组成部分；中国工程咨询协会完成换届，新一届协会领导集体带领我国工程咨询业迈向新的征程……这一系列的重要事件，必将对我国工程咨询业未来一个时期的发展产生深刻的影响。

党的十八大胜利召开，开启了未来更加幸福美好的新征程。党的十八大报告首次提出，“努力建设美丽中国，实现中华民族永续发展”。建设美丽中国，工程咨询业责无旁贷，肩负更多的历史责任和更大的历史担当。

从工程咨询的角度来理解，建设美丽中国，也就是建设富强中国。从我国工程咨询业诞生到成长的发展历程来看，工程咨询是把资源和科技转化为生产力，是建设富强中国不可或缺的重要力量。中国国际工程咨询公司是我国成立最早、实力最强的综合性工程咨询公司，她参与了我国改革开放以来几乎所有的国家重大工程项目的咨询工作，如南水北调、三峡工程、西气东输、西电东送、京沪高铁、载人航天、探月工程等；中铁第一勘察设计研究院有限公司是我国老牌铁路勘察设计院，长期奋战在西部地区，攻克了青藏铁路诸多技术难题，成为享誉世界的高原铁路设计排头兵；湖南省国际工程咨询中心有限公司几十年如一日，支持和帮助水稻专家袁隆平开展超级杂交稻良种产业化工程研究获得重大成功，为人类争取水稻大面积高产丰收作出了突出贡献……无数事例说明，我国百万工程咨询大军为中国成为世界第二大经济体作出了显著贡献，并正在为建设富强中国努力奋斗。

从工程咨询的角度来理解，建设美丽中国，也就是建设生态中国。“坚持节约优先、保护优先、自然恢复为主的方针”是建设生态中国的原则和要求。国际咨询工程师联合会（菲迪克 FIDIC）认为，咨询工程师可以为资源冲突、自然灾害、能源供应、环境保护、经济危机以及大规模贫困等一系列问题提供解决方案。我国广大咨询工程师正在践行着 FIDIC 理念，并运用到咨询报告的环评和节能篇章中，构建着生态中国的保护屏障。

从工程咨询的角度来理解，建设美丽中国，也就是建设和谐中国。社会稳定是和谐中国的生动体现。国家发展改革委印发的《重大固定资产投资项目社会稳定风险评估暂行办法》向广大咨询工程师提出了新的工作任务和要求。大家要尽快、尽早地熟悉和掌握“社会稳定风险分析和评估大纲”的具体内容和操作方法，尽快推进建设项目社会稳定风险分析和评估工作，为建设和谐中国作出应有的贡献。

我们期望，建设美丽中国，将成为工程咨询业不断发展的新动力。

（刊于2013年第1期《中国工程咨询》）

永葆创新活力

当本期杂志出版的时候，春节已经来临。我们恭祝各位读者新春快乐，蛇年大吉。

本期向读者重点推荐的文章是本刊记者朱维平采写的长篇报道《让创新奏响产业发展的乐章》。文章以记者走访在深圳举办的第 14 届中国国际高新技术成果交易会为契机，介绍了由国家发展改革委在此间主办的“提升产业创新能力，推进发展方式转变”主题展览以及国家工程研究中心创建 20 年来为创新而生、为创新而进、为创新而变、为创新而兴的发展历程。

国家工程研究中心计划由原国家计委提出并于 1992 年正式启动实施。工程研究中心是一种新型的科研开发实体，是沟通科技和产业之间的桥梁和通道。此项战略性计划实施以来，全国建立各类国家工程研究中心 130 家，发挥着推动技术发展和技术产业化应用的独特作用，已成为国家科技创新体系的一个重要组成部分。文章介绍说，国家工程研究中心为增强我国产业创新能力和促进经济可持续发展提供了强劲动力，其突出表现在三个方面：一是加速了我国产业结构的优化升级，大幅度提升了传统产业的技术水平和核心竞争力；二是攻克了诸如三峡水利枢纽工程、西电东送、大型核电、高速铁路等重大工程建设中的一大批关键技术难题；三是大力推进创新成果产业化，培育了一批新兴产业群和一批高新技术企业。国家发展改革委副主任张晓强在国家工程研究中心建设 20 周年论坛上强调，要从四个方面进一步推动产业创新能力的建设工作：一是加强规划布局和统筹协调；二是强化企业的主导能力；三是建立长效的政策激励机制；四是强化区域产业技术创新能力。

我们深切地感受到，党中央确定的建设创新型国家和实施创新驱动发展战略，正在形成合力。我们也欣喜地看到，国家发展改革委在推进国家工程研究中心计划所作的不懈努力和取得的丰硕成果。我国工程咨询业起步较晚，真正形成工程咨询行业规模也就在短短的近30年。创新，应该说也是工程咨询业取得长足发展的一种重要因素。胡锦涛同志2007年3月31日在中国国际工程咨询公司呈报的《关于贯彻科学发展观，创新工程咨询理念有关情况汇报》上作出批示："工程咨询理论和方法的创新关系到科学发展观在投资领域的贯彻落实，需要加强这一研究的指导和协调。"长期以来，创新一直是工程咨询行业的热门话题，也是工程咨询单位推崇的发展方式之一。特别是近些年来，广大工程咨询从业人员在落实科学发展观、创新工程咨询理论和方法的实践中做了大量的尝试和探索，并取得了可喜的成绩。创新，在工程咨询领域，已不仅在理念和方法上进行创新；在企业管理上，在业务拓展上，在人才培养上，在文化建设上，都有所探索、有所发展、有所成就、有所建树。永葆创新活力，工程咨询业才会不断发展、不断前进。

本期刊发的《发展绿色低碳，建设生态福建》《举世瞩目的跨世纪工程——南水北调》《浅谈我国投资项目对国外贷款的利用》《投资项目社会稳定风险评估》等文章，有特点、有新意，值得读者关注和品鉴。

（刊于2013年第2期《中国工程咨询》）

拥抱初春阳光

二月春风似剪刀。

随着和熙的春风吹拂京城大地，护城河边的迎春花倏地泛出金黄，长安街头的玉兰花煞是争奇斗艳，玉渊潭畔的樱花眼见粉红一色，二环路旁的柳枝窜出嫩绿新芽……初春的阳光催生出一派勃勃生机。

在初春的阳光下，编读第三期稿件，心中时有感动。

封二刊发了中国工程咨询协会在新年之初召开全体会长会议的消息。正所谓“一年之计在于春”，中咨协会正在谋划行业发展大计，落实协会今年要重点做好的几项工作，即“强化一个服务，迎接两大挑战”。“一个服务”就是扎扎实实为会员服务，“两大挑战”是注册咨询工程师（投资）纳入行业自律管理和开展 FIDIC 工程师认证试点工作。中咨协会未雨绸缪，真抓实干的工作举措，犹如春风拂面，让全行业倍感振奋、备感欣慰。

《科学发展，铸就辉煌》一文简练而独到地描写了天津国际工程咨询公司（以下简称天咨公司）服务天津经济发展，领跑天津工程咨询业向前发展的感人事迹。天咨公司 25 年的发展历程，其实也正是众多综合性工程咨询公司“服务政府，贡献社会”的从业精神的生动写照。文章恰如一曲“春之声”，奏出了工程咨询业大步向前的动人乐章。

海峡两岸工程咨询论坛已经举办了三届，此次论坛在台北成功举办，其主题是“工程咨询业的人才与发展”，两岸200余位工程咨询界代表与会并就上述主题进行了充分的研讨。我们欣喜地看到，自2009年第一届海峡两岸工程咨询论坛举办以来，两岸工程咨询界开始合作开拓国际市场并已取得良好的效果。据悉，下一届海峡两岸工程咨询论坛将在昆明举办，我们期待这个两岸工程咨询界直接交流平台的利好消息频频传来。

《监理，肩负神圣的使命》一文对上海宏波工程咨询管理有限责任公司的18年创业进行了回顾，这个与我国工程咨询业共同成长起来的咨询企业，在诸多专业和工程上独树一帜，尤其在水利工程、水务建设、市政房建、南水北调、世博工程中表现突出，展现了一个现代咨询企业勇担社会责任，勇闯技术难关的形象和襟怀。

另外，本期刊发的《近城区集体土地开发模式探索》《能源结构优化调整探讨》《城市轨道交通各建设时期投融资模式研究》《浅谈节能评估工作的外部发展问题》等文章，都对当前工程咨询工作中的热点话题进行了探讨和考虑，值得一读。

在此，我们愿与读者一道，拥抱初春的阳光，拥抱春天般的事业！

（刊于2013年第3期《中国工程咨询》）

演绎现代服务

——写在《服务业发展“十二五”规划》发布之时

2012年12月1日,《国务院关于印发服务业发展“十二五”规划的通知》正式发布，标志着“十二五”服务业发展规划开始施行。

《服务业发展“十二五”规划》分六大章，共二十节。在第三章“服务业发展重点”的第一节“加快发展生产性服务业”中，工程咨询服务业与金融服务业、交通运输业、现代物流业、高技术服务业等十二类服务业并列推出，排序第九。对工程咨询服务业的具体表述是:

> 完善市场机制，鼓励工程咨询单位深化体制机制创新，形成以企业为主体的工程咨询服务体系。规范市场准入，建立统一规范的职业资格制度和行业管理体系，鼓励和引导民间资本进入工程咨询领域，支持工程咨询机构为民间投资提供服务。加快工程咨询业务结构调整，促进工程咨询全过程协调发展。加强投资建设项目策划、准备、实施、运营、评价各阶段咨询服务能力建设，提高咨询服务科学水平，推进工程项目全过程管理，充分发挥工程咨询服务业在投资建设中的关键作用。在全行业倡导诚信为本、廉洁高效的工程咨询理念，坚持独立、公正、客观、

科学原则，加强行业自律。扩大工程咨询在统筹城乡发展、新兴产业、资源能源综合利用以及环境保护与生态建设等领域的服务范围。培养一批具有国际竞争力的企业，培养一批具有国际视野、熟悉国际惯例的人才。“十二五”时期，工程咨询服务业产业化、市场化步伐明显加快，行业规模显著扩大，服务质量和水平稳步提升，行业立法逐步完善，基本形成具有中国特色、符合国际惯例、拥有较高水平自主知识产权的理论、方法和技术创新体系，建立健全统一开放、竞争有序、监管有效的工程咨询市场。

《服务业发展“十二五”规划》的发布，第一次将工程咨询服务业列入现代服务业范畴，提升了工程咨询服务的层次和地位，提高了工程咨询服务的质量和要求，扩大了工程咨询服务的内涵和影响，展示了工程咨询服务的能力和品性，标志着我国工程咨询业进入了一个崭新的发展阶段。

我国目前有6000多家拥有执业资格的工程咨询单位，有近5万名注册咨询工程师，有近70万名工程技术人员，工程咨询从业大军拥有200多万名人员。在新中国成立后的30年中，一些老牌设计院、规划院、研究院以及科研院所，担当起了国家工程建设的咨询服务重任。改革开放后的20多年间，我国工程咨询业发展迅速，以中国国际工程咨询公司为代表的一大批综合性工程咨询机构如雨后春笋般蓬勃涌现并得到长足发展，活跃在国家投资建设的咨询服务舞台。进入21世纪以来，一大批民营工程咨询企业破土而出，渐成气象，组成了当前工程咨询业的强大阵营。我国工程咨询业从无到有，从小到大，已经具备了为各种规模、各种难度的建设项目提供咨询服务的能力，成为建设中国特色社会主义伟大事业的一支重要的服务力量。

1993 年 12 月 25 日，中国工程咨询协会成立，标志着工程咨询业有了自己的行业组织，广大工程咨询单位和从业人员有了自己的家。经过 20 年的探索和实践，中国工程咨询协会已经发展成为全国 5A 级社团组织；代表主权国家——中国加入国际咨询工程师联合会（菲迪克 FIDIC），并在 FIDIC 有影响、有地位、有声音；与 FIDIC 一道，在中国开展 FIDIC 工程师认证试点工作。中国工程咨询协会一直倡导 FIDIC 从业理念并极力推广之，在努力加快工程咨询业务结构调整，促进工程咨询全过程协调发展方面做出了不懈的探索。随着《服务业发展“十二五”规划》的颁布实施，中国工程咨询协会迎来了更重大的发展机遇和更卓越的历史重任。我们坚信，中国工程咨询协会一定不辱使命，冲锋在前，与业界精诚合作，带领工程咨询服务业在现代服务业的高速发展中，做出令世人瞩目的佳绩，创造令社会喝彩的辉煌。

工程咨询服务业前景无量！

工程咨询服务业大有可为！

（刊于 2013 年第 4 期《中国工程咨询》）

构建宜居家园

进入五月，晴空万里，百花盛开，我们暂时告别了雾霾天气。

治理雾霾，净化环境，是一个让我们心情纠结而又无法回避的话题。本期刊发的文章《工程咨询在防治雾霾中要有所作为》正扣这一话题展开叙述，我们读后，更觉有一份沉甸甸的责任在肩。作者以敏锐的眼光、翔实的数据、科学的分析、焦虑的心情，为我们描述了发生在我们面前的恶劣雾霾天气，分析了雾霾天气形成的原因及对人和环境带来的危害，并介绍了雾霾天气综合治理的方法和措施。文章还联系工程咨询业务的实际情况，论述了咨询工程师在防治雾霾天气中要有作为、能作为——我们在对每一项建设工程的咨询服务中，要增强环境保护意识，坚持节能减排原则，充分考虑项目投资风险，切实做好投资项目的环评、能评、安评、稳评工作，为建设项目的顺利实施，为生态恢复、环境优化、大气治理，一句话，为构建我们的宜居家园，作出我们应有的贡献。

我们太渴望生活在宜居的家园里。每个人对宜居家园的理解不一样，设想不一样，描述不一样，呈现也不一样。我们来看一看陈继儒在《小窗幽记》中描述的理想家园："门内有径，径欲曲；径转有屏，屏欲小；屏进有阶，阶欲平；阶畔有花，花欲鲜；花外有墙，墙欲低；墙内有松，松欲古；松底有石，石欲怪；石面有亭，亭欲朴；亭后有竹，竹欲疏；竹尽有室，室欲幽；室旁有路，路欲分；路合有桥，桥欲危；桥边有树，树欲高；树阴有草，草欲青；草上有渠，渠欲细；渠引有泉，泉欲瀑；泉去有山，山欲深；山下有屋，屋欲方；屋角有圃，圃欲宽；圃中有鹤，鹤欲舞；鹤报有客，客欲俗；客至有酒，酒欲不却；酒行有醉，醉欲不归。”

这岂止是理想的宜居家园，这分明是珍藏在人们心中的桃花源。理想离现实不远，我们企盼的宜居家园，就是天更蓝、水更清、草更绿、林更深，视野更开阔，空气更清新。构建宜居家园，需要全社会的共同参与，更需要我们咨询工程师的一份责任。国际咨询工程师联合会前主席格雷格斯·托姆普洛斯在 2010 年广东年会上接受本刊记者采访时说：“咨询工程师在提高和延长人类寿命方面比医生做的更有成效。”“比如说，在污水没有得到处理之前，人类寿命都很短。在工程师解决污水处理后，水更有益于人的健康。”他还说：“中国在可替代能源方面，一开始就按国际标准来做，经过较短时间的发展，就走在了世界的前列。尤其在风能、太阳能发展方面，做到了世界第一。我们任何人都不能怀疑中国的咨询工程师在专业技术方面的能力和水平。”

污水处理好了，延长了人类的寿命；环境治理好了，又何尝不是在延长人类的寿命呢？我们的咨询工程师正在朝这个方向努力。本期刊发的另两篇文章《城市供热畅想》和《云南省生物多样性保护分析评估工作的方法与探索》，都是我国咨询工程师对“推进绿色发展、循环发展、低碳发展”和“建设美丽中国”的有益、有效地尝试和实践，我们为之而感到欣慰。

本期还刊发了四川省工程咨询研究院成立 25 周年、宁波国际投资咨询有限公司成立 20 周年的纪念文章，我国综合性工程咨询单位大多都诞生在 20 世纪八九十年代，是一支敢于担当社会责任、充满生机和活力的工程咨询大军，我们衷心地祝愿他们发展得更快，发展得更好。

让我们为构建共同的宜居家园而不懈努力。

（刊于2013年第5期《中国工程咨询》）

争当规划行家

国家发展改革委于2010年2月发布的《工程咨询业2010—2015年发展规划纲要》中，再次将规划编制与咨询、投资机会研究、可行性研究、评估咨询、勘察设计、招标代理、工程和设备监理以及工程项目管理等具体任务认定为工程咨询业务范畴。规划编制与咨询，已成为众多工程咨询单位咨询工作的重要内容之一。

在我们国家各个发展时期，都离不开发展规划。随着国家每个五年规划的颁布实施，各省市区、各行业产业、各地方、各区域的发展规划纷纷出台。而不论是国家层面的发展规划，还是地方层面、行业层面的发展规划，专业的咨询工程师都参与了起草或讨论。可以说，每个发展规划，都凝聚了咨询工程师的知识和智慧、心血和汗水。有些专门从事发展规划咨询和研究的咨询工程师，业已成为这一领域的行家里手。

成为发展规划领域的咨询行家，要具备较高的条件，要达到诸多的要求。比如说，编制一个产业的发展规划，咨询工程师就要以超前的意识和眼光，对这一产业的政策、发展现状、上下游产业布局及关联度、发展潜力和优势、对社会和周边环境的影响、安全以及社会稳定风险等方面进行深入的调查和研究，反复分析和比选。如此才有可能编制出意识超前，内容客观、翔实，方法科学，符合产业发展实际，可操作性强的富有创意的产业发展规划报告。

一个好的发展规划报告是助推器，保障和促进某一地方、某一行业或某一区域社会经济的快速有序发展。

本期刊发的理论探讨文章《沈阳经济区沈抚城际连接带产业发展规划研究》是众多区域、产业发展规划研究成果之一。作者从项目背景入手，进而阐述具体规划内容，最后给出了这一产业发展规划的支撑保障。可谓起点高、落笔实、创意好。起点高是把沈阳经济区这一区域发展规划放到大东北城市群这一特定地域背景来考虑。大东北城市群是继我国长三角、珠三角、环渤海经济区之后的新的经济增长极，沈阳将建国家中心城市，而沈阳和抚顺又提出了同城化战略，这就赋予了该文特定的研究含义。落笔实是指具体的规划范围和发展目标。沈抚产业经济带（抚顺段）为“两区十园”，“两区”即装备制造产业区和高新技术产业区，“十园”为拉古、塔峪、演武、新材料、机械装备制造、华山、胜利、兰山工业园以及油母页岩深加工园和海新化工产业园。这“两区十园”都有自己的发展定位和发展重点。有创意是说在沈阳和抚顺两地间建立政府高层对话和协调机制，形成合力，共同推进同城化连接带产业布局的早日完成。

我们欣喜地看到，新中国成立以来，国家和地方许多好的发展规划已经实现，正在造福民众。改革开放以来，随着工程咨询行业的不断发展和壮大，国家实行了“先咨询，后决策”的投资建设决策程序，一大批国家的、地方的、行业的、产业的、区域的发展规划正在实施中，形成了建设美丽中国、实现中国梦的各具特色的壮丽风景。一大批优秀的咨询工程师、规划行家正活跃在发展规划咨询的舞台上，挥洒着他们的热血和青春。

我们愿与大家一道，期待着更多的规划行家的涌现，见证着每一份发展规划的圆满收官。

（刊于 2013 年第 6 期《中国工程咨询》）

走进多彩季节

进入盛夏，风云瞬变，江河奔涌，草叶摇绿，花期迭现。风带雷多了，云带雨多了，花带露多了，叶带珠多了。彩虹多了，雨伞多了，看花的多了，观景的多了，亲近大自然的多了。这是个多彩的季节，我们的生活充满色彩。

在编读这一期稿件的时候，我们的心情既轻松又有些激动，既亢奋又有些豪迈。因为这一期内容很丰富、很给力，与这个多彩的季节一样色彩纷呈，好花盈眼。

首先映入我们眼帘的是中国工程咨询协会 2013 年年会这一引人注目的花期。自 2012 年 6 月中咨协会换届到此次年会召开，刚好一年。中咨协会带领全行业做了什么、做到了什么、做好了什么，这次年会给工程咨询界带来了几许期待。参加这次年会的有 500 多位业界代表，可见是一次对工程咨询行业工作成绩的大检阅。中咨协会王武龙会长在年会工作报告中，为代表们梳理了他担任会长以来中咨协会完成的十个方面的工作，可谓是真抓实干、硕果累累；他讲到的工程咨询行业面临的三个突出挑战，也是切中时弊，发人深省；他讲到的近期要抓好的八项工作，更是针对行业实际，富有深远意义。正如他所作的工作报告的标题那样："抓住机遇，迎接挑战，推动工程咨询行业发展壮大"，中咨协会向全行业交了一份令人满意的答卷。全体与会代表以热烈的掌声，表达了对中咨协会一年来工作的赞许和肯定，对全行业未来发展的期盼。更让人激动和鼓舞的是国家发展改革委副主任穆虹在年会上讲的一席话。他对推动工程咨询行业健康可持续发展谈了三点意见，都关系到工程咨询行业的发展和未来。他表示，国家发展改革委将一如既往地支持工程咨询行业的发展，一定会给工程咨询行业提供一切力所能及的帮助。穆虹副主任这番深含感情的讲话，让我们倍感鼓舞、倍感亲切，对工程咨询行业的美好前景充满信心！

本期要向读者朋友推荐的还有记叙长江三峡技术经济发展有限责任公司（以下简称三峡发展公司）参与我国第二大水电站溪洛渡水电站工程建设先进事迹的报道《行业领先着新篇，创新进取铸典范》。三峡发展公司是一家业绩卓著的工程咨询企业，先后承担了长江三峡、金沙江向家坝、溪洛渡、白鹤滩、乌东德、金安桥、澜沧江小湾、漫湾二期等大型、特大型水电工程的建设监理或机组设备制造与安装监理等工作。此次承担溪洛渡水电站地下洞室群、库区复建公路等工程的建设监理任务，可谓技术难度大、社会责任重。他们的成绩，不仅为工程所在地的民众所铭记，也将为工程咨询和建设工作者所尊重。

本期还有一些饱含工程咨询理念创新的探索篇章，如《我国城市设计运作体系探讨》《关于工程咨询企业信息化的思考》《南水北调中线穿渠倒虹吸设计的过程》《融资项目可行性研究报告编制深度探讨》等，都给我们提供了不同角度的思考。2012 年度全国优秀工程咨询成果奖项目名单的公布，更加映衬出工程咨询百花园百花盛开的壮景，真让人观之欲醉。

我们感谢这个多彩的季节！

（刊于 2013 年第 7 期《中国工程咨询》）

架起海峡通道

盛夏昆明，百花竞放。第四届海峡两岸工程咨询论坛在春城昆明隆重召开。本刊记者又一次见证了海峡两岸工程咨询界携手前进，共谱国际工程咨询合作新篇章的生动场景。

本期在显著位置报道了这次海峡两岸工程咨询论坛的盛况，我们欣喜地看到海峡两岸工程咨询界已经携手合作，走上了共同开拓国际工程咨询市场的新征程。这次论坛，台北市工程技术商业同业公会组织了一批工程顾问公司的知名老总和资深专家与会，几位演讲的嘉宾都围绕本届论坛的主题做了精心的准备。海峡两岸关系协会副会长蒋耀平亲临论坛指导工作，充分说明了海峡两岸关系协会对本届论坛的重视，对海峡两岸工程咨询业开展交流与合作给予的大力支持。大陆工程咨询界有近 200 位代表与会，大家参与论坛热情之高，也有力地表明了大陆工程咨询界虚心向台湾同行学习，热切与台湾同行交流，期待与台湾同行合作的良好心愿。

回顾海峡两岸工程咨询论坛的创立，几经周折，来之不易。可以说，让海峡两岸工程咨询界打破坚冰、联手开展交流活动的，是 FIDIC 这个大家庭。自 20 世纪 90 年代中期，中国工程咨询协会成为 FIDIC 成员协会以后，每年的 FIDIC 年会上，协会代表团就会与中国台湾工程顾问代表团碰面，大家在一起座谈交流，渐渐地了解和熟悉。从 2006 年开始，两岸工程咨询组织开始筹划交往，到 2009 年 10 月，第一届海峡两岸工程建设执行策略研讨会在中国台北市隆重召开，终于圆了两岸工程咨询界同仁的相聚梦。正如蒋耀平副会长讲的那样："海峡两岸工程咨询论坛的成功举办，不仅展现了两岸工程咨询界真诚的交流愿望和内蕴的合作潜力，也让我们自然联想到近年来两岸关系生机蓬勃、突飞猛进的发展。"台北市工程技术商业同业公会理事长李建中在论坛致辞中充满感情地说："这次论坛有一篇讨论海峡通道的大文章。真正的大桥或是隧道不知何时才能落实。但是，透过中咨协会和台北市工程技术商业同业公会的交流与合作，我们已经在搭建一座无形的桥梁，而这座桥梁的贡献是具体的、实在的，而且有重大意义。"

这种把两岸工程咨询界交流比喻在搭建一座无形的桥梁和通道，是何等的贴切，是何等的令人向往啊！我们要倾心为之，努力为之。让我们用真诚而无私的合作，搭建这座通往未来的心灵之通道、越海之桥梁。

本期还有一个重要的内容值得向读者朋友推荐，那就是国家发展改革委颁发的 2013 年第 2 号令：《咨询工程师（投资）管理办法》（以下简称《管理办法》）。中咨协会于最近向全行业下发了通知，要求所有工程咨询单位认真组织学习。中咨协会还将召开专门会议进行宣传和部署。《管理办法》的实施，对加强咨询工程师（投资）的行业自律管理，明确法律责任，规范执业行为，保证服务质量，促进工程咨询业健康发展，都必将产生积极而深远的影响。当本期杂志出版的时候，正值酷暑时令。愿各位读者在迎热浪、战高温的同时，保持一份好心情。让我们在挥洒热汗之后，以骄人的工作业绩，向这个夏天道一声再见。

（刊于 2013 年第 8 期《中国工程咨询》）

关注兰州新区

本期的卷首语从行业协作网会议谈起。

今年全国十六城市工程咨询协作网（以下简称十六城市协作网）会议的主题特别有意思，叫“咨询陇上行·走近兰州”。十六城市协作网24家成员单位近50名代表齐聚兰州，就兰州新区建设出谋划策。在我国工程咨询界协作网会议中，这种单一聚焦某一城市、某一新区建设贡献咨询人智慧的做法还是第一次，可谓有不同寻常的创新意义。

十六城市协作网创建于20世纪80年代末，是由当时副省级城市综合性工程咨询单位自愿组成的协作性组织，每年举办一次协作网会议。到今年，已召开24次协作网会议。这个协作网，成立时间最早，协作平台也最为活跃，见证了我国工程咨询业的发展。

这次十六城市协作网会议由兰州市项目投资评审中心主办。为了开好这次协作网会议，十六城市协作网秘书处几位负责同志事先专程赶到兰州，与主办方一同考察调研。当他们了解到兰州新区是继上海浦东新区、天津滨海新区、重庆两江新区、浙江舟山群岛新区之后，国务院批复的第五个国家级新区，且新区建设已初具规模时，便确定了会议的主题“咨询陇上行·走近兰州”，并要求协作网成员单位围绕兰州新区建设这一主线准备会议交流材料。果然，此次会议代表都有备而来，围绕兰州新区建设开展座谈、探讨，并从各自城市发展的不同角度阐述见解和建议。大家侃侃而谈，碰撞出生动的思想火花，使“咨询陇上行”言之有物，言而有据，形成了不可多得的咨询方略。归纳起来，代表们对兰州新区建设发展提出了六方面的工作建议：一是要注重产业选择性承接，避免简单低级复制和无序引进；二是要突出产业发展集群化，尽快形成集聚效应；三是要防止环境资源破坏，提高土地利用价值，注重投资强度；四是要强化管理机制，实现统一效能目标；五是要抓好人才体系建设，引进培养对口人才；六是要体现专业支撑功能，发挥工程咨询机构决策参谋助手作用。广州市国际工程咨询公司代表协作网秘书处在会议小结时表示，会议取得了预期的成效。

目前，我国工程咨询业仍保留着分片开协作网会议的习惯，这对交流工作信息，搭建合作平台，探讨行业发展，开拓咨询业务都起到了积极有效的作用，推动了各片区工程咨询业的发展。像十六城市协作网会议聚焦兰州新区、关注兰州新区的做法，值得肯定，值得提倡。希望我们工程咨询界同仁的目光，更多地聚焦西部，更多地聚焦新区，更多地聚焦民生，更多地聚焦生态。

本期还有一项重要内容值得推荐，那就是四川省工程咨询研究院贯彻实施《工程咨询业2010—2015年发展规划纲要》的综述文章《创新理念，强化管理，开拓进取》。国家发展改革委发布于2010年2月的《工程咨询业2010—2015年发展规划纲要》（以下简称《规划纲要》）是我国工程咨询业发展历程中第一部《规划纲要》，中国工程咨询协会正在组织全行业开展《规划纲要》实施情况的中期评估。希望全行业部门和单位对《规划纲要》的实施工作及时总结，写出有见地、有成效的经验文章，期刊将陆续发表，以便使《规划纲要》在后期实施中更加全面、更加有力地指导工程咨询业的发展。

（刊于2013年第9期《中国工程咨询》）

公众参与咨询

随着党的群众路线教育实践活动不断走向深入，推动公众积极参与工程咨询实践已成为业界的热门话题，也是工程咨询业贯彻党的群众路线的有力举措。

本期选发了天津国际工程咨询公司宋银山、李虎、李磊三位作者撰写的在深入开展党的群众路线教育实践活动中，结合天津市工程建设实际情况，积极推动公众参与工程咨询实践和探索的理论文章。文章从公众参与工程咨询的重要性、公众参与工程咨询的实践、公众参与工程咨询的探索等几个方面进行了阐述、分析和思考，是一篇内容新颖、分析到位、观点鲜明、措施有力的好文章。在当前全行业正在深入开展党的群众路线教育实践活动的热潮中，此文可谓长鞭一甩，先声夺人。

文章从两个方面论述公众参与工程咨询的重要性：一是工程咨询的社会属性迫切需要公众参与；二是公众的参与有利于工程咨询单位保持客观公正的立场。文章在分析公众参与工程咨询实践时，着重描述了现状和问题。现状是公众参与工程咨询的程度在不断深化，实践在不断延伸，程序在不断规范；问题是公众参与工程咨询的理论还不完善，存在着形式主义倾向，效果还不明显，参与程度有待加深。文章在论述公众参与工程咨询的探索时，重点谈了理论探索、路径探索和制度探索。从理论上讲，群众路线的决策模式是一种参与式的决策模式；群众路线是一种逆向的公众参与模式。从路径上讲，一是要建立领导干部与公众联系的有效机制；二是要把公众参与落实到工程咨询的各个阶段。项目前期咨询阶段的公众参与，可以看作从群众中来；项目前期评审阶段的公众参与，可以看作到群众中去。从制度上讲，一是要从制度上保障合法的公众组织，二是要建立完善的问责制度。

在当前深入开展党的群众路线教育实践活动中，推动公众参与工程咨询的做法是我们贯彻党的群众路线的具体而有效的措施，每一位工程咨询工作者都要认真思考，身体力行。文章作者的观点虽是一家之言，但不乏真知灼见、真情实感。在工程咨询工作越来越注重社会稳定风险评估的今天，文章无疑为我们广泛推动公众参与工程咨询实践活动提供了一种全新的工作思路。我们期待着广大工程咨询工作者在贯彻党的群众路线的实践中，摸索出更多的让公众参与工程咨询的好方法、好经验，以展示群众广泛参与工程咨询的良好社会风貌，进而使工程咨询工作更好地取信于民、享誉社会。

本期《为民生工程保驾护航》一文请读者给予关注。现在许多城市都在实施安居工程，这是党的惠民政策最生动的体现。如何把好事办好，让老百姓真正得到实惠，真正享受到改革开放带来的红利，北京国金管理咨询有限公司完成的北京海淀区老旧小区抗震节能综合改造一二三期工程，比较有说服力地回答了上述问题。

心系民众，用心为之。这是我们工程咨询追求的崇高境界。

（刊于2013年第10期《中国工程咨询》）

追求全新境界

《中国工程咨询》一年一度的工作会议于近日在风景秀丽、生态宜居的徐州市召开，会议的主题是“追求行业期刊发展新境界”。来自全国各地的代表欢聚一堂，共叙期刊发展前景。

中国工程咨询协会会长王武龙亲临会议并发表重要讲话。他充分肯定了《中国工程咨询》创刊14年来紧紧围绕中咨协会的中心工作，宣传党和国家有关投资建设的方针、政策和法规，介绍工程咨询行业工作动态、改革进程和发展面貌，沟通交流国内外工程咨询信息，传播工程咨询理论和业务知识，为工程咨询行业的发展起到了舆论平台和中咨协会宣传喉舌的积极作用，体现了优秀行业期刊的办刊理念和社会担当，得到了广大行业读者的认可和喜爱，成绩来之不易。他希望本刊因势而谋，应势而动，顺势而为，服务大局，开拓创新，渐入佳境。

《中国工程咨询》杂志有限责任公司总经理、常务副主编杨新民在会上作了题为《追求行业期刊发展新境界》的工作报告。报告从三个方面介绍《中国工程咨询》这一年来追求行业期刊不断发展的新境界。一是追求卷首语导读新境界。今年新增的卷首语，起到了对当期杂志内容导读的作用，并努力做到四个方面的关照，即关照时政、关照行业、关照自然、关照文化，追求简约、明快、形象的特点。二是追求为工程咨询行业发展服务新境界。追求为工程咨询行业发展服务是本刊主要的办刊宗旨。长期以来，本刊除了为会员单位和行业读者提供常规的赠刊和宣传服务外，还一直提供差异化服务。比如，选刊优秀论文，从不收取版面费，还一直坚持按标准给作者寄样刊、发稿费；向广大读者赠送内部刊物《工程咨询参考》5 年达 30 期；牵头召开行业报刊座谈会，组织行业优秀报刊评选等。今年二月，又为工程咨询全行业 6000 余家工程咨询单位赠送《纪念中国工程咨询协会成立 20 周年特刊》。这份特刊内容丰富、图文并茂，成了一份纪念中咨协会成立 20 周年最好的，也是最有意义的新年礼物。三是追求为行业报刊和基层通讯员服务新境界。本刊自创刊以来，一直以饱满的热情关注着行业报刊的出现和成长，及时将新创办的和办得有特色有水平的行业报刊介绍给读者。目前为止，本刊先后刊出了 15 期“行业刊物介绍”，每期十余种不等，共介绍了 100 余种行业报刊。今年盛夏，本刊受南京工程咨询中心之邀，与其创办的期刊《改革与开放》召开办刊座谈会，本刊一行数人将自己的办刊经验和体会和盘托出，深受对方的赞许和好评。本刊为基层通讯员服务今年又增新内容，即为北京煜金桥通信建设监理咨询有限责任公司电子刊物通讯员培训班讲授工程新闻写作业务课，效果很好。本刊激励每一位资深编辑都要做好准备，随时走上为通讯员授课的讲台。

作为一本工程咨询行业领跑的期刊，我们任何时候都不能放弃追求。没有新的追求，刊物就没有活力，前进就没有动力，我们就有愧于读者，有愧于工程咨询这个蒸蒸日上的朝阳产业，更有愧于这个实现中国梦的伟大时代。

我们诚邀读者监督，我们愿与读者共勉！

（刊于 2013 年 11 期《中国工程咨询》）

岁月流金溢彩

——纪念国际咨询工程师联合会诞辰百年

今年是国际咨询工程师联合会成立 100 周年。9 月 15—18 日，FIDIC 2013 年年会暨百年庆祝大会在西班牙巴塞罗那隆重召开，来自全球 96 个国家和地区的 1200 多名政府部门、金融机构、项目业主和咨询工程师代表与会，共同祝贺 FIDIC 百年华诞。我有幸随中国工程咨询代表团赴巴塞罗那参加此次盛会，见证了这一伟大而感人的历史时刻。

这次年会主题鲜明、形式多样、内容丰富、气氛热烈，在庆贺中坚守责任，在回顾中展望未来。

这次年会的主题是“提高生活质量——我们的责任”。围绕这一主题，还展开了三个方面的议题：“庆祝成就——百年工程咨询成就”“应对未知挑战”和“保护地球——经济增长与可持续发展”。会议回顾了 FIDIC 成立一百年来在清洁水供应、能源供应、垃圾处理、交通运输服务和城市基础设施建设等领域和提高人类生活质量等方面取得的巨大成就。同时，在当前和未来一段时期全球金融危机余波犹存，世界经济增长缓慢，人口日益膨胀，资源渐趋紧张，环境污染及气候变化日趋严重等复杂的宏观形势下，大会对咨询工程师如何应对未来的不确定性，进一步改善人类生活质量，解决日益膨胀的城市人口的途径，减少碳足迹，促进可持续发展等问题进行了充分的探讨。

这次年会的最大亮点、最精彩之处是首次评选“FIDIC 百年工程项目奖”，全球共有 36 个工程项目和 6 名咨询工程师获此殊荣。中国工程咨询协会在国家发展改革委的指导下，从维护国家利益的高度出发，精心组织“FIDIC 百年工程项目奖”评选推荐活动。最终，长江三峡水利枢纽、苏通大桥、京沪高速铁路、广州塔等 13 个项目和 3 名咨询工程师获奖，成为“FIDIC 百年工程项目”第一批获奖的项目和个人，中国也成为获奖数量最多的国家。这充分展示了我国工程咨询业的综合实力，提高了我国工程咨询业的国际影响。

我们特向这些获奖项目的单位和获奖个人表示热烈的祝贺：你们所取得的荣誉，不仅是你们团队、你们个人的光荣，也是我国工程咨询业的光荣。

我们要感谢 FIDIC 迟迟送来的这份荣耀！

FIDIC 是一座知识宝库。经过 100 年的风雨磨砺，经过几代咨询工程师的不懈追求，她所奉献的一系列服务协议、工程合同条款以及廉洁管理等文献，已被联合国、世界银行、亚洲开发银行、经济合作发展组织、透明国际等世界组织和各国工程建设领域普遍接受和广泛运用，已成为国际工程咨询界的“圣经”。

FIDIC 是一个大家庭，已有 97 个国家和地区的工程咨询组织成为她的成员协会。中咨协会 1996 年代表中国工程咨询业加入 FIDIC，成为其正式成员协会。十几年来，我国工程咨询业发展迅速，中咨协会代表全行业积极参与 FIDIC 活动和事务，实现了在 FIDIC 有形象、有声音、有地位，并成功在北京主办了 FIDIC 2005 年年会，已成为 FIDIC 大家庭中的重要一员。

FIDIC 是一个大舞台，一百年来演绎了许多深刻而感人的故事。除了 20 世纪战争年代停止过一些年度活动，FIDIC 每年都要在不同的国家召开一次年会，为全世界参与工程建设的各方人士提供相聚的机会，以此来交流工作信息，商谈合作事宜，传承咨询方法，传播咨询理念，让这个行业风生水起，好戏连台。

我们庆幸，我们见证了 FIDIC 这个流金溢彩的百年！

我们祝福，FIDIC 下一个百年，亲如一家，更加精彩！

（刊于 2013 年第 12 期《中国工程咨询》）

踏着春光前行

——写在纪念中国工程咨询协会成立 20 周年特刊出版之际

随着时光的推移，中国工程咨询协会在创业和发展的道路上，走过了整整 20 年。中咨协会 20 年的成长历史，是几代人薪火相传、艰苦奋斗、真抓实干的创业史和奋斗史。为了纪念中咨协会成立 20 周年，回顾过去，把握现在，展望未来，本刊编辑部编辑出版了《纪念中国工程咨询协会成立 20 周年特刊》，献给广大工程咨询工作者和读者。

本期特刊大致分为六大版块。

一是会长致辞。本刊特意邀请中咨协会会长王武龙撰写《牢记使命，真抓实干，努力创造行业和协会更加美好的明天》的纪念文章。王武龙会长在文章中不仅回顾了中咨协会 20 年来所取得的主要工作成就，还对中咨协会今后的发展谈了四点体会，读来令人振奋，催人向前。

二是历程回顾。《改革创新，铸就辉煌》一文全面回顾总结了中咨协会 20 年来的成长历程。当你在阅读这篇文章的时候，许多的场景和事件会勾起你深情的回忆和联想，你会触摸到工程咨询业不断发展的脉动，也会感受到一个普通咨询工程师的那份光荣和自豪。

三是大地放歌。欣闻中咨协会成立 20 周年，许多工程咨询工作者发来了纪念文章。其中，有散文有诗词有摄影作品。这些美文美图感情丰富，充满诗情画意，像一曲曲立意新颖、旋律优美的颂歌，回荡在我们心头。

四是咨询礼赞。一组由资深工程咨询技术人员撰写的礼赞咨询业的文章内容深厚、文采飞扬。或回顾来路艰辛，或宣扬咨询理念，或展现行业成就，或寄语美好未来，这些文章像一束束迎风绽放、鲜艳夺目的花枝，织满这庆贺的花坛。

五是行业风采。一批活跃在我国工程咨询领域颇有成就，业绩骄人的工程咨询单位为本刊发来了他们改革创新、谋求发展的生动案例。窥一斑而知全豹，从这些单位的个案中，我们不难看出工程咨询全行业享誉社会、持续发展的整体风貌。

六是工程展示。这里展示的是由中咨协会向国际咨询工程师联合会推荐参加“FIDIC 百年工程奖”评选的 55 个项目。这些项目集中反映了我国工程建设的最高成就，也充分展现了我国咨询工程师驾驭和服务工程项目建设的智慧和能力。我们有信心期待，在 2013 年 FIDIC 成立 100 周年庆祝大会上，相当于国际工程咨询界奥斯卡奖的“FIDIC 百年工程项目奖”一定有中国的工程获奖，也一定有一份中国咨询工程师的荣耀。

雄关漫道真如铁，而今迈步从头越。纪念中咨协会成立 20 周年，既是回顾总结，更是新的开始。中咨协会新一届领导集体带领我们迈上了新的征程。正如王武龙会长在致辞中说的那样：中咨协会要进一步强化责任意识，改进工作作风，狠抓工作落实，加强工作规范，提高工作效率，健全用人机制，营造良好氛围。要树立“坐不住，等不起，慢不得”的主动意识，塑造“想干事，能干事，会干事”的积极态度，培养“勇于负责，自己加码，精益求精”的良好状态。他的这番话语，是咨询人的期待，更是咨询业的期待。

亲爱的读者，当你收到这本特刊时，新年的钟声已经敲响，新春的脚步已经到来。让我们携手共进，踏着春光，前行，前行。

（刊于 2013 年《中国工程咨询》特刊）

马年之聘

沐浴改革春风
——新年献词

嫦娥落月传喜讯，改革春风满神州。党的十八届三中全会通过了《中共中央关于全面深化改革若干重大问题的决定》，乘着这股强劲的春风，我们豪情满怀地走进了 2014 年。在这个辞旧迎新的美好时刻，我们向全国工程咨询工作者及广大读者致以新年的问候。祝大家新年快乐，万事顺意!

刚刚过去的 2013 年是极不平凡的一年，也是我国工程咨询业走向更加成熟，改革进程更加深入的一年。党的十八届三中全会高举改革的旗帜，对全面深化改革的一系列重大问题做出决定，决心之大、变革之深、速度之快前所未有，鼓舞人心，既充分展示了中央推进改革的魄力，又体现了全民期盼改革的愿望，也给工程咨询业深化改革指明了前进的方向。

新的一年帷幕初启，各项工作平稳开局。刚刚召开的中央经济工作会议对 2014 年国内经济工作定下了总基调，即坚持稳中求进，改革创新。会议要求，保持宏观经济政策的连续性和稳定性，激发市场活力，加强基本公共服务体系建设，着力改善民生。会议确定了经济工作的六大任务：切实保障国家粮食安全；大力调整产业结构；着力防控债务风险；积极促进区域协调发展；着力做好保障和改善民生工作；不断提高对外开放水平。此次中央经济工作会议，是对经济工作全面深化改革的具体部署，同时也对工程咨询工作提出了新的更高的要求。我们能够感觉到，各项改革平稳推进，改革春风扑面而来。2014年，也是我国工程咨询业深化改革的关键之年。国有大中型工程咨询企业面临重组或扩张，要选择好深化改革的路径；综合性工程咨询单位面临改企转制，要权衡好深化改革的利弊；民营工程咨询机构做强做实，要厘清好深化改革的思路……无论哪种所有制形式的工程咨询机构改革，都要与国家深化改革的要求相适应，选择适合自己发展的改革之路，闯出一片自己的改革新天地。本刊作为工程咨询行业的舆论喉舌、宣传阵地，要大力为本行业深化改革鼓与呼，要为在深化改革进程中做出不凡之举的先进典型大书特书，要及时传播工程咨询单位深化改革的经验。唯有如此，工程咨询业深化改革的涓涓细流才会奔涌向前，汇入我国各项事业深化改革的汪洋大海。

本期刊发的两篇专访文章值得大家一读。一篇是《创新价值，达成“全至”》，讲述了民营工程咨询单位深圳市全至工程咨询有限公司在改革开放前沿城市深圳艰苦创业，在竞争夹缝中求生存、谋发展，闯出一条适合自身发展之路的感人事迹。另一篇是《评审事业全覆盖，咨询服务全过程》，报道的是拥有正局级建制的综合性工程咨询单位抚顺市政府投资评审中心在东北老工业基地抚顺服务政府、服务社会，政府投资项目评审业务全覆盖，勇创咨询佳绩的创新之举。这两个工程咨询单位有太多的不同点，但在体制、机制上的改革都已露端倪。

从本期开始，本刊将陆续介绍“FIDIC百年工程项目奖”我国获奖项目的具体情况，敬请读者关注。

让我们满怀信心，迎着改革的春风，向前！向前！

（刊于2014年第1期《中国工程咨询》）

珍惜咨询实践

当读者朋友收到这期杂志的时候，马年正月的春意已悄然来临。我们预祝大家甲午马年各项事业一骑绝尘，马到成功。

本期要向各位读者隆重推荐的文章是发在头条的人物专访《心系长江创伟业》。主人公是2013年“FIDIC百年优秀咨询工程师”荣誉获得者、中国工程院院士、长江勘测规划设计研究院院长钮新强。这位在水利水电工程咨询战线辛勤服务了30年的工程师是我国工程咨询行业千万咨询工程师的优秀代表。他带领长江勘测规划设计研究院（以下简称长江院）的咨询团队，心系长江创伟业，完成了与长江母亲河有关的一系列水利水电建设工程的规划、设计咨询任务，特别是像三峡水利枢纽工程、南水北调中线工程等这样举世瞩目、造福子孙万代、提升人类生活质量的重大工程，树立起了他和长江院驰名中外的咨询品牌，收到了社会的广泛赞誉，进而赢得了FIDIC这个世界工程咨询业权威组织的认可和嘉奖。

我在采访钮新强院长时，感触最深的是他说过的这番话：“我能获得FIDIC百年优秀咨询工程师的光荣称号，除了得益于中国改革开放的有利背景和条件，得益于有一支精诚合作的咨询团队，更得益于我有幸参加了三峡水利枢纽工程、南水北调中线工程等重大跨世纪工程的建设实践，是这些重大工程实现了我们为祖国提供大量绿色能源、安全能源的人生抱负。”也就是说，大量的工程咨询实践，既是咨询工程师成长的摇篮，更是千千万万的咨询工程师从平凡到优秀的成长舞台。咨询实践，对于我们每一位从业者都是尤为重要的。

我们要对新入职的咨询工程师说，珍惜咨询实践。在工程咨询实践中，扎根一线最能锻炼人。因为一线遇到的工程咨询问题最直接，也最能促使工程咨询人员积极主动地思考解决办法，逐步形成较为系统的专业知识，积累丰富的工作经验，分析和解决不时出现的新情况、新问题，尽可能地促进咨询工程师的成长。

我们要对有成就的咨询工程师说，珍惜咨询实践。虽然你在某一行业、某一专业咨询领域取得了骄人的业绩，成了技术负责人，成了领军人物，但时代在变化、专业在发展、技术在更新、时序在更迭，现在从事的咨询业务，也许不适合其他地区；今天提供的咨询服务，可能明天就会消失。正如钮新强院长说的那样："在长江流域干水利水电工程咨询和在西北地区干水利水电工程咨询是差别很大的，西部高海拔、高寒、高地震，这给我们咨询工作提出了巨大挑战。有朝一日水电开发完了，还面临着咨询业务的战略转型。每一次咨询实践，都给我们提出了新的研究课题。"所以咨询工程师要未雨绸缪，珍惜每一次咨询实践，从中摸索出行业生存和发展的新路径。

我们要对所有咨询工程师说，珍惜咨询实践。作为一名咨询工程师，严格地说，不参加或少参加咨询实践，是很难成为一名出色的咨询工程师的。只有经过无数次、长年累月的工程咨询实践，并在大量的咨询实践中有所发现、有所创新、有所建树，你才能走在成功的路上。当然，一些重大工程、尖端工程可能与你无缘，但这并不影响你成为一名真正的、造福于人类的、受到社会和民众广泛尊重的优秀咨询工程师。

同期刊发的《上海外商投资发展情况和对策建议》《围绕政府职能转变，实践工程咨询持续发展》《用优秀咨询成果推动经济社会持续健康发展》《我国农业科技园区现状、功能定位及对策建议》等文章论点新颖、论述客观、论据翔实、论证充分，可给读者分析思考这些问题提供多视角的启发。

我们期待有更多的工程咨询研究成果见诸刊物。

（刊于 2014 年第 2 期《中国工程咨询》）

咨询完美建筑

随着南风款款吹来，新春的气息逐渐清晰。所谓阳春三月，风和日丽，水暖鸭先知，春上柳梢头，正是眼前的景致。我们在又一个春天里，编完今年第3期稿件，心中荡漾着喜悦的涟漪。在这个春光明媚的季节，我们力图把好的文章献给读者，献给这个暖意融融的春天。

首先向读者朋友推荐本期刊登在头条位置的文章《致敬广州：菲迪克百年工程项目奖的情有独钟》。这篇文章由《中国工程咨询》杂志有限责任公司董事长朱维平和广东省工程咨询协会秘书长易勇合著。文章围绕广州市4个现代建筑同时荣获FIDIC百年工程项目奖这一历史性事件，对这些获奖项目进行了详尽的阐述和深情的回顾，不仅向我们展示了广州这座历史文化名城因建筑而呈现的动人魅力，而且深刻地阐释了“咨询使建筑更完美”这一经典工程咨询观点。

2013年9月17日，在西班牙巴塞罗那召开的“FIDIC百年工程项目奖”颁奖仪式上，共有36个项目和6名咨询工程师获奖。中国工程咨询协会代表中国工程咨询业推荐的13个项目和3名咨询工程师获奖，是获奖数量最多的国家。其中，广州塔、广州大剧院、广东科学中心荣获FIDIC百年重大建筑项目杰出奖，中国进出口商品交易会琶洲展馆荣获FIDIC百年重大建筑项目优秀奖。在这样一个高规格的世界性的工程项目评奖活动中，广州4个项目获此大奖，真是一件令我国工程咨询业十分自豪的事情。这不仅证明了我国工程咨询业的实力，也展现了广州这座国际大都市的美丽英姿。

广州市有 4 个工程项目获奖，工程咨询单位和众多咨询工程师立下了汗马功劳。在广州塔项目建设中，广州市国际工程咨询公司编制了项目建议书，中广电广播电影电视设计研究院编制了可研报告，广州市设计院承担具体设计。在广州大剧院项目建设中，广州市国际工程咨询公司编制了可研报告，广州建筑工程监理有限责任公司负责项目管理。在广东科学中心项目建设中，广州宏达工程顾问有限责任公司参与了选址，编制了项目可研报告，并为项目提供全过程工程咨询和项目管理服务。在琶洲展馆项目建设中，广州市国际工程咨询公司参与了前期调研，编制了可研报告，对项目设计、施工发挥了重要指导作用。纵观这 4 个获奖项目，工程咨询单位和咨询工程师起到了关键作用，是他们运用了 FIDIC 的先进理念和所掌握的科学知识，结合自己的成熟经验，统筹考虑城市文化、环境生态、节能控资、安全、可持续等多种因素，确保了这些建筑工程的顺利实施和完美呈现。

对于咨询工程师来说，咨询完美建筑是一种责任，更是一种境界和追求。我们咨询工程师走在所有工程的最前端，在建设美丽中国的热潮中，我们紧跟春天的脚步。

本期值得读者关注的文章还有《精益建造理论在政府投资项目评审中的应用研究》《实现城市设计与建设管理的有效衔接》《关于投资项目后评价方法的研究》《设计改变世界》等，请读者朋友评鉴。

让我们在和熙的三月天里，做一次心灵的阅读。

（刊于 2014 年第 3 期《中国工程咨询》）

找准改革路径

又是一年春光好，神州大地涌春潮。

在新春帷幕刚刚拉开之际，中国工程咨询协会召集工程咨询行业的代表齐聚北京，就行业的改革与发展召开专题研讨会。这是继 2006 年 4 月在江西井冈山召开的“工程咨询行业管理和综合性工程咨询单位体制改革研讨会”之后，又一次探讨工程咨询业发展和工程咨询单位改革的重要会议。本刊在头条位置刊发了此次研讨会的重要消息。

研讨会深入学习贯彻党的十八届三中全会《关于全面深化改革若干重大问题的决定》（以下简称《决定》），研讨在政府职能转变、简政放权及深化投资体制改革新形势下，工程咨询业和工程咨询单位面临的一系列重大挑战：如何适应新形势，转变经营观念，提升咨询服务水平，更好地服务市场；众多面临改制的工程咨询单位，如何结合自身特点，找到一条改革发展的路径等。此次会议犹如吹响了行业改革的集结号，对工程咨询行业的改革与发展将产生积极而深远的影响。

中咨协会会长王武龙在研讨会上介绍说，《决定》实施力度之大，落实程度之深，是前所未有的。仅国家发展改革委按照简政放权、放管并重的要求，在深化投资体制改革方面就做了大量的工作。一是报请国务院发布的《政府核准的投资项目目录（2013 年本）》，共取消、下放和转出了 49 项核准事项，需报中央管理层面核准的企业投资项目减少了 60%；二是修订发布了

《中央预算内投资补助和贴息项目管理办法（第 3 号令）》，在减少行政审批方面做到了“三个取消”；三是改变了过去对外资项目一律实行核准制的做法，探讨实行准入前国民待遇加负面清单的管理模式；四是大力调整中央预算内投资分配结构。这一系列新举措，说明深化投资体制改革步入了快车道。

7 家具有代表性的企业负责人在研讨会上作了发言，这些企业有的已改制成国有资本控股；有的已改制成民营资本控股；有走在改革的路上，改制方案正等待批准；有的则正在酝酿改革，寻找一条最适合自身改制的路径。代表们敞开心扉谈改革的得与失、利与弊，谈改革的阵痛、改革的收获。与会者对此产生了深深的共鸣。大家清楚地认识到，改革势在必行，可能路径各不相同，但无论哪种性质的工程咨询单位，无论改制成哪种所有制形式的企业，都要走出改革的第一步。只有找准了改革的路径，企业才能完美转身，迎来发展的新天地。

本期刊发的专访文章《责任铸就辉煌》值得一读。文章以翔实的材料、生动的笔触向我们介绍了“FIDIC 百年优秀咨询工程师”获得者、中铁第一勘察设计集团有限公司董事长王争鸣从事铁路建设咨询工作 30 余年，带领中铁一院干部职工完成一系列国家重要铁路工程的咨询勘察设计任务（特别是闻名世界的青藏铁路、秦岭隧道群等工程）的感人业绩，向我们展示了一位优秀咨询工程师的精神风貌。让我们为这个优秀咨询工程师辈出的时代而骄傲和自豪。

春天充满了温情，春天孕育着希望。让我们打点行囊，在投资建设的征途上，做个春的使者，践行着对理想的歌唱。

（刊于 2014 年第 4 期《中国工程咨询》）

遥望中华水塔

青海如诗如画的三江源被誉为“中华水塔”。随着三江源生态保护和建设工作的不断推进，“中华水塔”三江源进入了更多人的视野，被越来越多的中华儿女所关注并寄托希冀。

承担《青海三江源自然保护区生态保护和建设总体规划（一期、二期）》和《青海三江源国家生态保护综合试验区总体方案》等重要咨询报告编制任务的，是青海省工程咨询中心（以下简称青海中心）的专家和广大工作人员。

这是一支富有奉献精神，特别能吃苦、特别能战斗的优秀工程咨询队伍。本期杂志在显著位置刊发了《重彩描绘三江源》一文，详细介绍了青海中心咨询人十几年来在编制三江源生态保护和建设规划及专项规划中忘我工作、不言辛苦的精神面貌，以及将自身融入广袤的三江源的生态文明建设之中所呈现出来的动人情怀。

青海三江源生态保护和建设规划工作始于世纪初的2000年。时年5月，青海省人民政府批准在青南地区建立以保护湿地水资源、生物多样性和典型高寒草甸与高山草原植被为主的三江源省级自然保护区。2003年1月，国务院批准三江源自然保护区晋升为国家级自然保护区，总面积为15.23万平方公里。青海中心受青海省发展改革委委托，承担了编制《青海三江源自然保护区生态保护和建设总体规划（一期）》（以下简称《一期规划》）的任务。经过近五年的努力，《一期规划》

编制完成并于2005年1月26日由国务院常务会议批准实施。随后，青海中心规划编制人员又完成了多达300余项的工程项目实施方案和年度实施计划。

2008年，青海中心开始编制《青海三江源国家生态保护综合试验区总体方案》（以下简称《总体方案》）并根据《总体方案》的要求编制完成了《社会事业规划》《基础设施规划》《城镇规划》《产业规划》和《水资源综合规划》等5个专项规划。与此同时，本着“早谋划、早起步”的工作思路，青海中心又启动了《青海三江源自然保护区生态保护和建设总体规划（二期）》（以下简称《二期规划》）。

《二期规划》不仅巩固了一期工程所取得的阶段性成果，更对项目进行了提升和拓展。一是扩大范围，加大投入。工程区域由一期的15.23万平方公里扩展到39.5万平方公里，总投资额翻了一番，达到160.57亿元。二是更加尊重自然，顺应自然，充分发挥自然修复的作用。三是更强化以人为本，改善民生。

2012年12月18日，国务院常务会议审议并批准《二期规划》实施。会议要求三江源生态保护要以保护和恢复植被为核心，将自然修复与工程建设相结合，加强草原、森林、荒漠、湿地与河湖生态系统的保护和建设，完善生态监测预警预报体系，夯实生态保护和建设的基础，从根本上遏制生态整体退化趋势，使支撑民族长远发展的“中华水塔”坚固而丰沛。

2014年1月10日，青海召开了三江源国家生态综合试验区建设暨三江源生态保护和建设二期工程启动大会。为了抓好《二期规划》的具体实施，巩固和扩大建设成果，为了三江源及三江源人民的美好明天，青海中心咨询人将继续付出更加艰辛的劳动。

我们遥望“中华水塔”，激情满怀，心生向往。

我们要向情播高原的青海咨询中心人致以崇高的敬意！

（刊于2014年第5期《中国工程咨询》）

再看三峡景观

长江三峡水利枢纽建成后，三峡库区自然和人文景观发生了深刻的变化，一些景观受到了影响，一些景观得到了保护，一些景观被重建，一些景观开创了三峡旅游的新纪元。三峡库区蓄水至175米后，出现了高峡平湖、高山连绵、岛屿棋布、城乡相望的壮美景色。许多人没有到过水天一色的三峡库区，许多人还保留着对以往幽险秀丽的长江三峡的深刻记忆。今天三峡库区的景观是什么状况，自然景观还有多少，人文景观有哪些保护措施，新增人造景观都有什么特色，对长江三峡梦绕魂牵的游人都在寻找着答案。国务院三峡建设办公室移民管理咨询中心研究员梁福庆撰写的文章《三峡工程景观和保护研究》为我们作了详细的解答。

总的来说，三峡水库正常的蓄水位为175米，此时有44处景观受到影响，如长江三峡（瞿塘峡、巫峡、西陵峡）、乌江画廊、巫山大宁河小三峡、巴东神农溪、秭归香溪、白鹤梁水文石刻、丰都名山、忠县石宝寨、云阳张飞庙、巫峡孔明碑、巴东秋风亭、秭归屈原祠等。这些自然和人文景观，有的还矗立在库区两岸，有的已淹没在水中，有的已重建在别处。原有的自然景观通过规划和生态环境建设与保护，仍然是三峡库区优美的景观资源。三峡工程又开发了三峡长江干支流的峡谷、湖泊、岛屿、漂流河段、溶洞、温泉、瀑布等景观资源，使三峡库区景观更为丰富多样。人文景观经过修建或搬迁都已完工投入使用，较好地体现出三峡库区的历史文化风貌。新增的人造景观如三峡大坝、重庆中国三峡博物馆、三峡珍稀植物园、万洲移民博物馆等10余处著名人造景观，更为三峡库区增添了时代风貌。在长江高峡平湖上迎风眺望，我们欣喜地看到，长江三峡仍然雄奇壮观，神韵不减。新景观秀丽诱人，各放异彩；人造景观光彩夺目，三峡大坝、双向五级船闸工程浩大，让人叹为观止；人文景观风采依旧。涪陵白鹤梁水文石刻成为世界上第一座水下遗址博物馆，云阳张飞庙搬迁保护工程是我国规模最大的地面文物保护搬迁工程之一，秭归屈原祠成为我国纪念伟大爱国主义诗人屈原的最大仿古建筑，巫山大昌古民居搬迁是我国规模最大的古民居搬迁工程……1993年至2010年，重庆市和湖北省及库区各级政府统筹规划、精心落实，投入数十亿资金，有序开展景观保护工作，取得了显著成效，确保了景观主体安全和环境安全，提升了景观的价值和效益，促进了三峡旅游的快速发展。

三峡工程功在当代，利在千秋。三峡库区的景观成为长江流域最壮美、丰富、独一无二的景观。作为华夏儿女，我们感到无比的自豪；作为一名工程咨询工作者，我们更为参与三峡工程景观保护和建设的咨询工程师感到无比的自豪。

本期还有一些文章值得读者朋友关注，如《加快推进以人为本的新型城镇化》《关于创新特大城市社会治理新模式的思考》《工程咨询服务投资项目历史演进与发展转变》《政府投资项目咨询评估纵横谈》等。《在研讨交流中提高，在实践应用中完善》则是针对当前社会稳定风险评估工作发出的研讨邀请，欢迎大家对“稳评”工作提出新见解。

初夏时节，游览长江三峡正当时，祝你有一份好心情。

（刊于2014年第6期《中国工程咨询》）

空客飞过蓝天

七月盛夏，碧空如洗，有一组空客飞过蓝天。那是空中客车 A320，它们在中国天津组装，飞往世界各地，飞向心仪的蓝天。

本期要向读者朋友推荐的是本刊特稿《一切为了空客A320》。文章以纪实的手法，向我们描述了空中客车 A320 系列飞机中国总装线项目在天津落地、建造、投产以及全过程造价咨询控制管理的做法和经验，读来让人感动，令人鼓舞。

空客 A320 系列飞机天津总装线是空中客车公司继法国图卢兹和德国汉堡之后的第三条空客单通道飞机总装线，也是空中客车公司在欧洲以外的第一条总装线。该项目起于 2005 年年底，在温家宝总理访问法国之际，空中客车公司与中国国家发展改革委签署了加强工业合作谅解备忘录，其中提到在中国建一条空客单通道飞机总装线。2006 年 10 月 26 日，空中客车公司与中方联合体签署了在中国共建 A320 系列飞机总装线框架协议。2007 年 5 月 15 日，空客 A320 系列飞机天津总装线项目在天津滨海新区正式开工。2008 年 9 月 28 日，空客 A320 天津总装线投产。2009 年 5 月 18 日，由空客天津总装线完成总装的首架 A320 飞机在天津首次测试飞行成功。2009 年 6 月 23 日，空客天津总装线首架 A320 飞机亮相并交付奇龙航空租赁公司。此后 2009 年、2010 年、2011 年的三年中，空中客车公司分别向其用户交付了 11 架、27 架、36 架空客 A320 飞机。2012 年 8 月 31 日，天津总装的第 100 架空客 A320 飞机成功下线。当时到访的德国总理默克尔与国务院总理温家宝以及 1000 多名中外嘉宾见证了这一欢庆时刻，并赞誉空客 A320 系列飞机天津总装线项目为中欧合作的典范。

担任空客 A320 系列飞机天津总装线项目全过程造价咨询控制管理工作的，是天津市兴业工程造价咨询有限责任公司（以下简称兴业咨询公司）。空客 A320 项目是国家从战略高度扶持民用航空制造业自主创新，开发大型工业项目拉动天津经济发展的重大举措。兴业咨询公司员工都深刻地认识到这项工作的重要性，表示要全力以赴严控精算、节约投资，按期优质地完成任务。

兴业咨询公司对空客 A320 系列飞机天津总装线项目全过程造价控制工作严格按照质量管理体系标准进行，规范咨询服务过程和工作程序，严格执行三级校审制度，确保咨询成果高标准、高质量、高效能。他们选用正版图形、钢筋算量软件计算工程量，极大地提高了工作效率和工程量计算的准确性；选用正版清单计价软件进行预算编制工作，取费合理，保证了工期；通过参与审查施工承包合同，严把工程量变更签证关，解决地基技术难题等。兴业咨询公司不仅以一系列行之有效的措施，为该项目建设节约了大量的资金；而且以自身的精细服务赢得了信誉，树立了一个咨询企业的良好形象，为天津的航空航天事业作出了突出贡献。

本期人物专访文章还介绍了北京市建筑设计研究院有限公司总经理徐全胜对我国城市规划、建筑设计理念的持久审视。他的结论是，“越是民族的，就越是世界的”。这个观点值得我们深思。

本期封二报道了重庆国际投资咨询集团有限责任公司党委书记、董事长白渝平荣获全国五一劳动奖章的喜讯，这也是我国工程咨询行业首位获得此项殊荣的代表，让我们向他表示诚挚的祝贺。我们期待，年轻的中国工程咨询业涌现出更多、更优秀的先进人物和行业模范。

如果有机会乘坐空客 A320 旅行，我会想起天津滨海的第一条跑道，空客 A320 就是从那里起飞翱翔蓝天的。

（刊于 2014 年第 7 期《中国工程咨询》）

稳评渐入佳境

“稳评”一词，当下很火。

“稳评”，是社会稳定风险分析和评估的简称，它和“能评”“环评”“安评”等成为工程咨询的新业态、新内容。自2012年8月16日《国家发展改革委重大固定资产投资项目社会稳定风险评估暂行办法的通知》和2013年2月17日《国家发展改革委办公厅关于印发重大固定资产投资项目社会稳定风险分析篇章和评估报告编制大纲（试行）的通知》发布以来，固定资产投资领域的社会稳定风险评估工作在全国迅速而全面地展开。

党的十八届三中全会通过的《中共中央关于全面深化改革若干重大问题的决定》，在“创新有效预防和化解社会矛盾体制”章节中提出了“健全重大决策社会稳定风险评估机制，建立畅通有序的诉求表达、心理干预、矛盾调处、权益保障机制，使群众问题能反映、矛盾能化解、权益有保障”的任务，为开展稳评工作指明了方向，提出了要求。

中国工程咨询协会受国家发展改革委的委托，先后在北京及全国其他城市举办了十余期“重大固定资产投资项目社会稳定风险评估业务培训班”，接受培训的咨询工程师及其他专业人员达千人次。广大工程咨询机构编制的固定资产投资项目社会风险评估报告，为各级政府或项目业主科学决策、民主决策，有效地预防和化解社会矛盾与风险提供了有力的支持，作出了积极的贡献。本刊这一期特意选发了一组与稳评相关的文章，作者们从各自的实践高度，总结了许多稳评工作的好做法和新思路，相信对读者不无裨益。

广州市国际工程咨询公司是较早开展稳评工作的工程咨询单位之一，他们通过对一系列重大固定资产投资项目的稳评工作实践，总结出了一整套详细的、切实可行的、高度概括的《社会稳定风险分析篇章和评估报告编制指引》。沿着这一指引，浩如烟海的稳评工作就有了纲、有了法宝。

秦春是上海投资咨询公司社会风险评价部主任，也是全国重大固定资产投资项目社会风险评估业务培训班的讲课专家，他在《关于投资建设项目社会稳定风险评估若干问题的理解与探讨》一文中，结合其公司几年来开展的上百项投资项目稳评咨询的实践，为我们厘清了稳评工作的基本要素和关键点。他总结的关于稳评工作的“18 条”，条条关乎实际、分析独到，有很强的实用性和可操作性。王颖同样是上海投资咨询公司社会风险评价部的员工，她的专业论文《对重大固定资产投资项目社会稳定风险评估实施情况的思考》则更加侧重稳评案例的分析和思考，由此总结出稳评工作中的一些经验和教训。另外，湖北省工程咨询公司的徐长明、李习民、翟宝珍撰写的《风险逻辑树分析在建设项目社会稳定风险评估中的应用》和上海社会科学院经济法律社会咨询中心的胡建一撰写的《关于社会稳定风险分析和评估几个基本概念的若干思考》都从不同的角度对稳评工作进行了独特阐述，定会引起同业者的共鸣。

纵观咨询业态，稳评渐入佳境。我们期待有更多的稳评咨询成果呈现于期刊，呈现给读者。

（刊于 2014 年第 8 期《中国工程咨询》）

咨询关乎民生

民生话题，其实离咨询很近。

工程咨询的业务范围，多半与民生相关。如城镇发展规划、基础设施建设、环境生态保护、粮食食品安全、节能减排等，而最关乎民生的工程项目，莫过于棚户区改造、城中村建设以及老旧小区综合整治了。

本期要向读者朋友推荐的《改善民生的壮举》正是介绍老旧小区综合整治项目的文章。文章介绍说，北京市政府计划在"十二五"时期完成1582个、建筑面积5850万平方米的老旧小区综合整治任务。北京国金管理咨询有限责任公司（以下简称北京国金公司）参与了北京市海淀区老旧小区综合整治试点工作和后来全面铺开的老旧小区综合整治工作。本文的三位作者就是这些老旧小区综合整治工作的亲历者，她们撰写的这份关于北京海淀区老旧小区综合整治项目的咨询报告，读来让人振奋。

那些建于20世纪六七十年代的老旧小区，主体建筑大多老化破损，不能满足抗震要求；门窗护栏老化严重，达不到节能标准；居民生活舒适度低，生活质量受到严重影响。北京市政府为了创建和谐社会与节能型社会，加快推进"人文北京、科技北京、绿色北京"战略实施和中国特色世界城市建设，出资整治老旧小区，以完善城市功能，切实改善民生，使居民提升生活环境品质，共享社会发展成果。这无疑是一项惠民利民的民生工程、民心工程。

老旧小区综合整治工程建设内容繁杂，各小区、各住宅楼改造内容不尽相同，但主要内容是四大块：抗震加固、节能改造、环境整治和管网改造。抗震加固被列为首要工作，就是要确保房屋结构安全，措施是对建筑外纵墙和山墙外侧喷射混凝土、板墙加固。节能改造主要是进行热计量改造、外保温改造和门窗改造。环境整治主要是对楼内公共区域、停车位、无障碍设施和路灯的改造，以及小区绿化、路面和围墙整修、避雷设备安装、自行车棚修缮、信报箱更换等。而管网改造比较复杂，包括室内外给水管网、排水管网改造，公共区域电气改造以及暖气管网、雨洪系统、消防系统改造等。老旧小区经过上述的整治和改造焕然一新。小区整治前后的图片对比，真是让人心生感动。

北京国金公司的咨询工程师们，他们以自己精湛的咨询技术和良好的职业操守完成了一个又一个的老旧小区整治工程的咨询任务。他们正在蹚开一条关注民生的工程咨询之路。

关注民生，其实就是关注我们自己。

我们期待着工程咨询业有更多的咨询工程师行进在关注民生的路上。

（刊于 2014 年第 9 期《中国工程咨询》）

凝聚宣传合力

——写在全国工程咨询行业宣传工作会议召开之时

八月下旬，初秋的青藏高原高寒草甸鲜花似锦，大美青海风光如画。来自全国工程咨询行业的 140 余位代表齐聚古城西宁，共商行业宣传工作大计。这是中国工程咨询协会自成立以来召开的第二次全国工程咨询行业宣传工作会议，目的是提升行业影响力，凝聚宣传合力。

中咨协会常务副会长兼秘书长董贺义在会上作了重要讲话。他开宗明义地阐述了这次会议的主要内容：传达全国宣传思想工作会议精神；深入学习贯彻习近平总书记在全国宣传工作会议上的重要讲话；按照国家发展改革委党组的要求，结合工程咨询行业的实际，交流和探讨在新形势下如何增强责任感、使命感，把握宣传工作的规律和特点，践行社会主义核心价值观，更加积极主动地做好工程咨询行业的宣传工作。

他在回顾近两年来行业宣传工作情况时感慨道：“自从 2012 年 10 月中咨协会在成都召开首次全国工程咨询行业宣传工作会议以来，各地方协会和大多数工程咨询单位在当地政府有关部门领导下，做了大量卓有成效的工作。行业宣传工作紧紧围绕改革与发展大局，坚持贴近行业特点、联系实际，使行业的宣传工作有了长足发展，宣传意识不断增强，宣传能力不断提高，影响不断扩大，效果不断显现。”他从“把握大局，增强意识，发挥行业宣传服务作用”“建立队伍，有力保障，推动行业宣传逐步深入”“创新发展，多措并举，提升行业宣传工作水平”等三方面进行了生动而形象的概括，使与会者对当前行业宣传工作有了清晰的了解，为行业宣传工作所取得的成就而振奋和鼓舞。在谈到如何做好当前工程咨询行业宣传工作时，董贺义副会长着重讲了“五个注重”。

一是要更加注重舆论引导。要从党和国家工作大局、全面深化改革全局着眼，紧密结合工程咨询行业的实际谋划行业宣传工作。坚持理想信念，把握正确导向，坚持以团结稳定鼓劲、正面宣传为主的方针，弘扬主旋律，传播正能量，为促进全面深化改革、推动经济持续健康发展、维护社会和谐稳定提供有力的思想保证、舆论支持、精神动力和文化条件。

二是要更加注重服务行业。“围绕中心，服务行业”是行业宣传工作的基本要求。要把行业宣传融入工程咨询实践中，在具体实践中更好地实现服务功能。

三是要更加注重深度报道。深度报道不仅可以满足行业受众的需求，还会让社会各界的读者更好地了解我们行业的工作，也会使我们的宣传媒体在众多媒体中独树一帜，彰显价值。

四是要更加注重品牌塑造。树立良好的品牌形象，是行业宣传的本质要求，是更好地发挥行业宣传作用的重要标志。

五是要更加注重队伍建设。要造就一支政治坚定、业务扎实、作风过硬、行为自律的宣传队伍。

他的讲话鼓舞人心，催人奋进。与会代表表示，要以此次会议为契机，按照会议形成的共识，积极投身担负的宣传工作，使全行业的宣传工作形成有效的合力，共同推动全行业宣传工作走向繁荣。

此次宣传工作会议是一个新的起点，我们相信在不久的将来，全行业宣传工作的合力必将逐渐显现。

（刊于2014年第10期《中国工程咨询》）

助力改革发展

全面深化改革大潮已经起势，会当中流击水，正需夺隘闯关。然而，改革越是向前推进，越会遇见阻力、碰到困难，越是压力重重、挑战不断，这无疑对改革提出了更高要求。在中央全面深化改革领导小组第三次会议上，习近平总书记发表重要讲话，强调改革要坚持从具体问题抓起，要求聚焦、聚神、聚力抓落实，做到紧之又紧、细之又细、实之又实。[①]

为全面深化改革献策，为经济社会健康发展出力，工程咨询舞台广阔，大有可为。

工程咨询，遵循独立、科学、公正的原则，运用工程技术、科学技术、经济管理和法律法规等多学科的知识和经验，为政府部门、项目业主及其他各类客户的过程建设项目决策和管理提供智力服务，包括前期立项阶段咨询、勘察设计阶段咨询、施工阶段咨询、投产或交付使用后的评价等。用一句话概括，工程咨询是高智力服务，作用非凡，意义重大。因此，工程咨询应发挥自身优势，使巧劲，为全面深化改革贡献智慧和力量。

工程咨询使巧劲，巧劲从何处来?

巧劲，来自逢山开路的闯劲。改革要求创新，创新就要敢于走别人没有走过的路，没有闯的劲头、冒的精神，如何能打

① 《习近平主持召开中央全面深化改革领导小组第三次会议强调改革要聚焦聚神聚力抓好落实着力提高改革针对性和实效性》，央视新闻频道，2014 年 6 月 6 日。

开海阔天高的新境界？大石拦路，勇者视为前进的阶梯，弱者视为前进的障碍。在困难和矛盾面前，不能止步不前，不能绕道而行，更不可半途而废。工程咨询要不断创新，提供更好的智力服务。

巧劲，来自甩开膀子的干劲。一分部署，九分落实。没有那么一股子干劲，不甩开膀子、迈开步子，就难以把改革蓝图化为现实、把各项事业推向前进。工程咨询，要做放开手脚、甩开膀子的行动者，做稳扎稳打、步步为营的实干家，动真格、用实劲，直面矛盾、勇往直前，提高智力服务的水平和质量。

巧劲，来自久久为功的韧劲。改革是一个循序渐进、兴利除弊的艰辛过程，解决问题不可能药到病除，因此，不能幻想毕其功于一役，更不可急于求成、心浮气躁。工程咨询，要坚持整体谋划，尊重规律，顺势而为，咬定青山不放松，一张蓝图干到底，让智力服务善始善终、善作善成。

巧劲，来自勇毅笃行的稳劲。总结我们改革发展经验，稳扎稳打，就能真正前进；盲目冒进，就会吃苦头。希望“一口吃一个胖子”，必然缺乏耐心；“三天打鱼两天晒网”，自然不会有韧性。因此，工程咨询要尊重规律，不仓促推开，不急于求成，一步一个脚印，把智力服务做扎实做到位。

付出心血和努力，不断使巧劲，我国工程咨询业作为现代服务业的重要组成部分和经济社会发展的先导产业，就能在推动决策科学化、民主化，在保障工程质量、优化重大布局、调整产业结构、促进经济社会可持续发展等方面作出更大贡献，就能为全面深化改革贡献更多的智慧和力量。

（刊于2014年第11期《中国工程咨询》）

再创咨询佳绩

临近岁末，行业喜讯接连传来。

在9月28日至10月1日巴西里约热内卢召开的国际咨询工程师联合会（FIDIC）2014年年会上，中国有8个工程项目荣获本年度工程项目奖。这是中国继2013年在FIDIC百年工程项目奖勇夺16个大奖之后，获奖数再夺第一。

11月4日，中国工程咨询协会2014年年会在北京隆重召开，工程咨询行业代表近500人聚集一堂，共商行业发展大计。会议审议了《中咨协会2014年年会工作报告》《工程咨询行业诚信建设实施办法（试行）》《咨询工程师（投资）继续教育暂行办法（试行）》《中咨协会分支机构管理办法》《工程咨询服务合同范本（讨论稿）》《执业检查自查申请表》等一系列文件，取得了丰硕成果。

11月11日，FIDIC认证工程师首期培训班在北京开班，开班仪式在中国职工之家隆重举行。FIDIC主席帕勃罗·布埃诺发来贺词，FIDIC待任主席李在完，FIDIC前主席、FIDIC认证工程师认证管理委员会主席格雷格斯·托莫普罗斯等嘉宾出席开班仪式并致辞。这是中咨协会与FIDIC一次成功的合作。FIDIC认证工程师试点项目是FIDIC最重要的项目之一，将走进中国。FIDIC在中国的认证工程师试点工作肯定是FIDIC国际合作的典范。

作为今年最后一期，本期杂志重点报道了中咨协会2014

年年会盛况和 FIDIC 认证工程师首期培训班开班仪式，敬请读者关注。

在中咨协会 2014 年年会上，中咨协会常务副会长兼秘书长董贺义受中咨协会会长王武龙委托，作了题为《适应形势，开拓进取，促进工程咨询行业健康发展》的工作报告。报告分为两大部分：第一部分总结了 2013 年年会以来中咨协会开展的主要工作；第二部分指出了面对深化改革新形势，中咨协会近期需抓紧开展的几项工作。特别是在介绍过去一年多来“把握大局意识，加大行业宣传力度”工作情况时，董贺义讲到了中咨协会与主流媒体的深度合作。今年 9 月 25 日和 10 月 21 日，《人民日报》先后以《中国工程咨询，广获国际点赞》《为中国工程咨询竖起大拇指》为题推出了两期专刊，报道我国工程咨询业荣获“FIDIC 百年工程项目奖”和 2014 年度工程项目奖的情况及获奖工程项目，赞誉了中国工程咨询业积极参与国家重大工程项目、重大规划，在节能减排、生态建设、战略决策等方面展现了咨询服务行业的精神风貌，扩大了工程咨询业在全社会的影响力。国家发展改革委多位领导同志都在送阅的《人民日报》上批示。国家发展改革委主任徐绍史有两次重要批示。第一次是在 9 月 25 日出版的《人民日报》国家重点工程专刊《中国工程咨询，广获国际点赞》上批示：“祝贺取得喜人的成绩。”第二次是在 10 月 21 日出版的《人民日报》国家重点工程专刊《为中国工程咨询竖起大拇指》上批示：“祝贺。请继续努力，再创佳绩。”这些批示，使与会者深受鼓舞，使广大工程咨询从业人员深受鼓舞。

年会号召全行业认真学习领会党的十八届三中全会、四中全会精神，在改革创新中前行，勇于担当，不断进取，进一步发挥工程咨询业作为现代服务业的重要组成部分和经济社会发展的先导产业的优势，在推动我国投资决策科学化、民主化、法制化，在保障工程质量、优化重大布局、调整产业结构、加强和改善投资宏观调控、促进经济社会可持续发展等方面发挥更大作用，开拓工程咨询业发展的新局面！

我们相信，在国家发展改革委的领导下，中咨协会定能带领中国工程咨询人齐心协力，再创佳绩。

（刊于2014年第12期《中国工程咨询》）

羊年之望

新常态，新目标
——新年献词

飞雪迎春，寒梅报晓，我们在新常态下迎来了2015年。

2015年，国家经济建设的总基调是稳中求进，中心工作是提高经济发展质量和效益，主动适应新常态。今年经济工作有五大任务：一是努力保持经济稳定增长，保持稳增长和调结构之间的平衡，宏观政策要稳、微观政策要活、社会政策要托底。二是积极发现培育新增长点，市场要活，创新要实，政策要宽。三是加快转变农业发展方式，夯实农业稳定发展基础，稳住农村持续向好局势，稳定粮食和主要农产品产量，持续增加农民收入。四是优化经济发展空间格局，重点实施“一带一路”倡议、京津冀协同发展、长江经济带战略。五是加强保障和改善民生工作，多些雪中送炭，更加注重保障基本民生，更加关注低收入群众生活，更加注重社会大局稳定。

2015年，中国工程咨询行业要主动适应新常态，面对深化改革新形势，确定咨询工作新目标。一是要在稳增长和调结构的政策制定中提出咨询工作新思路。二是要在发现和培育咨询服务新的经济增长点中争取有新突破。三是要贯穿新理念，推进农业发展方式转变，为农业工程提供咨询服务。四是要在实施“一带一路”倡议、京津冀协同发展和长江经济带建设咨询工作中展现大手笔。五是要在保障和改善民生的工程咨询进程中推行新方法。总之，全行业要以“解放思想，改革开放，凝聚力量，攻坚克难”的姿态，真抓实干，开拓进取，为推动经济社会持续健康发展作出新的贡献。

2015年，是《中国工程咨询》杂志创刊15周年。本刊在新的一年里，要主动适应新常态，关注新常态下工程咨询业的改革与发展，反映新常态下工程咨询单位的新举措、新变化、新面貌，谱写工程咨询业在中咨协会的领导下，为整个经济社会持续健康发展提供高质量咨询服务的新篇章。

15年来，我们分享工程咨询业朝阳般发展的美好时光，推介惠及社会和广大民众的优秀工程咨询成果。回顾逝去的难忘岁月，我们感谢一路陪同的业界朋友，我们更憧憬工程咨询业的美好未来。为纪念创刊15周年，本刊拟开展“纪念《中国工程咨询》杂志创刊15周年征文活动”，请广大工程咨询工作者踊跃参加。

今年的第一期，我们要向读者朋友推荐《从拓荒西部到引领世界》。文章介绍了中铁第一勘察设计院集团设计建成的兰新高速铁路，它是世界第一条修建在高原地区的铁路，是世界第一条通过大风地区的铁路，是世界第一条穿越茫茫沙漠戈壁地区的铁路，是世界一次性建成的最长的高速铁路。中铁第一勘察设计院集团勇当“一带一路”倡议推动者的感人事迹，让我们读后为之感动：咨询工程师在实施国家重大战略工程中，永远是先行者和推动者。

在新常态下，在未来的岁月里，中国咨询工程师们任重而道远。

（刊于2015年第1期《中国工程咨询》）

雁栖湖，汉唐风

北京怀柔雁栖湖的名字，是随着亚太经济合作组织第22次领导人非正式会议（APEC）的成功召开而声名远播的。国家主席习近平在2014年11月11日雁栖湖国际会议中心召开的亚太经合组织第22次领导人非正式会议的开幕辞《共同面向未来的亚太伙伴关系》中，四次提到了雁栖湖。他说："很高兴同大家聚会北京雁栖湖畔。""每年春秋两季，都有成群的大雁来到这里，雁栖湖因此得名。亚太经合组织的二十一个成员，就好比二十一只大雁。'风翻白浪花千片，雁点青天字一行'。今天，我们聚首雁栖湖，目的就是加强合作、展翅齐飞，书写亚太发展新愿景。""一花不是春，孤雁难成行。让我们以北京雁栖湖为新的起点，引领世界经济的雁阵，飞向更加蔚蓝而辽阔的天空。"[①] 由此，雁栖湖的名字深深地印在人们的脑海里。

雁栖湖畔经典建筑和优美环境被光顾的人称赞有加，呈现出一派汉唐风韵。我们怀着激动的心情，向读者朋友隆重推出北京雁栖湖APEC会址项目规划咨询设计赏析文章《传统与现代的高度融合》。文章分三个章节，介绍了北京市建筑设计研究院有限责任公司（简称BIAD）咨询工程师团队承担的雁栖湖会址区域（21平方公里）总体规划景观效果的综合提升设

① 《十八大以来重要文献选编》（中），中央文献出版社2016年版，第214、217页。

计与整合、雁栖湖国际会议中心和雁栖湖国际会展中心的咨询设计理念和技术方案，这些设计方案充分体现了中国元素、生态环保、经济实用的设计原则。尤其是具有汉唐建筑设计风格的国际会议中心，更完美地传达了富有时代特征的东方美学。“鸿雁展翼，汉唐飞扬”这一设计主题，紧扣北京雁栖湖地域文化特点，展现了大国崛起的自信。建筑借用汉唐建筑屋角起翘的飞扬之势，暗喻中国海纳百川、引领世界经济雁阵飞越天际的奋勇精神。

雁栖湖畔原本是一片普通的湖泊湿地，经过咨询工程师们的精巧设计和安排，她的容貌得以美化，意境得以升华。她融合了历史与现代，跨越了今天和未来，吸引着全世界的目光。如今的雁栖湖游人如织，雁栖湖风光好评如潮。

在风光旖旎的雁栖湖畔，咨询工程师打造了一个难以复制的成功案例。这是咨询工程师的光荣，也是这个时代的光荣。咨询工程师能将雁栖湖 APEC 会址设计得如此风姿绰约、雄浑雍容，彰显出大国理想和民族气派，让我们不由得引以为傲。这是来自咨询工程师的设计理念和灵感，更是咨询工程师对项目的独特理解和领悟，对中国历史文化的深刻体悟。我们每一位咨询工程师，一旦遇上了好项目，一定要倾心为之，力争将咨询做到极致，使设计趋于完美。这是我们的职责所在，这是我们的共同目标。

当大家收到这一期杂志的时候，乙未年春节悄然来临。祝大家羊年阖家欢乐，生活美满。

（刊于 2015 年第 2 期《中国工程咨询》）

三月天，暖风起

进入三月，柳丝吐绿，原野泛青，暖风款款而来。

我们在编排这期稿件的时候，三月的春风不期而至，温暖的阳光照进窗台。我们被暖阳浸润着，真切感受到久违的暖意。

当我们在编读本期头条文章《打好“新常态”下的投资组合拳》时，国家发展改革委就投资项目核准制度改革的有关问题举行了新闻发布会。这次发布会如同一股和熙的春风，为我国投资市场带来了暖意，注入了活力。

国家发展改革委投资司副司长罗国三就《精简审批事项，规范中介服务，实行企业投资项目网上并联核准制度的工作方案》(以下简称《工作方案》)和由国家发展改革委、中央编办下发的《关于一律不得将企业自主经营权事项作为企业投资项目核准前置条件的通知》的有关情况，回答了中外记者的提问。

罗国三副司长介绍说，落实和推进《工作方案》的实施，主要是做好以下几方面的工作。首先是清理，概括为“五个一律”：第一，属于企业经营自主权的事项一律不再作为前置条件；第二，对法律法规没有明确前置条件的一律不再作为前置审批；第三，法律法规明确规定为前置条件的，除确有必要外，要通过修改法律法规，一律不再作为前置条件；第四，核准机关能够用征求相关部门意见的方式解决的事项，或者通过后续监管解决的事项，一律不再作为前置审批；第五，除特殊需要并且具有法律法规依据外，有关部门一律不得设置强制性中介服务，不得指定中介机构。其次是修法。这项改革涉及不少法律法规的修订，要按照法定程序提出修改建议，由国务院作出修改行政法规的决定，或提请全国人大常务委员会进行修法。再次是公布。向社会公布保留的前置审批、其他审批事项和强制性中介服务清单。从次是立法。尽快出台一个标志性文件《政府核准企业投资项目核准和备案条例》。最后是建网。这是一个大网，要横到边纵到底，每个项目有一个终身代码，便于“实行网上并联审批”和监管。实现这个工作目标，概括起来就是三句话。第一句话，做减法，精简审批事项。第二句话，做乘法，以信息化手段为支撑，优化创新审批程序，实行网上并联审批，审批提速。第三句话，做加法，坚持放管并重，建立科学有效的监管机制和方式。

罗国三副司长介绍的上述情况，释放出我国投资体制改革的重要信号。对于为政府和企业投资项目提供咨询服务的工程咨询业来说，服务业态和途径都发生了重大变化。我们要深刻领会上述两个文件的精神，着手研究和制定在新常态下投资咨询领域的工作方法和应对措施，更好地为企业投资项目提供优质便捷的咨询服务。

本期还选发了两篇探讨政府和社会资本合作模式（Public-Private-Partnership，简称 PPP 模式）的文章，相信对正在实施 PPP 模式的探索者和先行者有一定的借鉴意义。

谢谢大家读完这段导语。

（刊于 2015 年第 3 期《中国工程咨询》）

建智库，话担当

本期话题是建设新型智库。

前不久，国家发展改革委党组成员、副主任穆虹在中国工程咨询协会呈送的《人民日报》的专刊《为中国工程咨询竖起大拇指》上作出重要批示："贺义同志，人民日报专刊读过，为中国工程咨询业继 2013 年后再次为国争光感到骄傲。全面深化改革正在向纵深推进，料中咨协会为此做了充分准备。近日中央将审议加强中国特色新型智库建设的意见，工程咨询队伍也是新型智库的重要组成部分。科学民主、国际化、法制化定会助力协会及行业走向成熟，为全面建成小康社会和实现中国梦添砖加瓦。"

可见，建设新型智库，工程咨询业不可或缺，我们要勇于担当。

为了深入学习贯彻习近平总书记关于新型智库建设重要讲话精神，落实党中央对建设新型智库的新要求，浙江省发展规划研究院（以下简称浙江规划院）率先在全行业举办了"建设新型智库"创新论坛。14 位员工围绕新型智库建设的责任和路径，分别从专业培育、业务提升、人才成长、团队文化、综合管理、市场拓展、品牌建设等方面畅谈了在新常态下建设新型智库的理论构想和实施方略，为工程咨询业积极参与新型智库建设带了头、领了步，可谓鹰击长空，先声夺人。

浙江规划院是以发展规划研究见长的工程咨询机构，许多咨询工程师长期从事发展规划研究工作，对构建新型智库有着独特的见解。简单列举一下他们对建设新型智库提出的观点和设想就会发现，这种新型智库离我们是那么近、那么有吸引力、那么激动人心。

比如柴贤龙高级工程师认为，当站在时代方位，尽责成就智库。时代方位中的智库有三大特点：时代环境，决策需求大增长；时代节奏，智库产品大迸发；时代风范，公共责任大凸显。刘力元工程师认为，新型智库包括责任、愿景、路径等内容。责任在于共担，愿景在于共享，路径在于共创。张雪松科长认为，一套高效的规划体系是新型智库有效运作的基本保障，要对规划多一份敬畏、多一份感激。章奇勇助理经济师表示，建设一流新型智库，首先要做一个时尚咨询工程师，引领新潮流，演绎新风向。史学峰工程师则倡议要有责任担当，要有敢担当的魄力、能担当的实力、善担当的巧力。何磊高级经济师认为智库的智慧化存在点、面、网三个层面。点，锻造尖兵；面，构建矩阵；网，编织网络。秦诗立副研究员认为好智库有“六个好”：一个好定位，一个好机制，一个好总师，一本好杂志，一个好网站，一个好通道。洪祎丹助理工程师则描绘了她心中的新型智库：要以研究为基石，形成核心竞争力；要以行动为诉求，提供可实施战略。“研究 + 行动”，或许能为我们新型智库建设提供一个的方向……

作为提供智力服务的工程咨询业，积极参与新型智库建设是时代赋予的使命，我们责无旁贷，我们敢于担当，我们奋力为之。

（刊于 2015 年第 4 期《中国工程咨询》）

精卫鸣，歌东海

五月，春风化雨，万物生长。

这一期杂志，我们要向读者朋友推荐头条文章《精卫之殇》。乍一看题目，以为是一篇神话故事。其实也不算错，这就是一个现代版的神话故事。精卫填海，是《山海经》中描写的炎帝之女游于东海，“溺而不返”故而衔石填海的神话故事。精卫填海歌颂的是精卫英勇顽强、锲而不舍的奋斗精神，《精卫之殇》则是描写现代人在东海之滨人工填海造地 105 平方公里的感人事迹。以上海宏波工程咨询管理有限公司（以下简称上海宏波公司）为代表的上海南汇东滩圈围项目工程咨询监理团队在两年时间里，与工程参建各方联合作战，顶狂风、劈恶浪，战严寒、斗酷暑，圆满完成了上海有史以来单项规模最大的圈围工程，使上海市的版图向东扩展了 105 平方公里，为寸土寸金的上海市经济社会发展提供了强有力的土地支撑。同样在东海，同样是填海，上海宏波公司团队被誉为时代的“精卫鸟”。

这样大面积的填海，现代“精卫鸟”是如何做到的呢？说得更具体一点，上海宏波公司的咨询工程师们是如何做到的呢？

该工程位于东海之滨的上海南汇东南，与临港新城圈围工程、浦东机场外围圈围工程相邻。工程总计划圈围海洋面积 22.3 万亩，一期促淤面积 15.7 万亩，概算 37.7 亿元人民币。该工程体量和投资都大，施工风险高，工序变化多，还受汛情、潮汐、台风、寒流等自然因素的严重制约。上海宏波公司凭借其完成临港、南汇嘴、崇明岛、浦东机场外围等大型圈围工程的不凡业绩，在此工程中一举中标。

总监理工程师阚世伟带领咨询监理团队，在东滩摆开了战场。面对茫茫大海，放线定位极为关键。空中观察、GPS 定位、建立独立基站，现代科技如此神奇，在岸线 67 公里的海域，一条虚拟的工程轴线被确定下来，为铺排船作业圈定了线路。

工程关键的硬仗是软体排铺设，也叫桩基础。流程是利用大型铺排船将海底沉沙吹入大型软体排，放入海底，使其与海底自然固结嵌合形成一个整体，再铺设一层碎石包或联锁块，施以大量抛石，最后在堆体上安砌巨型混凝土栅格和扭王块，形成稳固的大堤。一标、二标、三标开工时，20 多艘铺排船在茫茫海域作业，一条若隐若现的围堤岸线出现在水天之间。

度汛，是对整个圈围工程的严峻考验。工程要在汛期来临之前达到度汛断面高程。于是，来自舟山和象山的抛石，来自横沙岛、长兴岛的混凝土构件以及大量的沙土运到工地，每天百余艘大型货轮来来往往，蔚为大观。为了把握好这个关键节点，监理部的工程师们以百米冲刺的劲头向目标挺近……汛期安全度过了，东滩圈围工程固若金汤，岿然矗立在东海之滨，经受住了台风和暴雨的考验。文章说得好，工程师穿着橘红色救生衣，头戴白色安全帽，在海浪间、在滩涂上作业时，多像传说中的“精卫鸟”！

时代的“精卫鸟”，我们向你致敬！

本期还刊发了几篇关于“十三五”规划编制和“PPP 模式”探讨的文章，也值得一读。

（刊于 2015 年第 5 期《中国工程咨询》）

为“双联”，显真情

在初夏明媚的阳光里，我们编完了第6期稿件。让我们特别心动的是甘肃省工程咨询中心（以下简称甘肃中心），在全省“双联”行动中用真情搭建联系村致富之路的事迹。

我们的工程咨询工作者深入乡村、帮扶民众，为一个偏远山区的小村做发展规划，建设一批民生项目，制定并落实农牧民致富长效机制，使贫困落后的小山村几年间换了面貌。真情所致，山川感动、河水欢腾，农牧民致富奔小康的热情空前高涨。这种“双联”行动普惠民众，效果显著，城里人愿做，乡里人欢迎。

甘肃省委决定从2012年开始在全省开展以单位联系贫困村，干部联系特困户为主要内容的“联村联户，为民富民”行动，这就是“双联”行动。甘肃中心双联点是夏河县扎油乡下扎油曼村，全村215户共有1349人。这里是藏区，还是半农半牧的经济模式。全村经济基础薄弱，生产方式落后，文化水平低下，基础设施匮乏，就医、通讯不便，商贸流通不畅。甘肃中心组织“双联”工作组深入双联点调研，倾听群众意见，真情实意为农牧民办实事，制定分阶段帮扶目标。他们发挥咨询工作者的优势，在全省率先编制完成了联系村帮扶发展规划。规划分近期、中期和远期发展目标。近期目标为到2012年底，重点解决农牧民吃饭、上学、就医等现实困难。中期为2013—2015年，全面实施基础设施项目建设，着力改善联系村道路、饮水安全和文教卫生服务等基础设施条件。远期目标为2016—

2020年，大力发展特色优势产业，进入生产高效、村民生活幸福、社会管理先进和村容村貌全面改观的新阶段。从2012年初进入双联点开始，刚好过去3年。这3年中甘肃中心帮助双联村完成了一系列的帮扶建设任务：建成加吉拉寺供水工程；建成相吉塘村村道硬化工程；建成道浪昂村河堤治理工程；完成改造道浪昂村通往牧场的桥涵工程；完成上仁尕玛村新安置地出口路及阿拉昂村村道硬化工程；建成下夏周村至通乡公路出口路工程；建成上夏周村与下夏周村人畜安全饮水工程；完成村委会用房改造及院落硬化工程。此外还争取了一系列资金和工程资助：争取危房改造资金62.5万元；申请节能循环专项资金50万元；完成村幼儿园和村图书室修缮改造工程；争取村卫生室建设工程等。甘肃中心还帮村上组建了4个专业合作社，举办了养殖技术培训，为产业发展提供150万元惠农贷款担保……如今的扎油曼村，道路通畅、饮水安全，河有防堤、路有照明，房屋齐整、学校安宁，生产有合作社，贷款有担保人，幼儿有营养包，学生有奖学金。可谓昔日贫困望断天涯路，今朝致富迎来咨询人。甘肃中心通过“双联”行动，反哺乡村、智扶乡村，尽到了咨询人的一份道义和责任，凸显了咨询人的境界和精神。我们以此为傲，我们以此为荣。

我们期待有更多咨询人的爱心遍洒大地，温暖神州。

同期刊发的还有一组纪念《中国工程咨询》杂志创刊15周年的诗歌、散文。这些作品情真意切，娓娓道来，说不尽与本刊的情谊。感动属于过去，感动也属于未来。我们满怀信心，铿锵前行……

（刊于2015年第6期《中国工程咨询》）

新机遇，惠海峡

一转眼，海峡两岸工程咨询论坛已连续举办了六届，可以说是硕果累累，意义非凡。

2009 年 7 月 24 日，第一届海峡两岸工程咨询论坛在台北市隆重召开。时任中国工程咨询协会会长的佘健明先生和时任台北市工程技术顾问商业同业公会理事长的余俊彦先生作为论坛大会主席，共同主持了论坛开幕式。大陆工程咨询业代表团一行 30 余人与台湾工程顾问界代表 100 余人共聚一堂，共商两岸工程咨询行业发展大计，拉开了海峡两岸工程咨询业交流合作的序幕。此后，两岸工程咨询界围绕“促交流、增友谊、谋发展”的主题陆续在大陆和台湾成功举办了五届论坛。作为一年一度的两岸交流活动，论坛已成为海峡两岸工程咨询界交流合作的重要平台。

2015 年的论坛于 5 月 29 日在北京召开，海峡两岸关系协会副会长叶克冬莅临论坛并致辞。以台北市工程技术顾问商业同业公会理事长曹寿民为领队的台湾工程咨询界代表团一行 20 余人与大陆工程咨询界 100 余位代表齐聚一堂，互动交流，分享了两岸工程咨询界最新的先进咨询经验和重要咨询成果。

本届论坛的主题是：“深化两岸企业交流，共创两岸企业合作新机遇。”中国工程咨询协会常务副会长兼秘书长董贺义在致辞中从几个方面向台湾工程咨询界同行介绍了大陆工程咨询业的发展态势：大陆经济持续稳定发展，给工程咨询业发展提供了良好的外部环境；大陆持续推进全面深化改革，加快产业结构调整，工程咨询业机遇与挑战并存；大陆一系列多边和双边合作的重大战略，强劲了工程咨询企业走出去的步伐等。叶克冬副会长在致辞中指出，当前，中华民族伟大复兴已展现出前所未有的光明前景，大陆全面深化改革、进一步扩大开放的种种措施，不仅将使大陆成为全球经济发展的主要引擎、经济复苏的信心来源和产业布局的关键环节，也将为深化两岸经济、文化、社会各领域交流合作提供强大动力和广阔空间。两岸工程咨询业的合作将迎来快速发展的又一春。曹寿民理事长在致辞中则表示，今年的论坛主题更具深远意义，相信伴随着“亚投行”与“一带一路”倡议必将为两岸工程咨询界带来新机遇。两岸关系的和平发展是两岸同胞的共同愿望，两岸工程咨询企业“优势互补、分工合作、共创双赢”更是两岸和平发展的有效途径。期待两岸工程咨询界能为两岸的和平发展贡献心力，交出漂亮的成绩单。国家发展改革委副秘书长王一鸣在论坛上就“一带一路”倡议作了专题报告，两岸工程咨询界的9位专家作了工程咨询业务专题报告。综观此次论坛，“新机遇”成了热门话题。围绕“新机遇”，大家探讨了惠及海峡两岸工程咨询业合作发展的种种可能，以期借款款东风，成就两岸业界并肩合作，共同打造两岸工程咨询国际化民族品牌之理想。

同期的《建设项目经济评价参数趋势研究》《中国工程咨询企业走出国门迎来最佳时机》《邻避项目社会稳定风险的评估与防范》等篇章，研究角度独特，富有新意，大家不妨一读。

感谢读者和我们一同走过炎炎七月。

（刊于2015年第7期《中国工程咨询》）

早转型，谋新篇

盛夏时节，热风劲吹。行业转型，暖流涌动。最近，从南方广东传来消息，地处我国改革开放前沿阵地的广东省工程咨询协会，应改革之召唤，思行业之转型，率先在全国工程咨询行业成立工程项目管理委员会，向行业转型迈出了坚实的一步，意义重大，可喜可贺。

广东省工程咨询协会会长林喜南阐述了成立广东省工程咨询协会工程项目管理委员会（以下简称广咨项管委）的目的和意义：更好地推动工程项目管理业务的发展，为加快协会自身的转型升级更好地发挥桥梁纽带作用；尝试“开门办会”，支持和鼓励有实力的会员单位承办协会的相关交流合作，推动工程咨询行业实现合作共赢、共同发展的愿景。

广东是一片改革开放的热土，城乡发展日新月异，各类工程建设风起云涌，工程咨询业务也更为领先。工程项目管理是工程咨询业务的重要组成部分，广东省有一批工程咨询单位较早开展了工程项目管理业务，取得了一定的工作经验，展现了一定的服务实力。这次成立广咨项管委的牵头单位广州宏达工程顾问有限公司就是其中的佼佼者。广咨项管委主任委员、广州宏达工程顾问有限公司董事长、中国工程咨询协会和广东省工程咨询协会副会长黄沃表示，希望通过成立广咨项管委，整合广东省内工程咨询业的资源、力量和智慧，展现广东工程项目管理的独到能力和品牌形象，为中国实现“一带一路”倡议，为广东省乃至全国的工程项目管理事业作出新的贡献。

中国工程咨询协会常务副会长兼秘书长董贺义对广咨项管委的成立表示祝贺和赞赏，他高度评价了广东省工程咨询工作在全国的引领和示范作用。2013 年 FIDIC 在成立 100 周年之际，首次对全球工程咨询业 100 年的优秀工程进行评奖。广东省申报的广州塔、广州大剧院、广东科学中心分别获得最高奖——“FIDIC 百年重大建筑项目杰出奖”，为广东争得了荣誉，为中国争得了荣誉。他代表全国工程咨询业的同仁对广东省取得的成就表示崇高的敬意。他相信，广咨项管委的破土而出，是一棵幼苗，但经过风雨历练，必定会长成一棵参天大树。中咨协会以及全国工程咨询界都会呵护这棵幼苗，支持它的进步与发展，期盼它茁壮成长，目送它直入青云。

林喜南会长向广咨项管委正式授旗，标志着广咨项管委的诞生，同时，也标志着广咨项管委要承担的那份社会责任，要完成的那份历史使命。衷心祝愿广咨项管委与业界同仁同舟共济，一展身手，培育和打造一批具有广东特色的工程项目管理品牌，培养出一批熟悉国际工程管理实务、熟悉 FIDIC 合同文本体系的单位和个人，使广东工程咨询业在国内、国际市场竞争中占有一席之地，并携手国内工程咨询业同行走出国门，走向世界。

同期刊发的《“互联网 +”与工程咨询》《论生态文明建设中的智库作用》《社会稳定风险评估的地方样本》等篇章，都有作者独到的分析和思考，对处于变革转型时代大潮中的广大咨询工程师来说颇有借鉴意义。

（刊于 2015 年第 8 期《中国工程咨询》）

聚焦 PPP 业务

自从《关于推广运用政府和社会资本合作模式有关问题的通知》(2014 年 9 月 23 日财政部发布)、《关于开展政府和社会资本合作的指导意见》(2014 年 12 月 2 日发展改革委发布)等一系列有关运用和规范政府和社会资本合作(PPP)模式的文件发布后，犹如一道动员令，全国各地迅速掀起了 PPP 模式运作基础设施和公共事业建设的热潮。

其实我国工程建设领域对 PPP 模式早有涉猎。从 20 世纪 80 年代开始，我国就引进了 PPP 模式，具体包括 BOT、TOT、BOO 等多种形式的操作模式，并在基础设施和公共事业领域得到广泛实践，为我国当前大规模运用 PPP 模式打下了良好基础。我国工程咨询企业是最早接触和运用 PPP 模式的服务群体。最近在宁波市召开的“十六城市工程咨询协作网 PPP 业务交流会”上，10 余家综合性工程咨询单位在会上介绍了各自开展 PPP 业务的情况和取得的经验，充分说明了我国工程咨询业不但是 PPP 模式的推动者，更是 PPP 业务的践行者。如重庆国际投资咨询集团有限公司专门成立了重庆市 PPP 咨询中心，打造市级 PPP 综合咨询服务平台；沈阳国际工程咨询中心以沈阳市浑南新区现代有轨电车沈阳南站支线建设 PPP 项目物有所值测算为例，介绍了他们开展 PPP 业务的做法；广州市国际工程咨询公司介绍了他们抓住机遇、熟悉政策、因势利导、从容推进，主动成为 PPP 项目落地的主要推手的工作实践；青岛市工程咨询院介绍了他们“项目咨询机构、政府智库、PPP 项目发起机构”三位一体、两步走的 PPP 业务发展思路并取得实质性进展情况；武汉市工程咨询部介绍了他们参与的汉西污水处理厂 BOT 项目、东湖污水处理厂 BOT 项目以及光谷中心城地下综合管廊 PPP 项目等一批 PPP 项目；徐州市工程咨询中心介绍了他们参与的徐州市 PPP 项目投资体量大、分布领域宽、收益来源稳定、投资回报率偏低、专业性强等基本特征；成都市工程咨询公司则介绍了他们从 2006 年就开始了 BOT、BOO、BT 项目实践，先后担任了 20 余个大型 PPP 项目的咨询工作，积累了较为丰富的经验……

2015 年 7 月 27 日，国家发展改革委发布了一批（13 个）政府和社会资本合作（PPP）典型案例，涉及水利设施、市政设施、交通设施、公共服务、资源环境等多个领域，具有相当的代表性和典型意义，是 PPP 模式在基础设施和公共事业领域引入社会资本、增强公共产品的供给能力、提高公共服务的质量和效率的成功实践，是各地引入市场机制、推进 PPP 模式的有效探索，对工程咨询机构在开展 PPP 业务时的社会资本选择、交易结构设计、回报机制确定等方面具有一定的参考价值，希望广大咨询工程师积极学习和借鉴。

本刊这一期以 2/3 的篇幅刊登 PPP 业务专辑，目的是对倡导和推动 PPP 业务在工程咨询业的运用进行鼓与呼。希望在 PPP 业务实践中的广大咨询工程师认真总结经验，写出精彩的业务论文与同行分享。

PPP 业务进行时。我们期待着。

（刊于 2015 年第 9 期《中国工程咨询》）

链式咨询看浙江

秋风送爽，金桂飘香，我们又迎来了一年中最灿烂的季节。踏着国庆的鼓点，秋风亲吻大地，到处都是丰收的景象。好收成带来好心情，好心情孕育好时光。

这个秋天，对于浙江省发展规划研究院来说，收获的不仅仅是丰厚的咨询果实，还有30华诞的喜悦和业界真诚的祝福。本刊这一期隆重推出纪念浙江省发展规划研究院（以下简称浙江院）建院30周年的专访文章《专注链式咨询，建设新型智库》。近些年来，浙江院的咨询业务转型发展取得了突破性进展，在全国综合性工程咨询机构中，堪称向新型智库转型的典型代表。本刊记者专程赴杭州采访了浙江院院长黄勇。这位同时担任浙江省发展改革委党组书记的学者型院长，向记者介绍了浙江院链式特色咨询的丰硕成果，同时也展示了浙江院建设新型智库的风采。所谓链式咨询，就是将原先单一的项目建设前期咨询向前延伸，形成课题研究、规划编制和工程咨询“三位一体”的链式咨询优势。简单地说，就是课题带规划，规划带咨询。浙江院开展的海洋经济发展咨询就是最具代表性的例子。

从课题研究入手：浙江院较早就开始关注海洋经济发展的研究，2003年承担完成了《洋山港和杭州湾大桥建设对宁波——舟山港口集装箱运输的影响》课题研究，2010年承担完成了《培育做强浙江海洋新兴产业：基础、思路与对策》课题研究。目前，正在开展《“十三五”时期浙江海洋经济发展需要重点关注的若干重点问题研究》课题研究，并连续主持召开了“浙江海洋经济发展论坛”。

以研究带规划：浙江院 2003 年就承担完成了《浙江省海洋功能区划研究》，此后又承担了三轮修编工作。2011 年承担完成了《浙江海洋经济发展示范区规划》，该规划成为浙江省首个上升为国家战略的重要规划。

以规划带工程咨询：近年来浙江院承担完成了一大批涉及海洋相关工程的咨询任务。如《舟山江海联运服务中心建设方案》编制和研究制订浙江海港经济开发区建设方案等。

浙江院从 20 世纪 90 年代中期开始，就尝试着将业务链条向前延伸，摸索着进入了战略研究和发展规划领域，坚持 20 余年，逐步形成了课题研究、规划编制、工程咨询“三位一体”的链式咨询业务架构。围绕链式咨询，浙江院筑起了人才高地，倡导课题研究之风，使众多咨询工程师眼光超前、意识超前、行动超前。于是，一个个研究课题精准而贴切，想人之未想，做人之未做，形成了独特而高效的咨询方式，完成了漂亮的创新转型。看浙江院链式咨询，我们可以肯定地说，咨询之路就在脚下，只要大胆探索，持之以恒，就有一条最适合你走的咨询之路。

本刊年初刊发了“纪念《中国工程咨询》杂志创刊 15 周年征文通知”后，我们收到了许多热心读者投来的征文。编辑部陆续选发了一批符合征文要求的来稿。经征文评选委员会专家认真评选，一批优秀征文脱颖而出。本刊将在今年稍后召开的杂志工作会议上对优秀征文作者进行表彰。

谢谢作者、读者的一路同行。你们热切的目光给了我们前行的力量。

（刊于 2015 年第 10 期《中国工程咨询》）

高校设计荐清华

天高云淡，秋去冬来，我们在辛勤的咨询劳作中，目送岁尾悄去，翘首新年来临。

在这期即将奉送给读者朋友们的刊物中，我们重点推出《设计为清华添光彩》一文。在我国众多的高校建筑设计院中，资源、设计、品牌完美结合且发展风头正劲的，我们举荐清华大学建筑设计研究院有限公司（以下简称清华设计院）。

清华设计院现任院长庄惟敏是这样向本刊记者介绍的："中国高校办建筑设计院，世界上绝无仅有，可以说是中国的一个特色。我国高校办建筑设计院，主要是希望设计院依托学校的学术平台，作为学校建筑学科发展的实验基地、研究基地，更像是大学里面的实验室。这个平台主要是为学科建设、学科研究和学科发展服务，并肩负着科研成果转化的重任。"

清华设计院是一个老牌设计院，1946 年由梁思成先生创办，到 2016 年整 70 周年。在过往的 70 年中，清华设计院的发展历经了风雨，由最初的设在学校里的类似于基建工程研究所发展成目前拥有 800 多人专业队伍的、业务规模较大的、从业资质较全的建筑行业类高校甲级设计院。目前，凡高校设计院都进行了企业改制，清华设计院也成了清华大学独资的下属企业。在清华大学众多的下属企业中，很多企业不再冠名"清华"了，而设计院还保留着"清华"冠名。这种冠名代表了企业发展的规律和属性，但很大程度上是清华大学还离不开设计院这个平台，学科发展还需要这个平台。可见，清华设计院不是一个普通的设计院，是一个与清华大学教学紧密相连的设计院，是一个为清华添光彩的设计院。

“维护清华品牌，丰富清华品牌，是设计院的终极目标。清华品牌实际上就是设计院的品牌。作为一个设计企业，肩负着的清华这两个字，分量很重，责任也很重。要时刻维护好清华的声誉，为这两个字去辛勤工作，去赢得市场，去提高质量，去创优争优。”庄惟敏院长是这么说的，设计院全员也是这么去做的。

研究、设计高端工程项目是清华设计院的优良传统。远的有设计国徽、设计人民英雄纪念碑、设计国家大剧院；近的有北京奥运会场馆建设和持续利用、上海世博会中国馆项目，还有玉树灾后重建重点工程之一的玉树藏族自治州行政中心项目……一大批承载着清华名誉的工程项目在各地熠熠生辉，随着时间的推移，岁月的更迭，与清华的美名一起照进历史。

面对经济发展新常态，清华设计院又未雨绸缪，先后成立了生态城市与绿色建筑实验室、主题公园研究中心，创办了医疗建筑分院、文化旅游分院和绿色建筑分院。新型智库无边界，清华设计院正朝着成为世界建筑创新发展的学术码头这个目标迈进。这是高校设计院独特的风景，也是中国工程咨询业的期待。

本期刊发的《对新型城镇化背景下智慧城市建设之再认识》《PPP 模式政府动力机制及其影响因素研究》《新常态下区域产业规划发展探讨》等篇章，也各有特色，值得一读。

（刊于 2015 年第 11 期《中国工程咨询》）

新征程，再聚力

2015年10月30日，中国工程咨询协会2015年年会在北京隆重召开。此次年会有三个重要的看点。

一是时间节点好。本次年会召开之时，恰逢党的十八届五中全会胜利闭幕，认真学习贯彻五中全会精神，共商行业发展大计，勇于担当，尽心尽责，推动工程咨询业在经济社会发展中发挥参谋助手和技术支撑作用，成为年会研究讨论的主题。年会达到了借东风、谋发展、再聚力、上征程的良好效果。

二是代表人数多。本次年会参会代表人数众多，规模可谓空前。工程咨询行业代表560余人，把偌大的会场挤得满满当当，座无虚席。在当前全面改革走向深入，政府简政放权，减少行政审批，事业单位改制，行业协会、商会与主管部门脱钩的大背景下，代表们踊跃参会，可见大家对这次年会寄予的厚望。

三是会议内容丰富。年会除了套开中咨协会全体会长会议、五届三次常务理事会议、五届理事会第四次会议外，在年会开幕式上，还邀请了国家发展改革委党组成员、副主任张勇与会并作重要讲话。大会听取了王武龙会长的《中国工程咨询协会2015年年会工作报告》，讨论了《工程咨询业2016—2020年发展规划纲要》（征求意见稿）和《中国工程咨询协会2015年下半年发展新会员名单》等，还对荣获“FIDIC 2015年度工程项目奖”“2014年度全国优秀工程咨询成果奖”获奖单位以及工程项目奖评审专家进行了表彰。会议气氛热烈，表彰场面隆重，取得了预期效果。

几乎在本次年会召开的同时，中咨协会收到了国家发展改革委领导在中咨协会会长王武龙呈报的“中国工程咨询协会组织会员单位参加国际咨询工程师联合会工程项目评奖有关情况的报告”及10月26日、10月27日《人民日报》相关报道上作出的批示。国家发展改革委主任徐绍史批示：“很好。卓有成效、继续努力、不断进步。”国家发展改革委副主任刘鹤批示：“表示祝贺和感谢。”国家发展改革委副主任张勇批示：“获此殊荣是多年扎实辛勤努力的结果。希望中咨协会再接再厉，打造更多的‘中国建设’，为经济和社会发展作出更大贡献。”这些批示是对中国工程咨询业创新发展成绩的肯定，也是对中咨协会工作的肯定，更是对全行业的鼓舞和鞭策。

年会对工程咨询全行业发出号召：继续贯彻落实党的十八大和十八届三中、四中全会精神，深入学习党的十八届五中全会精神，主动适应经济发展新常态，主动适应全面深化改革新要求和市场化、国际化新需求，找准定位，创新服务，上下联动，聚集力量，更好地推动行业可持续发展。

我们坚信，以此次年会为新起点，以国家发改委领导批示为新动力，在中咨协会的带领下，中国工程咨询业一定发展得更稳健，各工程咨询单位一定能够在适应经济发展新常态中找准新定位，展现新作为，发挥新作用。

本期还集中报道了新近在武汉召开的全国十六城市工程咨询协作网第26次年会、在郑州召开的26届中南片区工程咨询协作网年会和在杭州召开的2015年度华东地区工程咨询协作网会议。这些协作网会议以交流、合作为主旨，每年由成员单位轮值承办，见证了工程咨询业的成长和发展。

我们祝福这些协作网会议传承的行业精神历久弥新，产生更加深远的影响。

（刊于2015年第12期《中国工程咨询》）

猴年之跃

拥抱春天

——新年献词

喜乐迎新，春风扑面。我们在“十二五”规划完美收官之时，迎来了“十三五”规划开局之年——让人心情激荡的2016年。

在刚刚过去的2015年，我国工程咨询业全面贯彻落实党的十八大和十八届三中、四中、五中全会精神，主动适应经济发展新常态，主动适应全面深化改革新要求，主动适应市场化国际化新需求，找准定位，创新服务，取得了令人瞩目的成就。各工程咨询单位树立适应经济新常态、新要求的新咨询理念，主动作为，高质量、高水平地完成了一大批投资项目的咨询服务；众多工程咨询单位主动推进体制机制创新，扩展服务产业链和加快业务转型，走上了可持续发展之路；一大批有实力的工程咨询公司实施“走出去”战略，多方位参与“一带一路”建设，在国际市场上崭露头角……我国工程咨询业又取得了新的成绩，一是我国的工程咨询项目再一次夺得2015年度国际工程咨询界最高奖——“FIDIC工程项目奖”第一名；二是中国咨询工程师刘罗炳首次代表中国出任FIDIC亚太分会主席；三是我国被国际工程咨询界推崇为全球基础设施建设第一大市场和最有力的潜在主导者……我国工程咨询业正以前所未有的创造力和影响力走在前行的路上。

年前召开的中央经济工作会议指出，2016年是全面建成小康社会决胜阶段的开局之年，也是推进结构性改革的攻坚之年。做好经济工作要全面贯彻党的十八大和十八届三中、四中、五中全会精神，以邓小平理论、“三个代表”重要思想、科学发展观为指导，加强和改善党对经济工作的领导，统筹国内国际两个大局，按照“五位一体”总体布局和“四个全面”战略布局，牢固树立和贯彻落实创新、协调、绿色、开放、共享的新发展理念，适应经济发展新常态，坚持改革开放，坚持稳中求进工作总基调，坚持稳增长、调结构、惠民生、防风险，实行宏观政策要稳、产业政策要准、微观政策要活、改革政策要实、社会政策要托底的总体思路，保持经济运行在合理区间，战略上坚持持久战，战术上打好歼灭战，着力加强结构性改革，在适度扩大总需求的同时，去产能、去库存、去杠杆、降成本、补短板，提高供给体系质量和效率，提高投资有效性，加快培育新的发展动能，改造提升传统比较优势，增强持续增长动力，推动我国社会生产力水平整体改善，努力实现“十三五”时期经济社会发展的良好开局。

在新的一年里，各工程咨询单位要围绕中央经济工作会议和全国发展改革工作会议精神及任务开展各项工程咨询服务工作。具体来说，就是要按照国家发展改革委副主任张勇在中咨协会2015年年会讲话中对工程咨询业发展提出的“七点希望”和中咨协会会长王武龙在年会工作报告中部署的九项工作任务要求，创造性地做好各自的工作。要积极主动适应新的经济环境、政策环境，及时调整思路，创新思维，在推动行业创新发展、强化行业自我管理、促进行业诚信建设、扩大行业咨询成果影响力等方面呈现新气象，突出新作为，谱写新篇章。

本刊新年第一期刊发了多篇重头文章，请读者朋友们关注：国家发展改革委召开投资项目在线审批监管平台建设运行情况新闻发布会，介绍创新投资管理方式、加快建设在线平台等一揽子内容，让人耳目一新，对国家投资项目在线审批工作充满期待；中咨协会关于中国工程咨询代表团参加 FIDIC 2015 年年会的情况通报，详尽介绍了此次年会盛况和中国连续第三次夺得“FIDIC 工程项目奖”第一名的喜讯以及有深度、有高度的交流体会内容，让我们深感荣耀，也倍受鼓舞，增添了我们走上国际工程咨询舞台的信心；《岭南咨询擎旗手》更是让我们看到一位与中国工程咨询业共同成长起来的咨询工程师为引领行业发展所坦露的赤子之心，他的言行如一缕春风，温暖着我们的心田……

春天的气息已经来临，我们拥抱春天，更期盼工程咨询业春暖花开、好景常在。

（刊于 2016 年第 1 期《中国工程咨询》）

长江水电之歌

新年春头，中国水电开门红。

随着 2015 年年底国务院常务会议审议通过，对已列入国家相关规划、具备建设条件的长江上游金沙江乌东德水电站项目予以立项后，这座继向家坝、溪洛渡、白鹤滩后的第四座滚动开发的大型水电站建设项目正式开工。

本期头条文章《打造世界水电绿色发展新标杆》详尽介绍了乌东德水电站核准建设有关情况。乌东德水电站是我国最大的清洁能源集团和世界最大的水电开发企业——中国长江三峡集团公司开发建设的目前我国已经核准建设的第三大水电站、世界已建和在建的第七大水电站，也是我国在全面建成小康社会决胜阶段开工建设的首座千万千瓦级水电工程。它是我国实施“西电东送”战略的骨干电源，是西部大开发的重点工程，也是我国实现“十三五”开局开门红和“十三五”期间的重大支撑和标志性工程，对促进国家能源结构调整、节能减排，对推动西部经济崛起和区域经济社会发展具有重大意义。

乌东德水电站位于云南省禄劝县和四川省会东县交界的金沙江下游河道上，水库正常蓄水位为 975 米，总库容为 74.08 亿立方米，电站坝顶高程 988 米，最大坝高 270 米。电站安装 12 台单机容量 85 万千瓦的水轮发电机组，装机总容量 1020 万千瓦，年发电量 389.1 亿千瓦时。工程动态投资达 1000 多亿元。计划 2020 年 8 月首批机组发电，预计 2021 年全部机组投产发电。乌东德水电站建成后，送电华东、华中和广东电网，每年可节省标准煤1220万吨，减少排放温室气体二氧化碳3050万吨、二氧化硫10.4万吨，环保效果显著，有利于实现我国制定的减排行动目标。

据悉，乌东德水电站有诸多工程特点和创新点。一是大坝体型设计采取“静力设计，动力调整”新方法；二是大坝水垫塘采用护岸不护底结构型式；三是高位自然边坡治理新理念；四是攻克河床深厚覆盖层深基坑、告围堰关键技术难题；五是首创半圆筒型调压室结构；六是解决大型地下洞室群的大跨度、高边墙稳定问题；七是金坪子滑坡治理工程；八是提升工程数字化水平；九是切实做好环保水保工作。该工程坚持“建好一座电站，带动一方经济，改善一片环境，造福一批移民，构建一处和谐”的水电开发理念，将乌东德水电站建成精品工程、和谐工程、廉洁工程。

长江经济带顶端又一标杆水电工程隆重开建，大量的绿色清洁能源即将源源不断地送往大江南北，我们不禁要为之心情激荡，放声歌唱，长江水电，绿色发展，千秋伟业，惠及民生……

本期还刊发了中国国际工程咨询公司王金平等撰写的描述该公司推进深层发展的文章《牢记历史使命，把握时代机遇，再创未来辉煌》、中咨协会张思静对行业服务价格放开后的调研分析文章《关于工程咨询服务价格放开的思考》以及浙江省发展规划研究院董嘉明撰写的文章《邻避项目“边稳评边化解风险”的典型样本》等，都值得读者关注。

猴年已至，祝读者朋友阖家欢乐，生活美满。

（刊于2016年第2期《中国工程咨询》）

青年才俊引领未来

春风化雨，绿了江南。

在今年第3期稿件杀青的时候，正是阳春三月，春风乍起，大地泛绿，由南向北，绿茵千里，绿意渐浓，绿色养眼。

绿色代表生命勃发，绿色象征青年才俊。

本期放在头条的文章《工程咨询业未来的领导者——2015年FIDIC年会期间青年工程师及青年工程师论坛指导委员会活动情况报告》，与青年和未来有关。作者张承东，既是FIDIC青年工程师论坛指导委员会成员，又是工程咨询单位年轻的领导者——深圳市华伦投资咨询有限公司总经理。多年来，她一直以青年咨询工程师的身份积极参与FIDIC青年工程师论坛活动，活跃在FIDIC这个人才辈出的大舞台上。她能以自己的优异成绩和独到见解成为FIDIC青年工程师论坛指导委员会核心成员之一，为中国青年咨询工程师争了光，也代表着中国青年咨询工程师引导未来的发展方向。

作者在文中重点介绍了2015年FIDIC年会青年工程师论坛指导委员会开展的一系列活动情况，尤其是“未来领导者”主题演讲，内容丰富，充分展示了各国青年咨询工程师的成长轨迹和业务水平。一份份精彩的演讲浓缩了各国青年咨询工程师所经历的项目、面对的挑战及今后对行业的期待和计划，青年咨询工程师们畅谈着“从建设者向影响者转化”的职业理想，鼓励更多的青年咨询工程师积极向上，勤奋学习，在自己的行业和专业内做精做专，从一位纯粹的建议者转变为一位真正的影响者，让自身与业主一起共同成长。要成为行业未来的领导者，一个重要因素就是提升自己的“软实力”。青年咨询工程师不但要有很好的专业素质，也要注重培养自己的情商，提高领导力。

FIDIC 执委会将青年咨询工程师的使命和愿景概括为：青年咨询工程师已经更加清楚和理解他们在这个行业的未来所担负的责任；一般来说，FIDIC 成员协会和成员公司越来越关心和支持青年咨询工程师的活动，尤其是 FIDIC 相关活动；青年咨询工程师及 FIDIC 成员公司将会展示 FIDIC 最佳的实践；FIDIC 为青年工程师赋予权利以展示其角色在这个世界的贡献。

青年咨询工程师成为行业领导者，已经是一种共识、一种趋势。我国工程咨询业经过 30 多年的发展，业务规模不断扩大，从业人员不断增加。截至目前，已有 7 万多人考取了咨询工程师（投资）资格，6 万多名咨询工程师在中咨协会登记并在网上参加继续教育学习，其中，青年咨询工程师占了绝大多数。更为可喜的是，经过中咨协会和全行业的不懈努力，FIDIC 首批认证咨询工程师即将在中国诞生。践行“青年咨询工程师领导未来”的 FIDIC 理念，中国作出了卓越贡献！

行业需要青年才俊！

世界需要优秀的青年咨询工程师！

（刊于 2016 年第 3 期《中国工程咨询》）

迎接“十三五”规划

好雨知时节，人间四月天。

随着2016年“两会”的隆重召开，《国民经济和社会发展第十三个五年规划纲要（草案）》（以下简称“十三五”规划）的审议通过，这个引领下一个五年国民经济和社会发展的纲领性文件即将发布。我们殷切迎接“十三五”规划的到来。

在“两会”期间，国家发展改革委主任徐绍史在记者会上就“经济社会发展情况和‘十三五’规划纲要”的相关问题，回答了记者的提问。

据徐绍史主任介绍，“十三五”规划纲要有新的特点和亮点，主要体现在以下几方面。

第一是“十三五”规划是我国经济社会发展当中一部具有特殊意义的规划。因为“十三五”规划的目标是全面建成小康社会，实现第一个一百年的目标，所以它的作用非常特殊。

第二是“十三五”规划是认真贯彻《中共中央关于制定国民经济和社会发展第十三个五年规划的建议》，按照“五位一体”的总体布局和“四个全面”的战略布局，用创新、协调、绿色、开放、共享发展的理念来编制的。

第三是“十三五”规划深入贯彻落实发展新理念、引领经济新常态。将发展新理念和经济新常态贯穿于整个规划的各个领域、全部过程，同时又落实在各项重大政策举措上。比如将供给侧结构性改革作为贯彻落实发展新理念、引领经济新常态的主线来处理，充分落实五大政策支柱：“宏观政策要稳，产业政策要准，微观政策要活，改革政策要实，社会政策要托底”，并明确供给侧改革五大任务：去产能、去库存、去杠杆、降成本、补短板。

第四是“十三五”规划紧紧围绕全面建成小康社会，科学地设置了发展目标。包括经济要保持中高速增长，迈向中高端水平，创新驱动发展战略要见到成效，发展协调要明显增强，生态环境要总体改善，民众生活要明显提高等。围绕这些目标又确定了四大类指标：经济发展、创新驱动、民生福祉和资源环境，通过这些指标实现平衡、包容、可持续基础上的两个翻番。

第五是这部规划要有重大政策、重大工程和重大项目。重大政策是按照党的十八届三中全会全面深化改革的要求，划清市场和政府边界，充分发挥市场在资源配置中的决定性作用，同时发挥好政府的作用。规划的二十几个专栏中基本上是重大项目和重大工程，涉及科技创新、结构升级、基础设施、生态环境、民生改善等五大方面的支撑。

“十三五”规划的颁布实施，将给工程咨询业带来重要发展机遇，提出更高工作要求，各工程咨询单位、各位咨询工程师将投身于各省市、各地方、各行业的总体规划、专题规划、区域规划、产业规划、园区规划的编制浪潮之中。我们要按照党中央、国务院的要求，切实增强政治意识、大局意识、核心意识、看齐意识，创新和完善宏观调控政策，认真抓好“十三五”规划的实施，努力实现“十三五”规划顺利开局。

这个五年，工程咨询工作大有可为，咨询工程师大有可为。

（刊于2016年第4期《中国工程咨询》）

规划特色小镇

“十三五”规划纲要刚刚发布，各地方规划便紧锣密鼓出台，可谓精彩纷呈，好戏连台。

本期要向读者朋友推荐的是由我刊记者采写的长篇报道《肩负新使命，承载大梦想》，介绍浙江省特色小镇规划建设发展情况。在国家推行经济结构改革和城镇化建设进程中，浙江省未雨绸缪，早着先鞭，独辟蹊径地依据浙江省特有的地域特点和文化资源，推出以建设特色小镇为平台，推动经济转型升级和加快城镇化建设的创新谋略，得到了全省上下积极响应。在国家“十三五”规划即将出台之际，浙江省即迎来了特色小镇规划建设的第一个春天。

据浙江省发展规划研究院总工程师吴红梅介绍，规划建设特色小镇，是经济发展新常态下加快区域创新发展的战略选择，也是推动供给侧结构性改革和新型城镇化的有效途径，打的是经济转型的组合拳，将有利于加快高端要素集聚、产业转型升级和历史文化传承，有利于推动经济平稳健康发展和城乡统筹发展。通过特色小镇这个小舞台，来唱好浙江经济转型升级和加快城镇化建设这出大戏。

特色小镇，顾名思义，重在“特色”。一切有关特色小镇的规划建设，都要围绕“特色”二字展开。2015 年年初，在浙江省十二届人大三次会议通过的《政府工作报告》中，“特色小镇”作为最新关键词被提出：“要加快规划建设一批特色小镇，在全省建设一批聚集信息、环保等七大产业，兼顾丝绸、黄酒等历史经典产业，有独特文化内涵和旅游功能的特色小镇。”由此，小镇被赋予全新的时代内涵和浙江特色。它不是单纯的行政小镇，也不是传统意义上的工业园区或旅游功能区，而是相对独立于市区，具有明确产业定位、文化内涵、旅游和一定社区功能的发展空间，是围绕单个产业来打造完整的有行业竞争力的产业生态圈。特色小镇，贵在特色。找准特色，凸显特色，放大特色，是每一个特色小镇规划建设发展的首要任务。

据介绍，浙江省规划建设特色小镇有严格的产业定位、运行规则和程序。产业定位主要聚焦经济、环保、健康、旅游、时尚、金融、高端装备制造等七大支撑产业，兼顾茶叶、丝绸、黄酒、中药、青瓷、木雕、文房等历史经典产业，坚持产业、文化、旅游“三位一体”，和生产、生活、生态融合发展。全省计划在 3 年内重点培育和规划建设 100 个左右的特色小镇，目前已确定两批 79 个特色小镇创建名单。2015 年认定第一批特色小镇 37 个，2016 年认定第二批特色小镇 42 个，第三批特色小镇名单也在筛选之中。一幅创建百个特色小镇的宏伟画卷正在浙江大地上徐徐展开，一个特色小镇就是一颗明珠，在浙江山水间折射出璀璨的光辉。

“十三五”规划编制工作在各地区、各行业、各领域全面铺开，工程咨询单位和咨询工程师是参与编制各种规划的生力军，提供的咨询建议会影响各种规划的编制和落地。浙江省规划建设特色小镇的举措，对我们开展规划编制工作不无启迪和借鉴意义。

特色小镇，载得动咨询工程师心中的大梦想。

（刊于 2016 年第 5 期《中国工程咨询》）

改制增添活力

深化体制机制改革，一直是工程咨询业关注的热门话题，更是综合性工程咨询单位面临的需要抉择的重要问题。自从中咨协会2006年在井冈山召开“综合性工程咨询单位改革发展研讨会”后，我国综合性工程咨询单位改革进入了新的阶段。一批综合性工程咨询单位开始试水——步入了改制的征途。有的改为国有企业，有的改为多种所有制并存的股份公司，有的则一步到位改为民营工程咨询公司。综观改制后的综合性工程咨询单位，大多都发展势头良好，业务链条完备，人才更为集聚，企业充满活力。

本期要向读者朋友举荐的是一家新近才成功转企改制的综合性工程咨询机构——湖南省国际工程咨询中心有限公司（以下简称湖南国际咨询公司或湘咨）。我带领本刊记者深入该改制单位，采访主持单位改制工作的领路人，湖南国际咨询公司董事长、总经理胡果雄，听他讲述了企业员工“携手齐奏五部曲，同心共圆湘咨梦”的故事。

据胡果雄介绍，其公司转企改制、转型发展一年多来，经过公司领导集体和全体员工的共同努力，圆满完成了各项改革目标任务，取得了令人满意的成效，公司总体呈现“改革逐步推进，稳定目标可控，发展势头良好”的新局面。

湘咨改制“五部曲”的具体内容是：坚持一个基础——以质量为基础；明确两大任务——改革和发展；实施三大战

略——专业化、市场化、国际化；建设四个湘咨——责任湘咨、创新湘咨、廉洁湘咨、幸福湘咨；打造五支队伍——一支忠于职守的队伍、一支敢于担当的队伍、一支善于学习的队伍、一支乐于奉献的队伍、一支严于律己的队伍。

“湘咨梦”是一个中长期目标，其核心就是要让“发展是第一要务”在广大员工思想上形成共识、行动上形成共为、成果上形成共享。可以说，“五部曲”是“湘咨梦”的生动实践，“湘咨梦”是“五部曲”的美好诠释。

改制成功只是万里长征刚刚走完第一步，接下来公司的发展才是关键。胡果雄对湘咨未来的发展充满信心：一是实施“一基三化”发展战略，找准自身新定位，着力构建湖南新型智库；二是完善咨询服务产业链，实现业务结构新发展，着力培育新的业务增长点；三是进一步加强自身建设，实现综合管理新突破，着力打造“四个湘咨”。他还借用南宋诗人杨万里的《过松源晨炊漆公店》告诫自己：“莫言下岭便无难，赚得行人空喜欢。正入万山圈子里，一山放过一山拦。”他说，不要低估前路的艰辛，一定要有忧患意识，驾驭好“湘咨”这艘航船，出湘江，过洞庭，走好未来的路。

湖南国际咨询公司由一家国有事业单位成功改制为国有资本控股的咨询企业，完成了转企改制的华丽转身。我国还有众多的综合性工程咨询机构面临改制大考，改制是发展趋势，选择好改制的形式和方略尤为关键。

综合性工程咨询单位改制在路上，祝每一个改制的单位都能选好改制的路径，拥有美好的未来。

（刊于2016年第6期《中国工程咨询》）

走在扶贫前列

盛夏时节，农事繁多，耕种忙碌，许多人走在精准扶贫的路上。

本刊这一期要说的话题，与扶贫工作有关，与工程咨询机构怎样参与扶贫工作有关。工程咨询行业如何参与扶贫，打好扶贫攻坚战，有许多工程咨询单位做出了自己的努力，摸索出了成功经验，取得了良好的效果。福建省政府投资项目评审中心在精准扶贫的道路上，倾注心血，攻坚克难，描绘出一张精准扶贫的生动画卷。让我们来看一看本期头条文章《情注闽西，土楼村落铺就致富路》的报道吧！

福建省政府投资项目评审中心（以下简称福建评审中心）积极响应省委、省政府号召和统一部署，自2004年以来，先后精心挑选并派遣四批党员干部到省级重点贫困村担任第一书记，整村推进区域发展和扶贫开发，推动县乡两级经济社会发展。十二年来，扶贫工作没间断，扶贫开发见成效，赢得了被帮扶贫困村人民的赞誉和好评。最典型的是他们近两年对龙岩市永定区高头乡高东村的扶贫，不仅扶贫工作有特色、有成效，还有丰富的经验可以借鉴。

高东村属于特色鲜明的客家土楼村落，全村近4000人主要靠种植业收入或外出打工维持生计。福建评审中心接受对高东村的扶贫任务后，采取了一系列有效措施做到精准扶贫。首先精心编制了高东村2014—2016年三年扶贫规划，选派干部担任村第一书记，配齐村级班子，恢复议事制度，规范各项管理，资助村干部办公环境和群众活动场所的改造。尤其是美丽乡村项目的实施，使客家村落焕然一新。以“土楼、水、桥”为景观元素，以异形历史土楼、叠水拦河坝、入村景观大道、休闲沿河步道、休憩廊桥、客家文化长廊等工程为重点，打造出具有浓郁客家文化特色的“古韵村落，清新高东”。同时，教育扶贫、济困扶贫、文化扶贫、医疗扶贫等齐头并进，民生得到极大的改善。两年多来，福建评审中心按照“强支部、美乡村、富百姓”的扶贫思路，已较好地完成了“强支部、美乡村”两大任务，“富百姓”的扶贫目标正在实施中：一是加强农业综合开发；二是改善生产和交通条件；三是实施光伏发电工程；四是完善旅游设施。让村民人均收入再增加1000元，实现旅游富村、旅游富民目标。相信不久的将来，闽西高东村就会进入脱贫致富的行列，古老的客家土楼就能以崭新的面容呈现在世人眼前。

2016年4月下旬，习近平总书记在视察“红军的摇篮，将军的故乡”安徽省金寨县革命老区时强调，打好扶贫攻坚战，要采取稳定脱贫措施，建立长效扶贫机制，把扶贫工作锲而不舍抓下去。全面建成小康社会，一个不能少。①

我们众多的工程咨询单位和咨询工程师，都在采取不同的方式参与扶贫工作。一个人的能力有限，一个行业的能力无限，让我们珍惜并做好每一次扶贫的实践工作，积少成多，集水成河，使扶贫的成果惠及每一个困难的民众。

我们一起努力。

（刊于2016年第7期《中国工程咨询》）

① 《习总书记到金寨》，新华网，2016年4月25日。

大灌区的未来

农业要丰收，灌溉是保障。

凡是江河奔涌之地，大都建有水利设施，或拦河坝，或引水渠，于是，就有了大大小小的灌区。大灌区灌溉面积有上千万亩，小灌区则星罗棋布，大江南北比比皆是，数不胜数。中国最负盛名的三大灌区是横跨长江和淮河流域的安徽淠史杭灌区、黄河流域的河套灌区以及天府之国的都江堰灌区。本期要向读者朋友推荐的是我刊记者采写的文章《大灌区，惠民生》，介绍我国特大型灌区——安徽省淠史杭灌区的建设发展成就。请在行云流水般的文字中，感受这个大灌区的脉动。

淠史杭灌区始建于 1958 年，历时 14 年艰苦卓绝的建设，1972 年完工。它位于安徽省的中西部和河南省的东南部，横跨长江和淮河流域，控制范围 1.4 万平方公里，安徽、河南两省 4 市 17 个县（区）受益。由于灌区涵盖了当地淠河、史河、杭埠河等几条主要河流，故取名淠史杭灌区。

该灌区的主要水源来自大别山深处的佛子岭、梅山等 6 大水库，所有 2.5 万公里水渠由七级渠道组成，即总干渠、干渠、分干渠、支渠、分支渠、斗渠和农渠。水渠边分别布设了 6 万多座各类渠系建筑物，形成了宏伟的“长藤结瓜式”灌溉系统。整个灌区设计灌溉面积 1198 万亩，有效灌溉面积 1000 万亩，实际灌溉面积近年来达到了 1063 万亩，成为新中国成立后兴建的全国最大灌区。它不仅具有农业灌溉、城市供水、防洪、发电、水产养殖、旅游、航运、生态补水等功能，而且在粮食生产中占据了重要地位：灌区的耕地面积、有效灌溉面积、粮食产量、水稻产量分别占安徽省的1/6、1/5、1/4、1/3。不仅如此，它还保障了区域内1330万人口的饮水安全，为建设良好的生态环境提供了水源。这个江淮大地上的宏大水利工程，正日益产生着巨大的效益。

为了真实、生动地介绍淠史杭灌区的发展成就，我刊派出了3人采访组，深入灌区走访，与灌区民众座谈，深切感受到灌区工程为灌区工农业生产创造的效益，为灌区民众生活带来的福祉。只要渠水流经的地方，丰收就有保障，生态就有提升，生活就有滋味，日子就有奔头。淠史杭灌区，就像母亲河一样，恩泽着江淮大地上的万千民众。

作为淠史杭灌区管理总局党委书记的陈卫东，他考虑更多的是灌区的未来。他告诉记者，要从三个方面规划和设计好灌区的未来。一是要做好淠史杭灌区“十三五”发展规划，为灌区区域经济转型升级和结构优化调整提供强力支撑；二是要确定好建设现代灌区的重点内容，包括建设目标、建设标准、建设规模及建设内容；三是要精心管理好灌区工程，咬定“四个一流”，提升灌区效益。陈卫东书记对淠史杭灌区未来发展的描述，让我们为之振奋。我们相信，在中央新的治水思路“节水为先，空间均衡，系统治理，两手发力”的指引下，在淠史杭灌区管理总局和灌区人民的共同努力下，这个跨省、跨流域的大型灌区，一定会焕发出新的活力，展现出新的动人的风采！

本期还刊发了一组研究PPP模式的文章，值得借鉴和研读。

（刊于2016年第8期《中国工程咨询》）

彰显发展自信

我国工程咨询业的正式兴起，应该说是在20世纪80年代中期。随着我国改革开放的深入推进，国家重大建设项目投资科学化的决策程序即“先咨询，后决策”被提到了改革的议事日程。在1985年前后，全国各省市区相继成立了相关的工程咨询机构。由此，一批综合性工程咨询单位应运而生。到目前为止，大多数综合性工程咨询单位有30年左右的发展历程。与其他的历史悠久的服务业相比，工程咨询业还很年轻，需要增强发展自信。

习近平总书记在建党95周年“七一”重要讲话中提到，坚持中国特色社会主义道路自信、理论自信、制度自信、文化自信。[①]这“四个自信”，是一项深谋远虑之举，具有十分重要的指导作用。对于工程咨询行业而言，诞生在改革开放之初，成长在世纪更迭的新时期，坚持和彰显发展自信，显得尤为重要。

本期头条文章《加快转型发展，推进专业智库建设》介绍了上海投资咨询公司成立30周年所走过的风雨历程，取得的咨询成果、骄人业绩以及为政府和社会提供优质咨询服务的经验。可以说，上咨公司30年的发展之路，就是我国综合性工程咨询机构由蹒跚学步到成长壮大的生动写照，充分彰显出工

① 习近平：《在庆祝中国共产党成立95周年大会上的讲话》，人民出版社2016年版，第12页。

程咨询业的发展自信。

上咨公司总经理戴建敏对本刊记者这么说：30年风雨兼程，30年艰苦磨砺，上咨公司与上海这座国际大都市一同成长，上海市新时期的重大、重点工程项目和标志性建筑几乎都留下了上咨公司咨询服务的身影，上咨公司的业绩遍布上海城乡。上咨公司为上海市经济建设和社会发展作出了重要贡献，为上海市委、市政府在重大项目决策和实施等方面发挥了重要的参谋和智囊作用。30年来，上咨公司累计完成咨询项目1.3万余项，涉及投资额约4万亿元；通过优化和改进建设方案，累计节约投资3000亿元，一批优秀工程咨询成果分别获得国家和上海市的有关奖项。

面对经济发展新常态，戴建敏总经理和他的上咨公司团队早已未雨绸缪，把“加快转型发展，推进专业智库建设”作为公司今后一个时期的发展目标和方向。他们对建设专业智库信心满满，“四个优势”将助他们实现咨询大业。一是专业优势，多项甲级资质和进入国家部委咨询评估单位“短名单”形成了独特的专业优势；二是品牌优势，长期形成的“上咨”品牌增强了公司在行业中的影响力和话语权；三是综合咨询优势，上咨公司拥有多年积累的各类投资项目评估经验和完整的工程咨询业务链；四是沟通优势，长期服务于政府各部门，具有畅通的对接和沟通渠道。我们深信，在上海当好全国改革开放排头兵、创新发展先行者的新的征程中，上咨公司一定会不辱使命，稳健前行，成为上海市乃至我国工程咨询业的一支劲旅，成为在政府和社会影响深远的高端专业智库。我们从上咨公司的发展目标中，既看到了上咨公司的发展自信，也看到了综合性工程咨询单位的发展自信，更看到了我国工程咨询业的发展自信。

本期还刊发了几篇探讨工程咨询业发展混合所有制经济、专业市场跨界融合发展以及研究运用PPP咨询模式的文章，请大家不妨细读。

（刊于2016年第9期《中国工程咨询》）

我与上咨公司的情缘

上海投资咨询公司（以下简称上咨公司）是我国成立得最早的综合性工程咨询机构之一，经过35年的风雨兼程，几代上咨人的辛勤奋斗，如今已发展成为我国工程咨询行业第一方阵领军团队、国家高端智库，以其卓越的咨询能力和品牌形象、良好的美誉度和影响力而饮誉行业内外，受到政府和社会各界的高度尊重和赞扬。

我从1998年9月调入中国工程咨询协会担任《中国工程咨询》杂志的筹备和创刊工作开始，就与上咨公司有了频繁接触的机会。每年行业内要召开各种协作网会议，我受邀参会，都有机会见到上咨公司的领导和专家。我在编辑出版《中国工程咨询》杂志的过程中，经常选用上咨公司咨询工程师的来稿。上咨公司是一个学习型特色鲜明的咨询机构，大家在工作之余，都积极撰写专业论文。在我主持《中国工程咨询》杂志出版工作的20余年间，我刊先后发表来自上咨公司的作者的各类来稿100多篇，我与许多作者成了好朋友。特别是后来，我有机会数次走访上咨公司，深切感受到了这家地处世界大都市的工程咨询机构独特的魅力和感人的情怀，感受到了她与上海一同成长的律动，感受到了她引领行业之帆破浪前行的劲风。我甚至有些骄傲地认为，没有谁能像我一样有那么多机会走近上咨公司，接近上咨人，并和上咨公司结下了一段难以忘怀的情缘。

一次影响深远的国际盛会

2002 年 5 月 20—22 日，“上海可持续发展国际工程咨询论坛”在上海浦东上海国际会议中心隆重举行。这是我国工程咨询行业进入 21 世纪后第一次规模宏大、影响深远的国际盛会。我随中咨协会代表一同与会，报道会议的盛况。此次大型国际会议由国际咨询工程师联合会、上海市人民政府、中咨协会联合举办，具体会务由上咨公司等单位承办。上咨公司倾全公司之力，做好会议筹备与接待工作，会场内外到处能看见上咨人忙碌的身影，是他们保证了会议有序高效地举行。

此次会议被誉为一次国际工程咨询界高规格、高层次盛会。会议开幕的当天，上海国际会议中心彩旗招展，大幅论坛宣传画和东方明珠塔交相辉映，烘托出论坛热烈的气氛。论坛开幕式由时任上海市人民政府副秘书长、本次论坛组委会主席杨雄主持。时任全国政协副主席陈锦华、时任上海市副市长韩正、时任 FIDIC 主席彼德逊、时任中咨协会会长佘健明出席开幕式并分别致辞。

在论坛主题大会上演讲的更是嘉宾如云。有时任国家发展改革委副秘书长李铁军，时任国家环保总局副局长王玉庆，时任 FIDIC 可持续发展行动委员会主席杰里米·鲍斯韦尔，时任国务院长江三峡建设委员会副主任、中国长江三峡工程开发总公司总经理陆佑楣，时任上海市发展改革委主任李良园等。在“工程咨询业在可持续发展中的地位和作用”“城市可持续发展”两个专题论坛中，业界 9 位顶级演讲人围绕主题进行了演讲并与会议代表互动，产生了积极的研讨交流效果。

随后，论坛还举办了重点项目专场推介会。上海市政府相关部门负责人或专家介绍上海改革开放以来取得的成就和可持续发展规划及城市建设情况，并推出将要投入建设的近50个重大项目，以便听取国内外咨询专家的意见和建议，寻求更佳咨询方案或合作伙伴。

随后论坛又召开了“关键项目圆桌讨论会”，由FIDIC执委川口先生主持。大家围绕上海环境规划、城市交通和通信、黄浦江区域开发、城镇开发建设及投融资等方面进行了热烈的讨论。全体与会代表还参观了上海博物馆和上海城市规划展示馆。

此次论坛的闭幕式在上海大剧院星空厅举行，一场“大梦敦煌——上海可持续发展国际工程咨询论坛之夜”大型文艺晚会为论坛画上了一个圆满的句号。

此次论坛的成功举办，上咨公司奉献最大，上咨人功不可没。论坛产生的积极效果十分明显：上海工程建设服务市场对外开放由此进入了一个新起点，上海乃至中国的工程咨询界和国际的交流与合作又开辟了一条新途径，中国工程咨询业走向世界舞台又迈出了新步伐。

一次触动心灵的高端采访

2006年秋季，上咨公司迎来了20周年纪念日。中咨协会领导对上咨公司成立20周年非常重视，佘健明会长为上咨公司题词“创知名咨询品牌，建一流人才队伍”，并指派我去上咨公司采访，要求我写出有质量、有高度的专访文章，在《中国工程咨询》杂志上发表，让全行业学习上咨公司的咨询经验和从业精神。

这年金秋九月，江南大地稻谷金黄，一片丰收景象。我怀着与上咨公司同事们分享20年咨询丰硕成果的美好心情，来到上海市延安东路1200号上咨公司办公大楼，对时任上咨公司总经理祝兆松先生进行专题采访。祝先生可以说是一位老发改人啦，对投资咨询工作十分内行，他优雅的气质、欢快的言谈给记者带来阵阵惊喜。

惊喜之一是，祝总指着刚刚装修好的以深褐色胡桃木为主色调的办公环境说："公司拥有5000多平方米的办公面积，很不容易呀！"是的，在当时，全国的工程咨询单位拥有5000多平方米办公条件的为数不多。他风趣地告诉记者，上咨公司当时的发展规模可以用百、千、亿几个数字来形象概括：百，是公司员工有600多人；千，就是公司本部办公面积有5000多平方米，咨询项目总数有6000多项，人才库各类专家有6000多名；亿，则是公司产值超1亿元，为国家节省投资400多亿元，咨询项目总投资额为8000多亿元。

惊喜之二是，祝总带我到公司荣誉室，给我展示了一些领导同志各个时期给上咨公司的题词与贺信："上咨公司能有今天的成绩和影响，是与各位领导同志的关怀、支持和鼓励分不开的。"这其中有朱镕基的贺信和黄菊的贺信，有中央老领导宋平、陈锦华、徐匡迪的题词，还有国际咨询工程师联合会历任主席凯尔、彼德逊、帕迪拉等的题词。这对一个刚刚走过20年创业历程的工程咨询机构来说，是十分难得的，也是十分罕见的，这是一种十分优秀和卓越的体现。

惊喜之三是，祝总对公司发展情况如数家珍，从六个方面高度总结了上咨公司的先进经验和基本做法。一是做大规模。上咨公司已经拥有5家全资（控股）子公司、6家参股公司和

3 家合作公司，上咨公司集团已现雏形。二是做深市场。不但要稳住传统咨询市场，还要开拓新市场，向上下游延伸业务链。同时，做好高端市场，服务好政府和大企业、大集团、大项目。三是做精质量。依托专家委员会，借外部智力支撑质量。公司内部狠抓质量管理，在组织和制度上保证质量。同时搭建好信息平台，以充足的信息资源做好沟通共享。四是做强队伍。精心打造一支技术精湛、品质优良的工作团队。除专家委 100 多名顶尖顾问委员，专家库 6000 多名各行业、各专业、各学科专业人才外，上咨公司自身还培养了 200 多名各类注册工程师，一个学习型、研究型、创新型的咨询团队正在形成。五是做优服务。服务政府是立身之本，服务社会是发展之基，两方面要齐头并进，不能偏废。既要当好政府的参谋部和智囊团，又要做好为社会服务的高端智库。六是做活体制。公司结构分为四个层面，即核心层、紧密层、半紧密层和契约层。对全资控股子公司实行“一套班子，两块牌子”“一体化管理，自主性经营”的管理运作模式，基本形成了“1+5 紧密型的上咨公司”新架构。

还有惊喜之四、惊喜之五……这里就不一一展开说了。正如祝总经理表述的那样：上咨公司这 20 年，是和上海这座现代化国际大都市一起成长起来的。

是啊，与上海一起成长，概括得多生动、多形象啊，作为一名行业期刊的记者，我的内心被深深地触动了、感动了。后来我以《与上海一起成长》为题，完成了这篇报道。文章在 2016 年第 11 期《中国工程咨询》杂志头条发表后，引起了行业内外的积极反响，得到了中咨协会领导的赞扬和读者的好评。有一些工程咨询单位还慕名前往上咨公司参观学习，一股

“学上咨公司，赶上咨公司”的暗流在行业内悄然涌动。

一次难以忘怀的办刊合作

2016 年开春，习近平总书记主持召开了党的新闻舆论工作座谈会，随后国家发改委新闻办也及时召开了委属新闻媒体负责人座谈会，深入学习贯彻习近平总书记关于新闻舆论工作讲话精神。《中国工程咨询》杂志为了在全行业及时有效地贯彻党的新闻舆论工作座谈会精神，切实做好行业新闻舆论工作，决定联合《上海工程咨询》《上海咨询》召开一次办刊座谈会。

办刊座谈会于同年 4 月 25 日在上咨公司召开。会议由中咨协会原副会长、《中国工程咨询》杂志有限责任公司董事长邱全宁主持。上咨协会会长蒋应时、上咨公司总经理戴建敏亲临会议指导并发表热情致辞，上咨协会秘书长周荣生、上咨公司副总经理王昊分别在会上发言，介绍各自的办刊经验和做法。会议还邀请了上海部分工程咨询单位负责办刊办报的同志参加座谈会。

《上海工程咨询》是上咨协会主办的行业杂志，以刊载政策要闻、会员风采、专业论文和行业信息为主，被誉为一本有高度、有深度、有广度的行业杂志，在业界形成了一定影响力。

《上海咨询》则是上咨公司创办的系列刊物的总称，具体由《上咨动态》《上咨研究》《上咨视点》组成，再加上轮值主办过的《华东工程咨询》，上咨公司成为全行业创办刊物最多的咨询公司之一。《上海咨询》系列刊物各有分工：《上咨动态》为周刊，及时发布公司工作动态；《上咨研究》着重刊发员工参与项目、课题研究的最新成果；《上咨视点》则深度报道公司一段时间整体工作面貌。《上海咨询》的特点一是周期快，二是内容新，三是效果好。《上海工程咨询》和《上海咨询》都因内容丰富、特色鲜明、影响深远而被评为“全国工程咨询行业优秀期刊”。

中咨协会原常务副会长、《中国工程咨询》杂志主编王永银在座谈会小结时说道：“本次座谈会，由三家刊物牵头，集多家刊物之所长，收获很多，成效显著，后劲很强。对推动我国工程咨询行业报刊出版及宣传工作，必将产生深远的影响。”

的确，这次办刊座谈会的召开，在一定程度上形成了工程咨询行业报刊健康发展的风向标，一批行业报刊纷纷改版扩容，你追我赶，精彩登场，促进了办刊质量，极大地丰富了工程咨询行业报刊百花园。

由于篇幅所限，我只选用了上述三件事来描述我与上咨公司的情缘。其实，我与上咨公司的人和事，还有许多许多可以述说。我珍惜每一次与上咨人的相遇、相见、相谈、相欢，我把那份美好的记忆永藏心底。

借此机会，向我相识并尊敬的上咨公司历任领导同志彭厚安、梁玉源、祝兆松、王思政、戴建敏、姜雅芬、陈海、钟贤宾、王骅、陈宇剑、王昊等表示崇高的敬意。

感谢所有上咨人。祝你们在胡宏伟总经理的带领下，以谋之以先、见之以远、立之以高的咨询策略，再创新的辉煌。

（刊于2020年8月20日“SICC上咨”微信公众号）

并联咨询闯新路

最近一个时期，我国工程咨询机构面对经济发展新常态，深化改革，主动作为，调整业务结构，转变服务方式，寻找创新路径，实现转型升级，呈现出许多新业态，传递着许多好消息。日前，我国首个并联咨询总部园区在成都落户的好消息传来，业界为之振奋。

原以为咨询就是单兵作战，点对点的服务，没想到并联咨询，巧着先鞭，聚合资源，抱团发展，竟有了自己的总部园区！这也是西部的首个并联咨询总部园区，它将深刻影响着我国工程咨询业的既有发展模式，具有深远的现实意义。

所谓并联咨询，就是“并联评价、并联评审、并联审批”。三年前由四川众望安全环保技术咨询有限公司首创，我刊曾对这一并联咨询方式进行过报道。这种“三并联”的咨询服务的优势就是让建设项目科学上马，快速落地。通过几年实践，“三并联”咨询模式获得了成功，建设项目前期手续流程得到了优化，缩短了审批时间，加快了项目落地，深受客户的肯定和欢迎。

借“大众创业，万众创新”热潮的推动，“并联咨询”创始人潘祖高有一个大胆的构想——成立并联咨询总部园区。他说：“这个园区就是要实现对投资人一站式并联咨询，打造高效快捷的投资、工程、财税、法务等全方位一条龙服务。积极培育各服务行业的全产业链发展，打通上下游，实现聚合资源，抱团发展，形成跨界与融合的运营新格局。”这个与众不同的构想，得到了四川省、市有关部门和成都青羊区政府的大力支持，经过一段时间的筹备，这个带有探索性的咨询业总部园区终于揭牌运行。

园区将主要引进战略咨询，投资咨询，并联评价（环评、安评、稳评、职评、水保、节能评估等），并联检（监）测，并联验收，造价咨询，招标代理，专利商标事务，设计监理，税务、财会、律师服务等相关行业的企业入驻；预计实现年总产值 10 亿元，到 2020 年实现 50 亿元规模目标。

这个让人关注、令人期待的并联咨询总部园区按照“规划高起点、建设高标准、服务高效能、管理高水平、发展高质量”的原则精心打造，将以独具一格的咨询成果和服务品牌享誉成都青羊区骡马市商圈，享誉西部，享誉业界。在这个阳光创新的伟大时代，我们坚信这个领时代风气之先的并联咨询总部园区一定会建设成为在四川有特色、在西部有特点、在全国有亮点的咨询产业集群。

十月是收获的季节。本期还刊发了几篇有分量的文章。一是《做好行业领先者》，介绍了北京市工程咨询公司成立 30 年来取得的丰硕成果和未来的战略思路；二是《伟大的国家移民行动》，阐述了举世瞩目的长江三峡水利工程百万移民行动的伟大成就；三是《供给侧结构性改革引领工程咨询业创新发展》，对当下行业发展提出了新思考……本期内容，犹如十月硕果，愿与读者朋友分享。

（刊于 2016 年第 10 期《中国工程咨询》）

高原天路凝梦想

金秋时节，山河灿烂。一条天路逶迤高原，十载通途成佳话。这条凝聚着中国人民百年梦想的青藏铁路，正是本期要介绍的重点工程。

作为青藏铁路咨询和建设的参与者——中铁第一勘察设计院集团有限公司（以下简称铁一院），集几代工程师的智能，攻克无数技术难关，克服前所未有的困苦，硬是将现代铁路铺进雪域高原。本期头条文章《百年梦想照亮雪域高原》的作者高俊，是铁一院新一代咨询工程师，在青藏铁路建成通车十周年之际，为我们奉献了这篇长篇报道。这篇文章真切地描述了铁一院人为实现中华民族百年梦想而不辞劳苦、团结奋斗的伟大奉献精神，同时，也讴歌了几代咨询工程师的宏伟事业和浪漫理想。让我们循着作者满怀激情的文字，在真挚的描述中寻找修建青藏铁路这个百年梦想在岁月中留下的印迹。

1912 年，孙中山向《纽约先驱报》记者披露自己宏伟的造路计划，要修建十万英里的铁路系统，甚至还包括两条穿越“世界屋脊”的铁路，即从兰州和成都直通拉萨的高原铁路。

新中国成立后，毛主席让王震将军出任铁道兵司令员。王震将军立下军令状：“一定要把铁路修到喜马拉雅山下。”1955 年底，被誉为“青藏公路之父”的慕生忠将军带领铁道部西北设计分局（即铁一院前身）工程师就修建铁路的可行性展开调查。几个月后，青藏铁路第一任总设计师庄心丹带队，对进藏铁路进行全线踏勘。1959 年 3 月，铁道兵第一次踏上高原，满怀豪情地揭开青藏铁路建设序幕。1961 年 3 月，由于国力和技术所限，青藏铁路建设暂停。1973 年底，中央决定青藏铁路上马。1700 多人齐聚铁一院，展开青藏线定侧大会战。铁道兵 6 万大军再上高原，仅用 5 年时间，就将铁路向西推进 800 公里，一直修到了昆仑山脚下。但由于高原和冻土两大技术难题尚未彻底解决，青藏铁路再一次停建。

1983 年 7 月，邓小平提出："进藏，还是要修青藏线。" 1994 年 7 月，江泽民部署做好进藏铁路建设的前期准备工作。1996 年始，铁一院悄然对青藏铁路进行再次踏勘，对各种技术难题进行专题研究；与中科院共同组成冻土科研队，彻底解决"冻土"这一世界级难题。2000 年，青藏铁路建设列入国家"十五"规划。2001 年 6 月 29 日，朱镕基总理在格尔木庄严宣布：青藏铁路全线开工！

蓝天依旧，雪山动容。2006 年 7 月 1 日，胡锦涛总书记在格尔木与各界人民代表一起，目送首趟进藏旅客列车徐徐驶出格尔木站，向拉萨奔去。由此，天路铺就，歌声响起，高原的岁月从此不同。

本期刊发了 2016 年度 FIDIC 年会召开的盛况，又有一批中国工程荣获 FIDIC 年度奖，我们在此表示祝贺。另外，本期还特意选编了上海投资咨询公司论文小辑，以示对这家学习型咨询公司研究成果的支持。欢迎更多的咨询工程师投稿，以便在同行间开展更广泛的交流。

（刊于 2016 年第 11 期《中国工程咨询》）

走好新的长征路

时光荏苒，岁月如梭，转眼就到了年末。我们在学习贯彻习近平总书记系列重要讲话精神的热潮中，编完今年最后一期稿件。

本期头条文章《走进红色桂东》是本刊记者张恒作为北京宝塔山合唱团成员，随该团参加“重走长征路，追寻红军光辉足迹”长征颂歌公益活动，在红色革命圣地桂东的所见所闻。文中既有作者对此次活动的详细记录，又有作者对桂东这个红军长征首发地的历史描述，更有作者对传承长征精神的理解和思考。本刊推出此文，以纪念中国工农红军长征胜利 80 周年。

习近平总书记在纪念红军长征胜利 80 周年大会上的讲话指出，弘扬伟大长征精神，走好今天的长征路，是新的时代条件下我们面临的一个重大课题。[①]

对于《中国工程咨询》杂志及其在工程咨询行业从事报刊宣传工作的新闻工作者来说，走好新的长征路，就是要贯彻习近平总书记在会见中国记协第九届理事会全体代表和中国新闻奖、长江韬奋奖获奖者代表时提出的四点希望：坚持正确的政治方向，做政治坚定的新闻工作者；坚持正确的舆论导向，做引领时代的新闻工作者；坚持正确的新闻志向，做业务精湛的新闻工作者；坚持正确的工作取向，做作风优良的新闻工

① 习近平：《在纪念红军长征胜利 80 周年大会上的讲话》，人民出版社 2016 年版。

作者。[1]

《中国工程咨询》杂志是一本行业期刊，肩负着中国工程咨询业对内对外宣传的重任，也是全行业业务交流的重要平台。在新的征途上，《中国工程咨询》要大胆践行新闻理念，扎实开展采编工作，为社会和整个工程咨询业传扬新精神，传颂新经验，传达新视野，传播正能量，做党和人民信赖的期刊。

具体来说，一是要坚持党对新闻工作的领导，坚持正确的舆论导向，要旗帜鲜明地反对历史虚无主义，坚决回击那些抹黑党的历史、诋毁英雄的言行，捍卫英雄精神。

二是要及时传达贯彻中央政府、主管单位以及中咨协会对投资建设和工程咨询工作的新政策、新要求以及重大工作部署，发挥好行业媒体的引领作用，鼓舞全行业团结一心，积极进取，为国家的经济建设、重大工程项目提供独立、可靠、科学、公正的咨询服务，让工程咨询真正成为服务国家、服务政府、服务社会、服务民众的智囊高参和新型智库的有生力量。

三是要讲好行业故事。工程咨询业正处在改革创新、转型升级的关键时期，各地各工程咨询单位都在探索改革方略、寻求发展路径、开拓业务市场、增强竞争实力。如今的工程咨询服务业，已成为一道支撑国家投资建设的亮丽风景，不断涌现出引领时代潮流的先进人物和转型跨界融合发展的典型单位。本刊要及时发掘、采访、报道这些工程咨询单位勇于探索的宝贵经验和咨询工程师无私奉献的感人故事，以激励全行业广大咨询工作者和读者学习榜样，崇尚英模，坚定信念，攻坚克

① 《习近平会见中国记协第九届理事会全体代表和中国新闻奖、长江韬奋奖获得者代表》，央视网 2016 年 11 月 7 日。

难，走好中国工程咨询业新的长征路。

我们将砥砺前行，做这个时代的歌者。

（刊于2016年第12期《中国工程咨询》）

鸡年之鸣

迎接咨询多元时代

——新年献词

发展理念指新路，稳中求进迎新年。我们在实施“十三五”规划、供给侧结构性改革的热潮中，阔步跨入2017年。

2016年，在党中央国务院的坚强领导下，在国家发展改革委的正确指导下，中国工程咨询协会带领全行业坚持稳中求进，创新发展，攻坚克难，持续探索，落实任务，主动作为，使工程咨询工作在为政府投资决策提供有力服务的同时，贴近社会、贴近市场，走多元化发展道路，为实现“十三五”规划良好开局，投资建设平稳健康有序发展，作出新的应有贡献。

回顾过去的一年，我们惊喜地发现，我国工程咨询业在取得可喜的成就的同时，工程咨询业态也在悄然变化，传统咨询业务向纵深拓展，新的咨询业务不断涌现，新的咨询领域不断拓开，新的咨询方阵不断形成。比如，四川出现了我国第一个并联咨询总部园区，广西出现了我国第一个工程咨询业联盟，深圳出现了第一家由民营工程咨询机构跨界打造的全至科技创新园。还有，上海市工程咨询行业协会一举成立了工程项目管理和规划决策咨询两个专业委员会。可见，一个工程咨询多元化发展的时代正在悄悄来临。

新年第一期推出的头条文章《跨界拓展，打造高端咨询创业平台》，就是一个咨询业务跨界发展、多元发展的实例。深圳是我国改革开放的最前沿阵地，深圳市全至工程咨询有限公司（以下简称全至公司）是一家民营工程咨询企业，根植改革沃土，深得改革先机，借“大众创业，万众创新”之东风，受“中国制造 2025”国家战略之引导，独辟蹊径，跨界拓展，花三年之工，集智慧之力，成功打造全至科技创新园。这是一次对工程咨询业转型发展而言意义非凡的探索，对正在寻求转型升级发展路径的工程咨询企业具有重要的启发和借鉴意义。

跨界发展，是当今社会流行的做法，但对于工程咨询业来说，却需要慎之又慎，必须权衡好几方面因素。一是要认清自身优势。作为一个从事了几十年咨询业务的工程咨询机构，如果传统业务做得好，资源丰富，信誉良好，品牌优越，那么跨界发展的必要性就不大。二是要处理好转型和转行的关系。在跨界拓展的业务选择上，转型是为了更好地发挥咨询优势，做大做强企业；而转行，则是咨询业务被边缘化，失去了跨界发展的意义。三是要提升咨询价值。跨界发展，主要目的之一就是要多创造咨询价值，在为客户提升价值的同时，也提升了自身的价值。全至公司提出的为客户“交效益”，已在为客户“交钥匙”的基础上，又向前迈进了一步，也证明了自身的价值所在。总之，咨询业态常变化，跨界咨询天地宽。

新的一年，新的目标。今年实施“十三五”规划进入重要一年，供给侧结构性改革步入深化之年，我们期待，工程咨询业奋发有为，敢于担当，按照以习近平同志为核心的党中央要求，落实好中央经济工作会议和全国发展和改革工作会议部署的各项任务，为投资建设把好关、服好务，以优异的成绩迎接党的十九大胜利召开。

（刊于 2017 年第 1 期《中国工程咨询》）

行业规划指引新程

新年伊始，万象更新。工程咨询业广大从业人员在撸起袖子加油干的新年春头，迎来了第二个行业五年发展规划——《工程咨询业 2016—2020 年发展规划》（以下简称《发展规划》）。

《发展规划》是中国工程咨询协会为贯彻落实《中华人民共和国国民经济和社会发展第十三个五年规划纲要》关于加快推动工程咨询生产性服务业发展的要求，促进工程咨询业更好地服务国家经济社会持续健康发展，举全行业之智慧而组织编制的。《发展规划》由八个章节组成：发展现状；面临形势；总体要求；全面深化改革，释放发展活力；加快创新升级，提升发展层次；加大国际化步伐，拓展发展空间；加强能力建设，夯实发展基础；规划实施和政策建议。

《发展规划》主要阐明了在经济发展新常态下工程咨询业的发展战略、目标和重点，促进行业规范管理，引导市场主体行为，推动工程咨询业改革发展，是 2016—2020 年工程咨询业发展的指导性文件。

《发展规划》的指导思想是：以邓小平理论、“三个代表”重要思想、科学发展观为指导，深入贯彻落实党的十八大和十八届三中、四中、五中、六中全会以及习近平总书记系列重要讲话精神，紧紧围绕统筹推进“五位一体”总体布局和协调推进“四个全面”战略布局，牢固树立创新、协调、绿色、开放、共享的发展新理念，积极把握经济发展新常态，加快推进工程咨询业改革开放和创新升级，着力提升投资建设全过程工程咨询服务质量和水平，着力增强经济社会发展和国家治理决策支持能力，着力增进行业影响力和国际竞争力，推动我国工程咨询业可持续发展。

《发展规划》的基本原则是：坚持市场化改革；坚持创新升级；坚持开放融合；坚持践行工程咨询价值观。

《发展规划》的发展目标是：行业法制环境和规划体系进一步健全；产业层次进一步升级；行业实力进一步增强；人才队伍进一步壮大；自律管理与服务进一步强化。

《发展规划》第三章在“提升行业自律管理与服务”中指出，一要加强行业协会建设；二要健全行业自律管理体系；三要完善综合服务平台。在“推动工程咨询单位体制机制改革”中指出，一要深化市场化体制改革；二要完善企业化运作机制。在第四章“着力推进工程咨询产业创新升级”中指出，一要积极打造工程咨询新型智库；二要继续深化决策咨询服务；三要提升工程项目全过程管理水平；四要切实强化投资事中事后监管咨询服务；五要大力开拓工程咨询新业态。在“加快开展工程咨询理论方法和技术创新”中指出，一要加快工程咨询理论方法创新体系建设；二要加大自主技术创新力度。在第五章中强调，一要加快培养国际化高端人才；二要参与、引导国际规则制定；三要加大国际交流与合作力度；四要不断拓展国际工程咨询市场。在第六章中强调，要完善人才队伍建设、提升咨询服务质量和推进品牌建设。

中咨协会号召全行业要根据《发展规划》要求，加强协调配合，落实相关责任，扎实开展工作，确保各项任务措施落到实处。

《发展规划》是工程咨询行业近期发展的指路明灯，将照耀和指引行业发展新征程。我们要在中咨协会的带领下，团结协作，奋发进取，积极实现和完成《发展规划》中的目标和任务，促进工程咨询业持续、健康、有序地发展。

（刊于 2017 年第 2 期《中国工程咨询》）

咨询联盟大有可为

阳春三月，大地回暖，风和日丽，春意盎然。我们在春光里耕耘，向读者朋友报告工程咨询业萌动的春讯。

本期刊发的头条文章《咨询联盟，工程咨询业发展新思路》，就是一个我们期待已久的春讯，它预示着工程咨询业孕育出的生机勃发的新动能。

何谓“咨询联盟”？我们可能理解为强强联合，抱团取暖，同业合并，专业共享。这也许是一种概念中的咨询联合，终没有形成一种业界竞争和创新优势。广西壮族自治区工程咨询中心（以下简称广西咨询中心）牵头成立的全区工程咨询业联盟，恰到好处地为咨询联盟的作用与功效作出了令人较为信服的注脚。广西咨询中心莫福文主任对“咨询联盟”给出的解释是这样的：把全区丙级以上的工程咨询单位的精英部分凝聚起来，形成合力，开展“大咨询”。以前，一个项目从立项到开工，涉及的前期工作环节有十五六个之多，如水、环境、能源、土地、安全、社会风险、地震等若干方面。为避免击鼓传花式的传统咨询模式耗时长，我们进而采用了咨询联盟的方式。拿到项目后，我们统筹安排，召集各行业精英资源共享，共同完成项目前期的一系列工作。这种方式不但可以节约时间，而且可以让咨询费用节省一半，而且，出具的咨询报告更有深度，更能有效地推动项目前期工作，让项目早日落地。业主既高兴又放心，将后续项目都交给我们做。其实，咨询联盟也是实施项目前期管理总承包的具体举措，意在利用联盟的合力共同完成项目。广西咨询中心负责项目前期工作的统筹安排，列出任务清单，协调其他咨询机构共同完成项目。这样的咨询联盟，消除恶性竞争，开始联合工作，形成了一种全新的优势互补的合作关系。

我去年底去广西咨询中心采访的时候，就深切感受到该中心全员忙碌的浓厚工作氛围。咨询联盟已召开了几次盟员大会。如今广西一多半的工程咨询机构都自愿加入了咨询联盟，联合做项目，联合做市场，联合谋发展。在国家主导简政放权、减少行政审批事项、项目审批权限下放的大背景下，广西咨询中心的项目不但没有减少，反而吸引了许多地市县项目回流，真是思路变、市场变、业态活、天地宽。

从广西咨询联盟这朵行业报春花给我们带来的惊喜中，有两点值得我们深思。

一是机会就在眼前。同样的政策环境，同样的历史机遇，我们要善于发现和捉捕，不要埋怨行政审批事项少了、项目少了、机会少了，政策和机会都是平等的，要有一双善于发现的眼睛。

二是市场就在身边。市场是无形的，就看我们如何去发掘和把控。以前有行政审批，市场似乎在追随你，行政审批项目一减少，市场似乎就离你而去，让人平添几许惶恐与失意。其实不然，任何时候、任何境况下，市场就在我们身边，就看我们整合资源的能力。

咨询联盟，真是大有可为。期待行业更多的报春花涌现，开遍我们的视野。

（刊于2017年第3期《中国工程咨询》）

“走出去”的咨询样板

伟大事业催人奋进，宏伟目标无限光明。我们在今年“两会”奏响的奋发之音中，在全面吹响做好全年稳增长、促改革、调结构、惠民生、防风险的各项工作号角声中，编完了这期稿件。

本期要向读者朋友倾力推荐《跨国并购显身手》一文。文章说的是地处江苏南京的苏交科集团股份有限公司（以下简称苏交科集团）去年底正式收购西班牙 EPTISA 工程咨询公司，成功拿下跨国并购第一单，为我国工程咨询业提供“走出去”的咨询样板的重要事件。这是我们期盼已久的工程咨询企业“走出去”的典型案例。

苏交科集团是中国大陆首家在证券交易所挂牌上市的工程咨询公司，已连续三年入选美国《工程新闻纪录》全球工程设计公司 150 强，2016 年名列第 98 位。业务涉及规划咨询、综合检测、PPP 项目、环境保护、智慧城市等领域，公司在全国设有 31 家分支机构、42 家全资控股子公司、8 家参股子公司，同时拥有“新型道路材料国家工程实验室”“在役长大桥梁安全与健康国家重点实验室”两个国家级实验室，以及十余个省部级科研平台。早在十年前，苏交科集团就制定了发展战略，明确“走出去”是企业发展的重点。2009 年设立第一家海外公司——安哥拉公司，此后相继在马来西亚、斯里兰卡等地设立分支机构。2013 年，公司成立了海外工作部。与此同时，公司与中信建设、中电建等央企合作，“借船出海”共同开拓海外市场，成绩斐然。国家提出“一带一路”倡议后，苏交科集团全球业务布局和国际化步伐大大加快，2016 年先后完成了对欧美知名企业——西班牙 EPTISA 公司和美国 Test America 公司的战略联合。从营业收入来看，苏交科集团 2016 年海外收入占集团总收入近 50%，可谓是名副其实的跨国咨询企业。

苏交科集团董事长符冠华坦言：参与“一带一路”倡议的既有发达国家，也有不发达国家，特别是不发达国家和发展中国家，为中国企业走出去提供了非常好的契机。很多的央企、国企、民企在沿着“一带一路”发展，会碰到许多规则、文化等问题，需要一个高端优质的咨询机构为其提供服务。我们通过并购海外咨询机构，让业务覆盖全球，让大家知道，苏交科集团来自中国，来自江苏，来自南京。目前是“走出去”比较好的时机，中国工程咨询企业要抓住机遇，实现从“借船出海”到“造船出海”。

借“一带一路”倡议的东风，我们该扬帆起航。苏交科集团已经引航在前，一定会有更多的后来者凭借自己的实力和谋略，组成中国工程咨询业的出海船队，浩荡远航。我们期待着这一壮观的景象。

本期重要文章还有《与上海发展同行》。文中本刊记者就《上海市工程咨询行业“十三五”发展规划》发布，专访上海市工程咨询行业协会会长蒋应时，请他介绍这部规划编制的时代背景、发展目标及主要任务等，与大家分享上海经验。

本期还刊发了中国工程咨询协会发布的《工程咨询业贯彻五大发展理念的指导意见》，请各工程咨询单位和广大咨询工程师认真学习、贯彻、执行，让创新、协调、绿色、开发、共享五大发展理念贯穿我们所有的工程咨询实践，进而推动经济社会可持续发展。

春光在前，让我们团结一心，砥砺前行。

（刊于2017年第4期《中国工程咨询》）

党建工作常抓不懈

党的十八届六中全会审议通过的《关于新形势下党内政治生活的若干准则》和修订后的《中国共产党党内监督条例》紧紧围绕全面从严治党这个主题，继承和发扬党的优良传统和宝贵经验，充分反映党的十八大以来党中央从严治党的新经验新成果，并结合新的实践提出一系列新观点新举措，为新形势下加强和规范党内政治生活、加强党内监督提供了根本遵循，对于推动党的建设新的伟大工程，更好进行具有许多新的历史特点的伟大斗争，推动中国特色社会主义伟大事业，具有重大现实意义和深远历史意义。

做好新时期的党建工作，已成为全党的共识，成为我们做好各项事业的有力保障。

我国工程咨询业起步较晚，随着改革开放的进程而不断发展，工程咨询业的党建工作也随着工程咨询业的快速发展而呈现出令人欣喜的面貌。许多工程咨询机构的党建工作开展得有声有色，取得了非凡的业绩，涌现出一大批先进典型。遵照国家发展改革委和中国工程咨询协会关于加大宣传报道行业中党建工作先进典型的工作要求，本刊从本期起，开设“党建工作”新栏目，陆续报道行业中党建工作的先进典型，以期展示工程咨询业独具特色的党建风采。

本期首先推出本刊记者采写的上海东方投资监理有限公司（以下简称东方公司）以党建工作促业务发展的报道文章《做

一颗咨询全产业链上的璀璨明珠》。曾获得“上海市优秀党建之友”荣誉称号的东方公司董事长印保兴介绍：“党建工作对咨询企业来说，是血脉，是精髓。为什么东方公司发展得比较好，这与开不开展党建工作，党建工作搞得好不好有着必然联系。民营企业同样必须坚持党的领导，党组织担负着政治引领、推动发展、凝聚人心、培养人才、服务员工、促进和谐等使命。党建工作做好了，企业才有正确的发展方向和奋斗目标，才有凝聚力，才有旺盛的生命力。”东方公司是一家民营咨询企业，2004 年成立党支部时只有 8 名党员。经过十几年的发展，现在有党员 105 名，全公司成立了 10 个党支部，公司也成立了党委，归口上海市社会工作党委直接领导，这在上海市民营企业中是不多见的。上级党委对东方公司党建工作寄予了更高的要求和期望。我们惊喜地看到，党建工作使公司员工树立了正确的价值观，提升了创造力，为公司构建了一种崭新的企业文化，不断促进东方公司的业务发展。2015 年，东方公司的营业收入就达到 3.7 亿元，连续多年名列中国工程造价咨询企业营业收入前百名排序第一位，连续多年进入全国招标代理机构营业收入百强行列……我们相信，在不久的将来，在卓越的党建工作的有力保障下，东方公司定能一步步实现从“借船出海”到“造船出海”的伟大目标。

本期刊发的中国工程咨询协会发布的《工程咨询业深入贯彻落实〈中共中央、国务院关于深化投融资体制改革的意见〉的实施意见》，请大家认真研读。另外，同期推出的《不忘初心，再造硅业》《浙江省军民融合产业发展现状及对策研究》《弘扬科学精神，建设科技强省》等篇章，也值得大家关注。

欢迎工程咨询单位踊跃来稿介绍各自独具特色的党建工作经验，以形成行业党建工作新花圃，向党的十九大献礼。

（刊于2017年第5期《中国工程咨询》）

为“一带一路”建设做好咨询服务

京城五月，鲜花竞放。备受世界关注的“一带一路”国际合作高峰论坛于5月14日在北京会议中心隆重举行。国家主席习近平在论坛开幕式发表题为《携手推进“一带一路”建设》的主旨演讲，强调坚持以和平合作、开放包容、互学互鉴、互利共赢为核心的丝路精神，携手推进“一带一路”建设。[①]

四年来，全球100多个国家和国际组织积极支持和参与“一带一路”倡议，联合国大会决议、联合国安理会决议等重要决议也纳入“一带一路”建设内容。“一带一路”建设逐渐从理念转化为行动，从愿景转变为现实，建设成果丰硕。一是政策沟通不断深化；二是设施联通不断加强；三是贸易畅通不断提升；四是资金融通不断扩大；五是民心相通不断促进。中国已与40多个国家和国际组织签署50多份相关合作协议，与20多个国家开展国际能源合作，中国企业对沿线国家投资达600多亿美元，在沿线国家建立了56个经贸合作区，为东道国增加了11亿美元的税收和18万个就业岗位……这些积极的成果，充分证明“一带一路”倡议顺应了世界和平发展的潮流，符合各国发展合作的需求。

习近平主席在演讲中庄重承诺，中国将加大对“一带一路”建设资金支持，向丝路基金新增资金1000亿元人民币；

---

① 习近平：《携手推进“一带一路”——在“一带一路”国际合作高峰论坛开幕式上的演讲》，新华社2017年5月14日。

鼓励金融机构开展人民币海外基金业务，规模预计约3000亿元人民币；中国国家开发银行、进出口银行将分别提供2500亿元和1300亿元等值人民币专项贷款，用于支持“一带一路”基础设施建设，产能、金融合作；在未来的三年向参与“一带一路”建设的发展中国家和国际组织提供600亿元人民币援助，建设更多民生项目。[①]可以说，中国将深入贯彻创新、协调、绿色、开放、共享的发展理念，为“一带一路”建议注入强大动力，为世界发展带来新的机遇。

在过去几年“一带一路”建设实践中，我国工程咨询业积极响应并主动参与，一大批工程咨询单位走出国门，在沿线国家承接大量的能源、交通、水利、基础设施工程项目的咨询和建设任务，为“一带一路”建设作出了积极的贡献。

以此次“一带一路”国际合作高峰论坛为新的起点，“一带一路”建设将进入一个新的里程。我国广大工程咨询机构要把握机遇，早做准备，发挥各自的专业优势，以更加饱满的热情、更加坚定的信心、更加宽广的胸怀、更加优质的服务参与“一带一路”建设。

已经活跃在“一带一路”沿线国家项目建设中的工程咨询单位，要以此次“一带一路”国际合作高峰论坛为契机，重新梳理“走出去”的思路，适时调整发展战略，谋划新的发展蓝图。同时，要认真总结所在国项目咨询和建设的成功经验，形成典型案例，以供同行学习和借鉴。

还没有参与或正要参与“一带一路”建设的工程咨询单位，要早做功课，多方分析，密切关注“一带一路”建设促进中心、

① 习近平：《携手推进“一带一路”——在“一带一路”国际合作高峰论坛开幕式上的演讲》，新华社2017年5月14日。

多边开发融资合作中心等新建机构及丝绸之路沿线民间组织合作网络等的进展动态和相关信息，未雨绸缪，尽早参与“一带一路”建设。

“一带一路”建设是伟大的事业，需要伟大的实践。作为这个时代的咨询工程师，能参与“一带一路”建设的伟大实践，是时代赋予我们的重任。

（刊于2017年第6期《中国工程咨询》）

提升全过程工程咨询能力

今年以来，“全过程工程咨询”成为工程建设领域最热门的话题之一。

今年初的 2 月 21 日，《国务院办公厅关于促进建筑业持续健康发展的意见》（国办发〔2017〕19 号）（以下简称《意见》）正式发布，引起业界广泛关注和热议。《意见》在第三款第四条中，明确提出“培育全过程工程咨询”，鼓励投资咨询、勘察、设计、监理、招标代理、造价等企业采取联合经营、并购重组等方式发展全过程工程咨询，培育一批具有国际水平的全过程工程咨询企业；制定全过程工程咨询服务技术标准和合同范本；政府投资工程应带头推行全过程工程咨询，鼓励非政府投资工程委托全过程工程咨询服务；在民用建筑项目中，充分发挥建筑师的主导作用，鼓励提供全过程工程咨询服务。

我国工程咨询业起步较晚，伴随着改革开放的春风而诞生、成长，至今走过了 30 多年的发展历程。从它诞生的那一刻起，全过程工程咨询的概念就已提出。工程咨询的定义是，以技术为基础，综合运用多学科知识、工程实践经验、现代科学和管理方法，为经济社会发展、投资建设项目决策与实施全过程提供咨询和管理的智力服务。工程咨询的服务范围包括：规划咨询；编制项目建议书；编制项目可行性研究报告、项目申请报告和资金申请报告；评估咨询；工程设计；招标代理；工程监理、设备监理以及工程项目管理。通过 30 多年的工程咨询实践，全过程工程咨询的理念已在工程咨询业扎下深根，并不断开出了成功的花朵。国务院《意见》提出培育全过程工程咨询，并不是说以前没有全过程工程咨询，而是提倡在以前局部实施全过程工程咨询服务的基础上，加快实施工程建设领域的全过程工程咨询的步伐，鼓励这个领域的服务企业发挥优势，加强协作，取长补短，联合发展。我们只有正确理解《意见》提出的培育全过程工程咨询的含义，才能打破以前工程咨询业务分段管理的壁垒，将全过程工程咨询做好、做优、做到位。

让我们惊喜的是，为适应建筑行业对全过程工程咨询发展的需求，与全过程工程咨询业务有深度关联的北京市三家行业协会（北京市工程咨询协会、北京市建设工程造价管理协会、北京市建设监理协会）第一次联手共同举办“全过程咨询·2017”主题沙龙，聚焦工程建设领域全过程工程咨询，探讨当前行业存在的难题和困惑，共同寻找推进全过程工程咨询走向发展和繁荣的解决方案，从而开启了一扇工程咨询走向大协作、大联合的探索之窗。

正如北京市工程咨询协会常务副会长韩晓芳在沙龙开幕式致辞中所言：“中国工程咨询业的发展还不成熟，投资决策模式在一定程度上还受到计划体制下的决策模式的束缚。全过程工程咨询是一个新的发展理念，将极大地推动建筑业的科学发展。”我们深信，随着时间的推移、全过程工程咨询实践地不断深入，推进我国建筑业全过程工程咨询走向大协作、大联合的行业大格局将会形成，我国工程咨询业的服务能力也会得到大幅度提升。

（刊于 2017 年第 7 期《中国工程咨询》）

廉洁咨询是立业之本

京城盛夏，槐花飘香。在这个炎热而多雨的夏季，我们豪情满怀，整装出发，拉开了迎接党的十九大宣传工作的序幕。

七月初，本刊在杭州召开了以“砥砺奋进的五年”为主题的组稿会，邀请了浙江省工程咨询行业协会、浙江省发展规划研究院、中国联合工程公司、浙江五洲工程项目管理有限公司的代表与会，传达了中宣部、国家发展改革委、中国工程咨询协会关于迎接党的十九大宣传工作的部署和要求，向这几家单位约稿，请他们将各自单位最有特色的工作业绩以专题报道的形式呈现出来。同时，本刊编辑部还向一批工程咨询单位约稿，请他们撰写专题文章，充分展示各单位自党的十八大以来取得的非凡成就，组成我国工程咨询业改革发展伟大成就的百花园，以此向党的十九大献礼。本刊从这期开始，将陆续选发这些单位的文章。“砥砺奋进的五年”系列报道的第一个单位，是宁波国际投资咨询有限公司。

宁波国际投资咨询有限公司（以下简称国投宁咨）是我国成立较早的综合性工程咨询机构，20 多年来，公司规模不断扩大，公司业绩不断增长，公司效益不断提升，公司品牌不断增值，这要得益于公司一直以来坚持党风廉政建设和廉洁从业的好做法。最有说服力的一点就是，这么多年来，公司 660 多个员工、十几个下属公司和分支机构，居然在成百上千个项目咨询、监理、代建、招标代理等业务中，取得了几乎是零投诉的好声誉。国投宁咨董事长谢伟民向本刊记者介绍说，公司之所以能做到这一点，关键是有党建工作的引领。公司不但有党委，而且成立了党风廉政建设和廉洁从业工作领导小组，由党委统一领导，形成党政齐抓共管、部门各负其责的廉政建设和廉洁从业责任制管理格局。公司经营班子成员分工合作，明确工作职责，把党风廉政建设和廉洁从业责任制工作同年度考核目标和日常工作有机地结合起来，常抓不懈，形成了以落实《党风廉政建设责任书》为主要内容的党风廉政建设和廉洁从业责任制工作机制。

好的工作机制，关键在落实和执行。国投宁咨在这件事情上颇有体会。首先是要敢于担当。要以高度的政治自觉抓责任落实，对党中央和省市委的决策部署坚决贯彻落实，不打折扣，不搞变通，确保政令畅通，切实做到有规矩、懂规矩、守规矩。二是要狠抓落实。要形成党委抓、书记抓、各分管领导抓、一级抓一级、层层抓落实的责任格局。每年签订责任书，将廉洁从业主体责任细化、硬化、具体化；把责任落实到单位、落实到人，不留空隙。三是要领导带头。坚持把落实主体责任视作一把手工程，党委主要领导切实当好廉洁自律的表率，带动其他干部认真履职尽责。只有这样，公司的党风廉政建设和廉洁从业工作才会有成效，公司才会在正确的轨道上运行发展。

工程咨询的本质是为客户提供优质的智力和技术服务，廉洁咨询便成为我们的立业之本。国投宁咨坚持数十年廉洁从业的做法，带给我们许多有益的启迪。

我们也期待有更多的工程咨询单位将自己改革创新、拓展业务、培育人才、落实党建工作和积极参与国家重大战略实践

（“一带一路”建设、长江经济带、京津冀协同发展等）的好经验、好做法总结出来，给期刊投稿，以便形成更为绚丽的百花园，向党的十九大献礼，为工程咨询行业添彩。

（刊于 2017 年第 8 期《中国工程咨询》）

向新型智库转型

送走酷暑，迎来秋凉。我们在迎接党的十九大的浓浓欢欣中，编完了这一期稿件。

本期要向读者朋友推荐的重点文章，是本刊迎接党的十九大的几篇特别报道。一是浙江省发展规划研究院的《加快向新型智库转型发展的探索与实践》，二是《中国联合工程公司——EPC 模式倡导者和先行者》，三是浙江省工程咨询行业协会五年工作回顾《真抓实干促发展，砥砺奋进五年间》。其中，浙江省发展规划研究院向新型智库转型发展的精彩报道内容，引起了我们心底的共鸣。

浙江省发展规划研究院（以下简称浙江院）在建设新型智库中，始终围绕党中央、国务院关于新型智库建设《意见》中强调的“以服务党和政府决策为宗旨，以政策研究咨询为主攻方向”确立目标定位，把服务省委省政府中心工作作为立院之本，打造一支省委省政府“想得起、用得上的快速反应部队”，成为省委省政府重要的“思想库、智囊团、工程院”。

浙江院在建设新型智库中，认真贯彻落实党中央作出的“四个全面”战略布局和“五位一体”总体布局，不断拓宽社会管理、文化发展、生态文明等咨询领域，努力提供全方位、宽领域、有深度、有分量的咨询服务；立足自身 30 多年咨询业务发展基础，主动适应咨询市场新变化，以工程咨询为基础和特色，做精做强课题研究，练好看家本领，提升规划编制的主体地位，不断完善“以课题研究带规划编制，以规划编制带项目咨询”的链式咨询业务架构；按照中央和省委关于新型智库建设体制机制改革创新的政策要求，不断创新优化内部管理模式，厚植发展新优势，增强发展新动能，形成讲政治、讲规矩、热气腾腾干事创业的良好局面。

浙江院之所以在向新型智库转型发展方面做得风生水起，巧着先鞭，关键是较早认清了自身的业务优势，精确地找到了发展路径，义无反顾地向新型智库目标挺进。他们打造工程咨询新型智库的做法也颇为特别：一是敢于担当，主动作为。扎根浙江大地，把握时代脉搏，研究重大课题，提供前瞻性服务，做好投资决策的风向标。二是锐意进取，拓展业务链。规划咨询，多有建树，专项规划遍布市县，“多规合一”不断创新，赢得了规划咨询一枝独秀。三是主动求变，试身“新蓝海”。巩固原有咨询业务，聚焦新兴咨询市场，开展园区策划、PPP项目方案、绿色循环低碳发展等业务，始终保持工程咨询业务量在全院业务量中三分天下有其一。四是寻求突破，创新管理方式。推进专业化分工，做强专业领域，整合数据资源，引进高端人才，形成核心竞争力……

随着工程咨询业改革不断深入，工程咨询业务也在不断地调整，工程咨询单位如何选择发展之路，浙江院为我们提供了很有价值的实践经验——向新型智库转型，不失为一种理性的选择。

（刊于2017年第9期《中国工程咨询》）

电力工程咨询的新收获

为了推动我国电力建设的发展，提高山东省电力勘测设计、规划咨询、研发技术和安装工艺水平，促进与世界先进水平接轨，山东省电力勘测设计协会通过论文征集、评优的方式，积极推动电网、电源新技术、新成果的深入研究和推广应用。广大电力设计咨询工作者积极响应，深入探索创新、总结项目咨询经验，撰写了一批高质量的专业论文，取得了丰硕的科研成果。

这次征文活动，得到了山东省电力勘测设计协会各会员单位的大力支持和积极响应，共收到会员单位专家撰写的 180 余篇论文。经各专业组专家初审、评委会终审，有 146 篇优秀论文获奖，拟集成《山东省电力勘测设计协会 2017 年度优秀科技论文集》，其中一等奖论文 39 篇、二等奖论文 53 篇、三等奖论文 54 篇。我刊将以增刊的形式刊发荣获一等奖的 39 篇论文。这些论文以“一带一路与电网技术”为主题，围绕电网工程领域的各个专业设计、咨询及管理的新思路、新方法、新成果，特别是实施“一带一路”倡议过程中电网设计的经验，包括相应设备生产制造和施工的新技术、新工艺、新材料等，介绍了电网技术发展的最新成果，反映了 21 世纪以来我国电网建设发展的宝贵实践经验。

本次征文加强了山东省内电力设计咨询行业的技术交流，促进了电网设计技术发展，极大地活跃了本学科领域的学术氛围，对电力勘测设计咨询行业不断优化设计、提升设计质量、顺利开展工程设计和咨询工作具有良好的指导意义。

本刊以增刊的形式推出一批特定行业的优秀论文还是第一次。山东省电力勘测设计协会在行业内搞优秀论文评选，是件大好事，对促进本专业勘测设计、工程咨询水平的提升，对业内的技术交流和创新，对整个行业理论与实践的同步发展具有积极的意义。我们这样以增刊形式深度报道一个专业所取得的优秀设计咨询成果仅仅是一个开始，期待有更多的专业领域集束性的工程咨询成果得以在我刊展现。我们将抱着服务的态度，积极回应各方的需求，及时向社会展示各专业的优秀咨询成果。

让我们携手共进，迎接工程咨询业璀璨的明天。

（刊于2017年《中国工程咨询》增刊）

向世界工程建设强国挺进

在党的十九大隆重召开的喜庆时刻，我们编完了这一期稿件。这一期卷首语集中述说两个话题，一是“砥砺奋进的五年”大型成就展；二是在2017年FIDIC年会中，中国连续五年荣登工程项目奖获奖项目榜首。

国庆前夕，为迎接党的十九大胜利召开，经党中央批准，中共中央宣传部、国家发展和改革委员会、中央军委政治工作部、中共北京市委联合主办的“砥砺奋进的五年”大型成就展在北京展览馆隆重展出。

充满节日氛围的北京展览馆彩旗飞舞，花团锦簇，“紧密团结在以习近平同志为核心的党中央周围，把中国特色社会主义伟大事业不断推向前进”的巨幅标语映入眼帘，让人心情无比激动。

此次成就展以“砥砺奋进的五年”为主题，分序篇和第二至第十展区布展，聚焦党的十八大以来的重大时间、事件节点谋篇布局，内容涵盖了改革发展、内政外交国防、治党治国治军等各个领域。十个展区内容丰富，精彩纷呈。

我们把目光聚焦在工程建设领域。五年来，伴随着京津冀协同发展、长江经济带建设、“一带一路”倡议等的实施，一大批国家重点工程、国防工程、基础设施工程相继建成，如粤港澳跨海大桥、白鹤坪水电站、兰新高铁、“蛟龙”号、中国“天眼”、“复兴号”等数以万计的关乎民生和国防安全工程，都凝聚着广大咨询工程师的智慧和心血。据了解，作为工程咨询业的国家队，中国国际工程咨询公司除了参与全国各地重点工程咨询评估工作外，还参与了所有重大国防工程的咨询服务。可以说，这五年里，我国工程咨询业贯彻党中央提出的“创新、协调、绿色、开放、共享”的发展理念，充分发挥工程咨询“独立、公正、科学”的服务宗旨，为各项工程做好决策参谋，严把工程质量监督，使得遍布城乡的工程项目顺利建成，完美呈现。徜徉在这个大型成就展的展厅里，作为工程咨询和建设行业工作者，心底感到无比激动和自豪。

今年的 FIDIC 年会于 10 月 1—3 日在印度尼西亚雅加达召开，在 FIDIC 评选出的 21 个年度工程项目奖中，中国有 3 个项目获得杰出奖，7 个项目获得优秀奖，连续五年荣登获奖项目榜首位。出席 FIDIC 年会的中国工程咨询代表团团长、中国工程咨询协会会长肖凤桐总结说，今年获奖的中国项目有三个特点：一是获奖项目面广，不仅有兰州—新疆高速铁路、嘉绍大桥、广深港高铁福田站及相关工程、杭州至长沙铁路客运专线等交通基础设施项目，也有澜沧江糯扎渡水电站、汉江中下游水资源调控工程等水利水电项目，还有凤凰中心等社会事业项目；二是有技术应用创新，比如兰新铁路，是世界上第一条在戈壁沙漠地区通车的高速铁路，代表我国在高铁等基础设施领域的领先水平；三是工程质量获得了国际评委的高度评价，部分评委参观过评选项目，比如凤凰中心，都对项目的品质和效果点赞。

自 FIDIC 成立 100 周年即 2013 年第一次评选 FIDIC 优秀工程项目起，我国历年获奖项目中，不仅有三峡水利枢纽工程、南水北调工程、京沪高铁、青藏铁路、杭州湾跨海大桥等重大基础设施工程，还有广州塔、广东科学中心等社会事业项目，这表明随着我国综合实力的不断增强，中国项目、中国标准、中国方案已经走向海外、引领世界，我国正在向着世界工程建设强国阔步迈进。

（刊于 2017 年第 11 期《中国工程咨询》）

《中国工程咨询》创刊与成长

时光荏苒，岁月如梭。中国工程咨询协会（以下简称中咨协会）随着我国工程咨询业的发展应运而生，迎着新世纪的曙光阔步前行，而立之年又意气风发迈向新时代。作为中咨协会的一位普通工作人员，我为见证中咨协会的快速发展，在世界工程咨询界取得的辉煌成绩、产生的深远影响而感到骄傲；为自己能参与中咨协会的工作，为推动中国工程咨询业的发展贡献出一份力量而感到自豪；更为能得到中咨协会的培养，得到新闻宣传舞台表示深深的谢意。

在中咨协会成立 30 周年的美好时刻，我有一份深情的感言要表达，那就是回眸来路，谈谈《中国工程咨询》的创刊与成长，介绍这本杂志走过的一段难以忘怀的路程，以丰富中咨协会这颗事业之树优美的年轮。

创刊前后

20 世纪最后一年，也就是 1999 年 8 月，我通过竞聘考核，有幸来到中咨协会，担任会刊的编辑出版工作。

在这之前，我在国家科技部《跨世纪人才》杂志社任副社长；再之前，我从北京师范大学研究生院和北京鲁迅文学院联合创办的作家研究生班毕业，在国家监察部主管的《中国监察》杂志社当编辑、记者。那时候，中咨协会副会长王永银先生在《中国监察》杂志社任主编，我在他的领导下干了几年记者兼编辑工作。这次能来到中咨协会做期刊出版工作，得谢谢王永银先生的引荐。同时，也感谢邱全宁副会长、从燕滋副秘书长亲自去《跨世纪人才》杂志社对我进行外调考察。

当时，中咨协会佘健明会长为了加快推动我国工程咨询业的改革步伐，全面提升中咨协会对工程咨询业的服务水平，决定创办一份行业杂志，以完善工程咨询业的对内对外宣传工作。那时，中咨协会只有一份由中国国际工程咨询公司移交过来的内部不定期资料《工程咨询通讯》，由孙星南先生和王小莉女士负责编印。我到任后，就着手筹办内部刊物《中国工程咨询》，并于同年 9 月出刊。那是一本大 32 开，四封彩印，只有两个印张总共 36 页的小刊物，以北京新闻出版局核准的准印证号京 99-L0721 开始编辑出版，面向行业读者。这虽然只是一本过渡性刊物，但对于从来没有自己的行业杂志的行业读者来说，确实眼前一亮。这本杂志为工程咨询业的宣传工作，带来了一种新气象。

大家也许听说过，当时要新申请一本国内外公开发行的杂志刊号有多难。全国公开发行的杂志有 8000 多种，新闻出版总署对期刊市场的管理原则是，基本不批新刊物，用停办或注销的刊物刊号作调剂。也就是说，只有停办一种刊物，才能新批另一种刊物。我们要是按正常程序往新闻出版总署申报刊号，那就得等待，甚至是遥遥无期的等待。我是从科技部主管的《跨世纪人才》杂志社过来的，得知科技部不但管理科技杂志，而且有权审批科技杂志，于是产生一个想法：将《中国工程咨询》作为科技期刊向科技部申报。我将这个想法向中咨协会领导汇报，得到了积极的支持。很快，中咨协会向国家计委政研室去文，要求创办《中国工程咨询》杂志。国家计委政研室同意并向科技部条财司出具申报函。我拿着申报函去找科技部条财司分管科技期刊审批工作的朱处长。他告诉我，科技部一年有两次审批科技期刊的机会，赶上开会研究就帮我们上报。与此同时，佘健明会长也给分管科技期刊审批工作的邓楠副部长打电话，恳请她帮忙。经过多方努力，一切水到渠成。当年五月份科技部下文，批准《中国工程咨询》为科技类期刊，国内统一刊号为CN11–5431/N，国际标准刊号为ISSN1009–5829，并要求半年内创刊，如无正当理由不创刊，则该刊号作废。

拿到科技部批文后，中咨协会领导决定，《中国工程咨询》杂志于2000年9月创刊。为了把创刊号办好，办出应有的水平，编辑部认真组稿、约稿、编稿。中咨协会负责人亲自出面，约请国家计委老领导为《中国工程咨询》创刊题词，邀请德高望重的房维中、金熙英为刊物顾问。随即成立刊物编委会，编委会由佘健明、王武龙、王文东、姜伟新、刘国冬、刘振峨、林选才、王永银、孙秀春、张汉亚、任珑、邱全宁、杨新民等组成。王永银任主编，邱全宁任副主编，杨新民任执行主编。

2000年金秋九月，《中国工程咨询》杂志创刊号如初生的婴儿，带着一声响亮的啼哭喜降人间。翻开这本数十万读者瞩目的创刊号，第1页便是全国政协副主席陈锦华的题词："坚持'独立、公正、科学、可靠'的行业宗旨，全心全意为用户服务，为国家的经济社会发展事业服务。"第2页是时任国家计委主任曾培炎的题词："搞好工程咨询，提高决策水平。"第3页是中咨协会老会长金熙英的题词："创办一流专业杂志，推动行业信息交流，向世界展示中国工程咨询业新形象。"

在同期封二，还刊登了发来贺电贺信的150余家单位名单，有计委系统的，有工程咨询企业的，有工程咨询协会、专委会的，也有兄弟报刊社的。可谓一朝创刊，万众瞩目，新刊被誉为行业政策晴雨表，业务探讨新园地，投资建设风向标，国际交流新平台。

我们在发刊词中写道："《中国工程咨询》已经掀开了新的一页。面对更高水平的要求，我们深感办刊力量和经验的不足，竭诚希望各界读者和作者给予热情支持、帮助和呵护，以使这本刊物越办越好，尽快跻身一流刊物的行列，为把我国工程咨询业稳步推进到21世纪，在经济建设舞台扮演分量更重的角色，作出自己最大的努力和贡献！"

是啊，迎着新世纪的曙光，《中国工程咨询》诞生了，她像初升的太阳一样充满生命力，与新世纪同步前进。

培养作者

佘健明会长对新创刊的《中国工程咨询》寄予的希望是："第一年扎扎实实打好基础，切实做好刊物编辑、出版、发行工作，在行业内赢得好的声誉。第二年应有所突破，在全社会扩大中国工程咨询的认同度，加大国际交流。第三年刊物质量要达到一流刊物水平，并在经营上能独立运行。"我们按照佘健明会长的要求，制订出工作计划和三年目标任务。首先是要提高刊物质量和水平，而实现这一目标，关键的工作之一，就是要大力发展通讯员，组建稳定的作者队伍。

2000年10月初，我们带着还散发着油墨清香的创刊号，在山西省忻州市召开《中国工程咨询》杂志第一次通讯员工作会议，来自全国各地工程咨询单位50余位通讯员齐聚忻州，参加属于自己的行业杂志盛会。会上，王永银副会长向与会通讯员介绍了国家投资建设新形势、新进展，讲述了工程咨询业务知识和新闻报道写作规范与要求。我也讲了刊物组稿要求以及杂志发行工作要点。这次会议内容丰富，知识面广，报道方向清晰，任务明确，激发了广大通讯员写作热情，也为后来的杂志编辑出版工作打好了基础，搭好了骨架，织好了网络，铺好了舞台。这次会议又被通讯员戏称为《中国工程咨询》杂志的“黄埔一期”，一大批通讯员勤奋写作，表现优秀，业务能力强、进步快，个人事业风生水起。其中不少人后来进入公司管理层，一批人先后担任了行业协会秘书长。比如，彭国川、王延伏、王斌霞、季洪举、冯勇、闫国平、史美良、章耀宗、周量、李衍滨、聂忠桂、刘根源、韦小黎、王一男、童涤军等担任各级行业协会秘书长。还有张亦燕后来调到了广州市发改委任处长，王延伏后来担任了黑龙江省工程咨询协会会长，陈杰后来调到中咨协会任副秘书长等，不一而足。对于办刊人来说，抓好了通讯员队伍，就是抓准了“牛鼻子”，有了得力的通讯员队伍，就有了无数双观察的眼睛，舆情有了保障，稿件有了保障，因此，杂志质量也有了保障。

此后，每年一次的通讯员工作会议（后来改为杂志工作会议）如期召开。2001年的会议在厦门召开，2002年的会议在西安召开，2003年的会议在南昌召开，2004年的会议在哈尔滨召开，2005年的会议在昆明召开，2006年的会议在兰州召开，2007年的会议在上海召开，2008年的会议由于汶川大地震推迟，2009年的会议在武汉召开，2010年的会议在黄石召开，2011年的会议在济南召开，2012年的会议和全国工程咨询行业宣传工作会议合并在成都召开，2013 年的会议在徐州召开，2014 年的会议和全国工程咨询行业宣传工作会议合并在西宁召开，2015 年的会议在深圳召开。通过连年召开这些会议，培养了大批的通讯员。每次会议都会及时传达工程咨询与投资建设方面的政策法规、理论导向、工作信息、典型经验，既丰富了通讯员的专业知识，提高他们的写作水平，又和广大通讯员建立了深厚的感情和友谊。

我们除了经常召开通讯员会议，平时还从多方面为通讯员提供服务，适时发展新的通讯员，最多的年份登记在册的通讯员人数超过了 200 人。编辑部不但按期给通讯员寄发杂志，提供报道选题，发放稿费和发行杂志的奖金，表彰年度优秀通讯员，而且，还为他们特制通讯员证件，像身份证一样方便好用，让广大通讯员对杂志社产生认同感、归属感和荣誉感。有些通讯员不但为编辑部组稿、写稿，还尽心尽力做杂志发行工作，杂志发行量年年有上升。有的通讯员连续十几年参加杂志社工作会议，从没间断过；有的通讯员出差到北京，总要到编辑部坐一坐，聊聊家常，真把编辑部当成了自己的家，不愧是编辑部的“铁杆”通讯员。

几次扩版

在《中国工程咨询》快速成长的过程中，经历了几次大的扩版。读者朋友应该还记得，杂志在 2000 年 9 月创刊时，只有 3 个印张、48 个黑白页，加上四封彩色印刷，一共才 52 页。这样的杂志容量一直保持到 2001 年第 12 期。

第一次扩版从 2002 年第 1 期开始，杂志页码扩到 4 个印张、64 个黑白页，外加四封，一共 68 页，容量几乎扩大了 1/4。

第二次扩版从 2008 年第 1 期开始，在原来 68 页的基础上，又增加了 4 个彩页，根据内容安排需要，或放在中插，或放在后插。

第三次扩版从 2010 年第 1 期开始，主要是扩大彩页，彩版由原来 8 页扩大到 20 页。这样做一是广告量加大，二是重点文章以彩页刊登，图文并茂，视觉效果更好。

第四次扩版从 2011 年第 1 期开始，杂志一次性扩版至 100 页（含四封），彩页由原来 20 页增加到 28 页，黑白页码也增加了 20 页，杂志的总容量又整整扩大了 1/3。

杂志不断扩版的原因有几点，一是行业作者来稿量增大，发稿需求增多。据有关资料披露，我国工程咨询从业人员有 50 余万人，取得工程咨询从业资格的单位有 6000 多家，已注册登记的咨询工程师超过 5 万人。这么一个庞大的群体，这么一个朝阳产业，有多少课题需要探讨，有多少工作需要交流？职称评定需要发表论文，学生高校毕业需要发表论文，一些学习型咨询公司鼓励员工多发表论文年终给予奖励。而我国工程咨询行业只有一本《中国工程咨询》属于国家级权威刊物，想在上面发表文章的作者可谓如过江之鲫，人数剧增。杂志逐步扩版后，减轻了编辑部的发稿压力。二是相关栏目的增加，扩充了稿源。杂志创刊时，设置了十几个固定或常设栏目，比如协会工作、权威消息、本刊特稿、菲迪克快讯、咨询论坛、理论探讨、经验交流、环球扫描、时事经纬、国际交流、信息集束、城市风铃、工程画廊等。随着形势的变化和工程咨询业发展的新要求，又陆续增加了一些新栏目，比如行业规划、稳评探讨、工程资讯、人物专访、新概念关注、工程法律咨询、一得之见、企业风采、摄影之窗等。这些栏目的增加，满足了作者的需求，发掘了新表达领域，团结了更多的作者，同时，更丰富了刊物内容。三是本刊记者采写的稿件增多和长篇报道增多。本刊有一个好传统，就是鼓励记者、编辑多写稿。主编带头写，记者抢着写，成立采访小组合作写。本刊特稿一般都是分量较重的文章，放在头题，引人关注。比如《东方大港》《设计为清华添光彩》《精卫之殇》《大灌区，惠民生》等篇章，可说是刊物提气之作。但是在扩版之前，担心文章篇幅过大，挤掉其他作者上稿的机会，还没有刊发过超出 1 万字的长文。扩版至 100 页后，我们消除了这种顾虑。只要内容精彩，有独到意义，咨询经验值得推广的长篇文章，我们也会不惜版面，全文刊载。比如说，咨询工程师李高峰撰写的介绍西安园艺博览会会址建设项目工程咨询经验的两万余字的长篇报道《天人长安，创意自然》，我们看准了这篇文章的独特意义和推广价值，破例将当期杂志前面 4—12 页彩色版面全部用来刊载此文，配上项目图片，产生了图文并茂的宣传效果。文章发表后，产生热烈反响。青岛市正好要申办园艺博览会，青岛市工程咨询院工作人员读到这篇文章就组团去西安参观考察。另外，还有多篇万字文章，如《上海最好的学校在都江堰》《浅议中国人口红利结束出现刘易斯拐点时的经济转型》《海河神韵耀津门》《曹妃甸，打造循环经济典范》《“聚宝盆”巡礼》《“苏州河”的百年诉说》《一切为了空客 320》《重容巨轮，破浪启航》等，都得益于杂志的扩版，才能够及时推出。杂志扩版至 100 页，逐步实现了刊物内容厚重、形式蝶变的梦想，让期刊向高端、大气的方向靠拢。

几期特刊

《中国工程咨询》杂志自创刊起，一般都是以月刊的形式出版发行。但作为一份科技类期刊，肩负着一个大行业的宣传报道工作，在遇到重大节日、重要事件而产生特殊需要时，可单独出版特刊和增刊。本刊在十几年的出版过程中，仅出版过两期特刊和两期增刊。但这些特刊增刊真的是意义重大，影响深远，引起读者的高度关注和热烈评说。

本刊独家策划的第一本特刊是2005年7月出版的《FIDIC（菲迪克）与中国》。这年9月，国际咨询工程师联合会2005年年会在北京召开。为了迎接这次国际盛会，本刊编辑部与中咨协会国际合作部一道，共同编辑《FIDIC（菲迪克）与中国》特刊。特刊分为几大板块：FIDIC与中国、FIDIC实践、FIDIC研究、FIDIC简介、FIDIC年会报告、FIDIC年会论文、FIDIC成员协会部分会员展示等，囊括了FIDIC的精华内容。可谓一刊在手，尽览FIDIC全貌。特别是封面刊登了三位FIDIC主席（彼德逊、鲍斯和凯尔）在船上游览长江的照片，既特别应景，又非常喜气。加上特刊篇幅增加到100页，内容丰富，设计精美，为FIDIC 2005年年会增添了光彩。

第二本特刊是2009年9月出版的《纪念新中国成立60周年特刊》。这本特刊内容分为六大版块：亲切关怀、行业方阵、深情感言、人物风采、行业之声和行业面貌。在亲切关怀版块中，刊登了中共中央总书记胡锦涛同志、国务院总理温家宝同志对工程咨询工作的重要批示，以及国务院原副总理、中国国际经济交流中心理事长曾培炎和国家发改委副主任穆虹的题词，对全行业是一种激励和鞭策。行业方阵版块中，介绍了一批工程咨询单位创业发展的先进事迹。在深情感言版块中，几十位工程咨询公司负责人和专家发表对国家投资建设和咨询事业的寄语。在人物风采版块中，推出了一组业绩卓著的青年咨询工程师群像。在行业之声版块中，展现了多项行业理论研究最新成果。而在行业面貌版块中，则首次公布全国最新工程咨询单位名录。这本特刊起点高，眼光远，内容独到，重点突出，全刊180页，精装彩印，是一本充分展现我国工程咨询业发展面貌的精品特刊，也是工程咨询人献给新中国成立60周年的一份厚礼。

另两本增刊分别是2008年8月出版的青岛市工程咨询院业务专刊和2017年10月出版的山东省电力勘察设计协会电力咨询专刊。前者青岛市工程咨询院在其成立20周年之际出版专刊，意在总结过去，展示成果，鼓舞员工，重新出发。后者山东省电力勘察设计协会特意出版电力咨询专刊，是想集中成果，打出品牌，做强业务，领跑齐鲁。这两本增刊随主刊发行，引起读者密切关注，在全行业起到了咨询品牌示范效应。

扶助内刊

《中国工程咨询》杂志是创刊较早的行业期刊，国内外发行，每期还寄送FIDIC总部和多个国家工程咨询组织交流，在业界有一定的影响力，起到了行业宣传引领作用。但她一花开，只是一道风景，不能代表行业报刊的繁荣。只有一花引来百花开，那才能说是春色满园。

作为中咨协会主办的会刊，与各地方协会、各工程咨询单位办的报刊不是一种竞争关系，而是一种相互合作、相互依存、相互激励的关系。我作为《中国工程咨询》执行主编，更是要放下身段，向行业兄弟报刊学习，注重与兄弟报刊的团结与合作，共同营造行业报刊走向繁荣的喜人局面。

为了扶助行业内部报刊的发展，本刊采取了多项措施，一步一个脚印地为内刊服务。

一是与行业内部报刊建立交流机制。每期杂志一出版，我们就会及时向行业内部报刊寄出样刊，送去协会工作精神和行业发展最新动态信息。

二是优先发表内部报刊推荐或刊载的优秀文章，并在文章末尾注明选自某某报刊。这样会使该报刊有荣誉感，更实际的是能为其在年度工作考核中增加业绩，很受欢迎。所以，每当有新的内部报刊问世，我们会及时收到该新报刊，并为其喝彩，推荐给行业读者。

三是本刊会不定期刊发"行业报刊介绍"，每一期介绍十余种行业报刊。先后推出了 17 期，推介行业报刊 100 余种。

四是牵头召开行业报刊座谈交流会，邀请行业报刊负责人参加，共同探讨行业报刊发展大计。2007 年 6 月初，本刊在上海召开了全国工程咨询行业刊物编辑工作座谈会，全国 50 余家行业报刊代表出席会议，共同交流办刊经验与体会，谋划未来行业报刊协作发展新蓝图。那次会议议题好、规格高，国家发展改革委政研室司长江湘瑞、上海市发改委秘书长彭崧等与会，给行业报刊编辑者以信心和力量。2015 年 4 月中旬，本刊与《江苏工程咨询》联合举办评刊座谈会，与会人员结合各自办刊情况，对两刊"评头论足"，谈成绩，找差距，提建议，亮方法，共同为行业报刊整体提升贡献智慧和经验。2016 年 4 月下旬，本刊与《上海工程咨询》《上海咨询》在上海投资咨询公司联合召开办刊座谈会，三家刊物编辑人员和上海部分工程咨询单位报刊负责人 20 余人出席会议。近些年行业报刊形成争奇斗艳的良好局面，许多报刊在理念和内容上都积累了丰富的经验，《上海工程咨询》和《上海咨询》就是其中的优秀代表。会议针对这种情况，通过深入座谈，进一步探讨和完善行业报刊新的办刊理念和做法，以期建立行业报刊新的合作机制和交流平台，推动行业宣传服务工作再上新台阶，呈现新局面，将行业报刊交流合作的纽带打造得更加绵长与牢固。

五是热心组织行业报刊评选工作。2008 年，我们编辑部受中咨协会委托，开始组织评选第一届工程咨询行业“十佳报刊”。2010 年，又评选出第二届工程咨询行业“十佳报刊”。到 2012 年评选第三届行业优秀报刊时，各工程咨询单位积极性高，参评的报刊比较多，除评选出“十佳报刊”外，还增加了“十佳报刊提名奖”。2014 年评选第四届行业优秀报刊时，送评的报刊比历届的都要多，奖项除了“十佳报刊”“十佳报刊提名奖”，又增设了“优秀报刊出版单位奖”。由此可以看出，行业报刊呈现出不断增加、不断提高、不断出新的大好趋势。我们欣喜地发现，自从行业优秀报刊评选活动开展以来，一些行业报刊纷纷改版，由原来的刊名套红印刷改为四封加内页彩色印刷，一批新创办的刊物和改版后的刊物如雨后春笋般涌现，真正形成了工程咨询行业报刊的百花园。

要想写尽我与《中国工程咨询》的感情和故事，凭我的笔力还难以如愿。我上面写到的，只是这本杂志在成长过程中经历过的几项工作，呈现出的也只是她灿烂的花圃中的几束花环。对于这本我深爱的杂志，还有许多工作和成效没有关顾到。比如，我们在编好杂志的同时，还搞了一些活动，组织召开过工程咨询业务沙龙；我们编印过《工程咨询业务知识讲座》《工程咨询业务读本》和《全国工程咨询单位名录》；我们获得过由中国期刊协会颁发的“抗震救灾宣传报道优秀期刊奖”；我们举办过“纪念改革开放 30 周年征文”评奖活动和“《中国工程咨询》创刊 15 周年征文”活动。尤其是本刊创刊 15 周年征文活动，收到了全国各地读者几百篇来稿。那些优秀征文，我们陆续刊登在杂志上。征文字里行间充满了对《中国工程咨询》的深情厚谊，让我们编辑深受感动和鼓舞，对办刊事业心怀敬畏，深感责任重大。

从 2000 年 9 月《中国工程咨询》创刊，到我 2017 年 6 月退休，我一共主持编辑出版了 202 期杂志。为了写这篇文章，我把这 202 期杂志铺在地上，那封面上一个个熟悉的人物突然映入眼帘，勾起了我漫长而温暖的回忆。我又把这些杂志摞到一起，几乎有我一人高。这些杂志是迎着 21 世纪的阳光成长，而我，是伴着这些杂志成长。这份青春勃发的杂志，浸透了我和同事们的心血，记载着我们前行的印迹，饱含着编辑的欢乐，折射出我人生中一段美好的时光。

借此机会，我要感谢中咨协会，感谢协会所有同仁。在那段漫长的岁月里，是大家给了我支持，给了我力量。想当年，我们每期杂志出版发行的时候，大家利用中午休息的时间，帮我们邮发杂志，走廊上笑语欢歌，好不热闹。这种场景，让我永远铭记在心。

祝中咨协会事业长青。

祝《中国工程咨询》茁壮成长，享誉我国期刊之林。